Jonathan Swift
IN CHINA

斯威夫特
在中国

蒋永影

著

中央编译出版社
Central Compilation & Translation Press

图书在版编目（CIP）数据

斯威夫特在中国 / 蒋永影著． —北京：中央编译出版社，2023.3

ISBN 978-7-5117-4355-8

Ⅰ．①斯… Ⅱ．①蒋… Ⅲ．①斯威夫特（Swift,Jonathan 1667-1745）-文学研究 Ⅳ．①I561.06

中国版本图书馆 CIP 数据核字（2023）第 003505 号

斯威夫特在中国

责任编辑	苗永姝
责任印制	刘　慧
封面设计	蒋　铮
出版发行	中央编译出版社
地　　址	北京市海淀区北四环西路 69 号（100080）
电　　话	（010）55627391（总编室）　（010）55627319（编辑室）
	（010）55627320（发行部）　（010）55627377（新技术部）
经　　销	全国新华书店
印　　刷	佳兴达印刷（天津）有限公司
开　　本	710 毫米 ×1000 毫米　1/16
字　　数	161 千字
印　　张	12
版　　次	2023 年 3 月第 1 版
印　　次	2023 年 3 月第 1 次印刷
定　　价	90.00 元

新浪微博：@ 中央编译出版社　　微　信：中央编译出版社(ID: cctphome)
淘宝店铺：中央编译出版社直销店（http://shop108367160.taobao.com）　（010）55627331

本社常年法律顾问：北京市吴栾赵阎律师事务所律师　　闫军　梁勤
凡有印装质量问题，本社负责调换，电话：（010）55626985

2018 年教育部人文社会科学研究青年基金项目（18YJC751020）

2021 年中央高校基本科研业务费专项资金资助

导　言

英国作家斯威夫特为我们提供了一个作家跨文化旅行的典型案例。斯威夫特被译介到中国的漫长文化旅途从1872年第一个译本《谈瀛小录》就开始了，本书力图详细考察斯威夫特从1872年至今在中国的译介、传播、研究和影响等情况，以此呈现出斯威夫特中国之行的主要脉络。在梳理中我们看到了中国的翻译界和学术界在翻译和研究这位18世纪英国作家作品时，是如何随着不同时代语境的变化而呈现出不同的译介、传播与研究特点的。斯威夫特是一位对中国新文学产生重要影响的作家，本书还将从跨文化角度探讨他对中国作家作品的影响。对斯威夫特接受史的梳理不仅能从中发掘出他在中国文化语境下的再创造活动，还能呈现出跨文化经典的建构过程，这对研究同类作家作品在中国的接受具有重要参考意义。

本书分为绪论、正文和结语。正文分为四个章节，分别从英语世界的斯威夫特及其中国趣味、斯威夫特在中国的译介与传播、斯威夫特在中国的研究以及斯威夫特对中国文学的影响这四个方面展开。首先，介绍斯威夫特及其在英语世界的研究现状，同时涉及他与中国文学文化的关系。其次，纵向考察斯威夫特在中国的译介史、传播史和研究史，贯穿历史的线性结构，分阶段论述不同历史时段的接受状况，并对不同阶段的代表成果和代表观点加以批判，以把握其清晰的脉络。在传播方面专注于译介和改编层面，在批评研究方面则关注研究范式的变迁，现代和当代斯威夫特研究的比较分析以及文学史的建构。最后，对影响中的具体问题进行横向切分，涉及斯威夫特与中国具体作家作品的内在关联。本书采用总体研究和专题研究相结合的结构，以批判的眼光重新审视接受的历史，力图对斯威夫特在中国的跨文化之旅做系统性总结。

本书分为绪论、正文和结语。绪论部分探讨了斯威夫特接受研究的意义和价值。

正文分为四章。第一章是英语世界的斯威夫特及其中国趣味，介绍了斯威夫特及其复杂性，梳理了他在英语世界的研究现状，同时考察斯威夫特的中国趣味及其笔下的中国形象，从对方视野观照自身，让接受史呈现出一种对话互动关系，这对梳理斯威夫特在中国的接受具有重要意义。

第二章是斯威夫特在中国的译介与传播，深入考察斯威夫特在中国的译介历程，分析其在中国的地位变迁和影响。翻译使得原著在另一个语境下获得了再生，不同时代语境下的译者会受到不同意识形态和翻译诗学的影响，以不同的翻译策略应对同一个文本，会产生丰富多彩的译本。斯威夫特在中国的译介史和传播史是其接受史的重要组成部分，其背后承载着作家作品与接受语境的关联。本章还将以《格列佛游记》为个案，对《格列佛游记》不同译本进行介绍分析，对翻译策略和原则进行探讨，并对翻译中的一些热点和棘手问题作回应，探索其翻译和接受背后深层的社会、政治和文化动因，从而展现不同时代的语境特色。

第三章是斯威夫特在中国的研究，以时间为横断面，自斯威夫特译介到中国至今，分阶段纵向考察其在各个时期的研究面貌和轨迹，并对现代和当代的斯威夫特研究进行比较分析，同时关注文学史书写中的斯威夫特，探究国内学者如何以文学史叙述的方式建构斯威夫特。

第四章是斯威夫特对中国文学的影响，主要从影响研究的角度探讨斯威夫特与中国作家作品的关系，以周氏兄弟、老舍、林语堂、钱钟书等为典型个案,具体考察中国作家在文学创作上对斯威夫特的接受。中国作家受斯威夫特的影响,不仅表现在艺术技巧层面的汲取和转化,还表现在精神层面的继承和思考。本章运用实证考据的朴学方法,多方搜集资料,为了避免事实联系匮乏的尴尬,结合平行研究,细致入微地展现斯威夫特与中国作家作品的内在关联,深入探究其与周氏兄弟、老舍、林语堂、钱钟书等中国作家作品之间的互涉关系。

结语总结了斯威夫特在中国的接受情况,并展望了未来的努力方向。附录部分收录了斯威夫特汉译作品目录(1872—2021),是目前国内首份关于斯威夫特译介较为完整的文献资料。

目 录

绪　论 / 1

第一章　英语世界的斯威夫特及其中国趣味 / 6

第一节　斯威夫特及其复杂性 / 6

第二节　斯威夫特在英语世界的研究 / 13

第三节　斯威夫特的中国趣味 / 23

第二章　斯威夫特在中国的译介与传播 / 31

第一节　斯威夫特在中国译介与传播的概况 / 32

第二节　斯威夫特在中国译介与传播的特征 / 38

第三节　《格列佛游记》的中译本研究 / 48

第三章　斯威夫特在中国的研究 / 68

第一节　斯威夫特在中国的研究概况 / 68

第二节　现代和当代斯威夫特研究的比较分析 / 76

第三节　文学史中的斯威夫特 / 84

第四章　斯威夫特对中国文学的影响 / 93

　　第一节　中西讽刺文学传统的对接 / 94

　　第二节　启蒙语境下的斯威夫特与 20 世纪中国作家 / 101

　　第三节　斯威夫特与周氏兄弟 / 106

　　第四节　老舍的《猫城记》与《格列佛游记》/ 116

　　第五节　斯威夫特与林语堂 / 122

　　第六节　斯威夫特与钱钟书 / 128

　　第七节　斯威夫特与沈从文、张天翼等其他现代作家 / 133

　　第八节　斯威夫特与中国当代讽刺诗 / 142

结　语 / 151

参考文献 / 154

附录　斯威夫特作品汉译目录（1872—2021） / 167

后　记 / 182

绪 论

本书将全面考察英国①作家乔纳森·斯威夫特（Jonathan Swift，1667—1745）在中国的译介、传播、研究和影响的情况，梳理其在中国之行的基本脉络。斯威夫特的跨文化之旅自1872年第一个译本《谈瀛小录》（《格列佛游记》节译）便开始了，本书集中梳理他在中国一百多年来的接受史，分析其人其作，特别是《格列佛游记》（*Gulliver's Travels*，1726）如何在中国成为经典的过程，并结合中国的文化语境进行解读，同时还进一步探究他对中国作家作品的多重影响。这些都为斯威夫特在中国的研究奠定了基础，在一定程度上填补了国内学术界的研究空白。

"任何一位伟大作家，都应当也有必要为他写一部接受史"，更何况这样一位在文化趣味上和中国有着精神关联的英国伟大作家，为他写一部接受史既是"文学科学的一个内容，也是构成一部完整的文化史、社会史的一个部分"。② 作家的接受史不仅"能更全面更深刻地去认识作

---

① 斯威夫特出生于爱尔兰，其一生中有一部分重要时间在伦敦度过，究竟将之称为英国作家还是爱尔兰作家，这是个值得商榷的问题。从文化意义上来说，爱尔兰和英国共属同一个文化圈，文化背景基本一致。从政治意义上来说，斯威夫特生活的世纪正处于英国殖民统治爱尔兰时期，直到1922年爱尔兰才取得自治权，实现独立。国内的外国文学史中一般将斯威夫特归为英国作家，这里也参考这样的分类。

② 高中甫：《歌德接受史 1773—1945》，北京：社会科学文献出版社1993年版，第2页。

家",同时也能反映出"不同时代的审美情趣,鉴赏能力,期待视野,社会思潮以及某些意识形态上的发展和变化"。① 因此,考察斯威夫特在中国译介、传播、研究和影响的历史具有多种意义。

首先,作为一个具有丰富内涵的作家,其作品中有多重的意义结构和理解空白,成为潜在的"召唤结构",给读者留下了广阔的阐释空间。就斯威夫特本人来说,其身份的多重性——小说家、政论家、政客、诗人、神职人员越来越备受关注,完全取代了之前中国读者对其文学家单一身份的认定。就其作品而言,在《格列佛游记》中,儿童看见奇幻,政客看见讽刺,文明人看见丑陋……作品的生命存在于读者历时性的阅读和接受之中。通过考察斯威夫特在中国的接受历程,可以在历史的进程中动态地把握作家的真正伟大之处,深化我们对其作品意义和价值的认识,为以后的研究提供客观的参照系。

美国学者艾布拉姆斯(M. H. Abrams)在《镜与灯》中提出了文学活动的四要素:世界、作品、作者和读者。传统的文学研究偏重于前三个要素,20世纪解释学和接受理论建立了一套新型的文学理论,尝试从读者理解与接受的角度来研究文学,使得西方文学研究从"作者中心"向"文本中心"再向"读者中心"进行转向,将历史性与实践性引入文学研究,为读者立场和研究者的历史态度奠定基础。姚斯(Hans Robert Jauss)的接受美学是解释学文论的一部分,兴于20世纪60年代末,盛于70年代,与现象学、存在主义、俄国形式主义也有一定的关联。接受理论不仅是一种文学理论,也是一种美学理论,是研究文学接受的重要方法论体系。"姚斯认为文学研究应落实为文学作品的研究,文学作品的研究应落实为文学作品的存在方式的研究,文学作品的存在方式的研究应落实为文学作品的存在史的研究。"② 文学作品的存在史实际上是由读者参与创造的,1726年的读者与今天的读者对《格列佛游记》的

---

① 高中甫:《歌德接受史1773—1945》,北京:社会科学文献出版社1993年版,第2页。
② 朱立元编:《当代西方文艺理论》,上海:华东师范大学出版社2005年版,第287页。

阅读和理解肯定不一样，新的文本意义的生成离不开读者的创造性阅读，作家作品只有被不同时代和文化语境下的读者接受才能生成其存在的历史性。因此，接受美学为文学研究提供了一种新范式，建构了以读者为中心的文学接受史观。

按照解释学和接受美学的观点，艺术作品的意义存在于每一个特定的现实理解活动之中，作家和作品的历史生命没有读者的参与是无法实现的。斯威夫特在中国的接受过程是由不同时代的阅读、改编和研究不断建构出来的，其中涉及阅读权力和阅读政治的问题。不同读者由于生活经历、文化教育和审美趣味等因素的差异，对斯威夫特的理解也不一样。斯威夫特的作品存在于对其作品的理解史之中，任何人对它的理解都是对接受史的介入。伽达默尔（Hans George Gadamer）认为，艺术作品不是一个摆在那里的东西，它存在于意义的显现与理解活动中，而文本理解活动本质上是不同视域的相遇。每个读者在阅读之前，就有自己的期待视野，是理解得以可能的条件。读者在阅读之前就"已存在的意向"决定了读者对其所读作品的"内容和形式的取舍标准"，决定了其"阅读的重点"，也决定了其对作品的"基本态度与评价"。[①] 不同时代语境下的读者，期待视野也不尽相同。通过考察晚清以来斯威夫特在中国的接受史，可以侧面观照社会结构的变动、时代文化的变迁以及审美趣味的变化所引发的读者期待视野的改变。以点带面，由此考察一百多年间中国话语语境的变迁，作家和作品的价值意义在其间便显现了。

其次，斯威夫特研究是国内学术界文学研究的重要组成部分，总体上说斯威夫特在中国的研究还远远不够。《格列佛游记》自1872年就被译介到中国，但对斯威夫特的研究却甚为沉寂。直到1906年林纾译本的问世，斯威夫特的名字才逐渐为人所知。随后，五四时期出现了一次译介潮流，20世纪90年代之后同样出现了斯威夫特作品的译介热潮。

[①] 陈惇等主编：《比较文学》，北京：高等教育出版社1997年版，第475页。

伴随着这些译介，斯威夫特研究得到了推进，梳理这些研究成果既是对其研究的肯定，也是从学术史角度对其不足之处进行反思和解读，意在对其在中国的研究现状做一个客观的考察。尽管关于这一研究多偏于基础性的资料收集整理工作，但朴学考据是文学研究的重要方法之一，是进行理论研究必不可少的前提。在全球化斯威夫特研究的大背景下，本书拟从多个层面对中国的斯威夫特研究进行梳理和分析，并且将现代和当代的斯威夫特研究进行对比，对现代时期斯威夫特呈现出研究冷、影响热的局面，而在当代时期则是研究热、影响冷的这种复杂性进行探究，并深入反思研究状况和文学影响之间出现强烈反差的原因。

最后，作为一位英国 18 世纪的经典作家，斯威夫特在中国的接受属于中外文化交流和沟通的重要范畴。本书绝不止于文献学意义上的简单资料梳理工作，而是就作家的接受历程进行批评学意义上的现代理论阐释，从而上升到文化哲学的高度。中国不同时期的读者、译者和研究者如何选择、阅读、译介和阐释一个外来作家，并造成了作家作品的重构，以及不同文化间的碰撞融合，需要深入探究其背后的哲学文化内涵。

斯威夫特在中国的接受，可以作为同类型外国作家作品在中国跨文化旅行的一个典型案例。外国作家作品在中国的跨文化重构，实际上是将外国作家转换到中国文化语境下进行的再创造，再创造的方式包括翻译、研究、阐释、改编、改写、模仿、戏仿、文学史编写、传记和媒介转换等。什么样的主体参与了这样的跨文化活动，是我们要弄清的问题。"事实上，文学的周围围绕着一个强大的社会群体。文学批评家、文学史家、负责文化教育的老师或各种形式的研究机构、出版社、学术团体、教育部门……他们共同构成一个复杂、庞大的文学机构，形成一整套对文学作品行之有效的选择机制，并且逐渐确立各种文学制度。这些文学机构负责对当代甚至历史上的作家和作品进行挑选、鉴别，衡量价值，确定地位，从中筛选经典。"① 斯威夫特在中国跨文化旅行的过程中，批评家、作家和译者确实是非常活跃的角色。斯蒂文·托托西（Steven Tötösy）也曾说过："经典化产生在一个累积形成的模式里，包括了文本、它的阅读、读者、文学史、批评、出版手段、政治等等。"② 通过斯威夫特在中国的接受史研究，可以总结出同类的外国作家在中国这个独特的文化语境中接受命运的一般规律，为其提供一个较为典型的范本，将势必深化文学接受学的发展。

20世纪是中国政治环境、社会思潮和时代语境经历转型的世纪，斯威夫特自译介到中国之后命运也几经周折。不同时期不同的读者和研究者该以怎样的期待视野和文化心态去阅读、阐释甚至重构他的作品？在这一表面现象之后，隐藏了什么样的深层动因？不同文化和文学之间发生了怎样的碰撞，甚至如何相互影响。这些问题都将在本书中进行探讨，以推动斯威夫特研究的深化。斯威夫特的跨文化旅行在不同文化语境和地域风格中会呈现出迥异的风貌，在中国文化语境下更是成为一道独特的景观。

当作家和作品跨语言、跨民族、跨文化、跨时空地来到另一种全新的文化语境中，对其接受史的研究就有了比较文学与比较文化的意义。从比较文学的影响研究出发，探寻斯威夫特在中国语境下的译介传播、研究和影响历程，探究中国读者如何阅读、阐释和重构作家作品，揭示作家作品在接受过程中发生何种程度的嬗变和影响，及其背后关联的政治、文化和时代风尚，将是一个极具典范意义的案例，这对研究中外文化交流史，甚至对研究经典作家作品本身的解读都极具意义。

---

① 南帆：《文学理论（新读本）》，北京：北京大学出版社2008年版，第117页。
② 〔加〕斯蒂文·托托西：《文学研究的合法化》，马瑞琦译，北京：北京大学出版社1997年版，第44页。

第一章 英语世界的斯威夫特及其中国趣味

第一节 斯威夫特及其复杂性

作为18世纪英国文学的无冕之王,斯威夫特是一位备受瞩目、才华横溢的文学大师,创作了形式多样、思想深邃的文学作品,为后世留下了一笔宝贵的文学财富。20世纪后半叶以来,他的诗人、政治家、牧师等多重身份开始为更多的评论家所知。他的小说《格列佛游记》代表了讽刺文学的高峰,据大英图书馆目录记载,该馆自1815年以来,一共收藏了330个版本的《格列佛游记》。① 乔治·奥威尔(George Orwell)一生对此书爱不释手,认为如果世上所有的书都遭毁灭,只能保存六本的话,那么《格列佛游记》便在其内。

"斯威夫特式"(Swiftian)甚至成了一个新词汇,这也说明了我们对他地位的肯定和认同。"斯威夫特式"的讽刺文体,常常是化讽刺为娱乐,寓教于乐,让人哭笑不得,却又受教。他在自挽诗《咏斯威夫特

---

① John Mullan. "Swift, Defoe, and Narrative Forms", in *The Cambridge Companion to English Literature, 1650–1740*, Cambridge and New York: Cambridge UP, 1998, pp. 250–275.

教长之死》（*Verse on the Death of Dr. Swift*, 1739) 中借他人之口谈及自己:"他鞭笞罪恶,从不题名道姓。/任何个人不会对他怨恨,/因为他讽刺的对象是千万个人……那些愚蠢的家伙他最讨厌,/老把讽刺挖苦当作趣事一件。"① 塞缪尔·约翰逊（Samuel Johnson）曾毫不客气地评论他的《格列佛游记》只剩下巨人和小人了,毛姆指责了约翰逊的胡说八道,除了巨人和小人,还有"机智与嘲讽、巧妙的思维、丰富的幽默、残酷的讥嘲与充满生命的活力","没有第二个人曾把我们这种困难的语言运用得比斯威夫特更简洁、明快而且自然"。②

斯威夫特在文化上是个古典主义者。1701 年他从三一学院获得神学博士,在 17 世纪的西方大学里,神学与古典哲学的关系非常紧密,所以他不免受到古典主义的熏陶,具备拉丁文学和文化修养。斯威夫特身处新古典主义盛行的世纪,在这个以推崇理性著称的时代,一切政治、宗教制度以及陈规陋习都被送到理性的法庭面前进行审判。个人是身处历史中的个人,斯威夫特的文化选择与时代语境密切相关。文体上,斯威夫特效仿贺拉斯、维吉尔和奥维德等古罗马文学家,用理性驾驭作品,行文清晰有条理,善用巧智（Wit）。17 世纪的巴洛克和洛可可让浮华、矫揉造作和滥用情感的艺术方式风靡一时,而新古典主义的出现在某种程度上是对这两种艺术思潮的反驳。斯威夫特的恩主、辉格党③派外交家威廉·坦普尔爵士（Lord William Temple）便是新古典主义的先驱人物,坦普尔曾站在古典主义的立场上写过关于古代学问与现代学问

---

① 王佐良主编:《咏斯威夫特教长之死》,《英国诗选》,吕千飞译,上海:上海译文出版社 1988 年版,第 160 页。
② 〔英〕毛姆:《书与你》,方瑜译,广州:花城出版社 1981 年版,第 20 页。
③ 辉格党（*Whigs*）是 17 世纪末在英国出现的政党,它和托利党（*Tories*）是当时英国政坛上敌对的两个政党,两党的名称皆是对方所起。"Whig" 一词源于苏格兰盖尔语,意为强盗。"Tory" 一词源于爱尔兰语,意为不法之徒。两党的形成源起于 1679 年英国议会讨论王位继承人之事,赞成詹姆士二世继承王位的人被称为托利党,反对派被称为辉格党。光荣革命发生后双方的政治立场逐渐发生变化,辉格党对君主专制不再是完全否定的态度,托利党伺机复辟的企图失败之后逐渐放弃了原本坚定的君主专制立场。在 1714 年的党争中,托利党垮台,辉格党成为议会多数党,开始上台执政。

的文章，在文章中大加赞赏地表扬了波义耳（Charles Boyle）编注的《法拉利斯的书信》（*Epistles of Phalaris*, 1695），因此遭到沃顿（William Wotton）和本特利（Richard Bentley）的批评。作为其秘书的斯威夫特写出了为自己恩主辩护的《书的战争》（*The Battle of the Books and Others*, 1704），指责现代作家为蜘蛛，造出的都是粪便和毒素，而古典大师则是蜜蜂，带来甜蜜和光明。1714 年，新古典主义的另一代表蒲柏（Alexander Pope）和斯威夫特一起倡导建立了斯克里布莱拉斯俱乐部（Scriblerus Club）。斯威夫特在这一时期写了不少诗歌和散文。他的散文风格冷静，充满巧智。其诗歌更是具有典型的古典主义风格，格式拘谨，效法古希腊抒情诗人品达（Pindar），模仿新古典主义者德莱顿（John Dryden）和考利（Abraham Cowley）。

斯威夫特在宗教上是个英国国教徒。1694 年，即便是出于无奈而接受英国国教教士之职，后又奔赴爱尔兰任基尔鲁特教区牧师，这都不能否认斯威夫特是个国教徒。在 1704 年出版的《木桶的故事》（*A Tale of a Tub*）中，他将自己的宗教倾向显露无遗，这则极富讽刺意味的宗教寓言对罗马天主教的反动保守、清教的偏激都加以抨击，同时流露出捍卫英国国教的坚定立场。而他从辉格党转投托利党的政治转向也源于后者的宗教倾向与其一致。1714 年之后他前往都柏林圣帕特里克大教堂（St Patrick's Cathedral）任职，并在此侍奉终老。斯威夫特一直尝试在宗教与理性之间进行调和，担心过分的理性会导致自然神论或无神论，作为神职人员的他更担心人们会因理性而摒弃宗教和上帝的权威。在格列佛游历飞岛国（勒皮他岛）之时，斯威夫特将这种隐忧流露在对飞岛的命名上，飞岛国对科学理性崇拜得五体投地，但他们的科学理性都虚伪得不切实际。勒皮他（Laputa）一词来自西班牙语，英文为 The Whore，意指娼妓，这不得不让人联想到路德对科学理性那句有名的批评"Reason, Thou Great Whore!"将理性与娼妓相连，可见斯威夫特对这个以理性著称的飞岛国的负面态度。作为一个忠实的英国国教徒，斯威夫特为了信仰而对理性的泛滥产生了反感。格列佛离开理性的慧骃国而返回英国时，发现自己无法适应人类社会的生活，这里实际上是斯威夫特对理性的嘲弄。他承认人类不可没有情感，但他强调以基督教的情感方式去规制人的七情六欲，而不是以严苛的科学理性去规制。斯威夫特在《格列佛游记》中的门德斯船长身上承载了自己的宗教理想。门德斯船长是一个带有宗教道德情感的基督徒，正直善良，有道德情操，极富同情心，他将格列佛从盲目效仿慧骃理性的情境中唤醒。

斯威夫特在政治上经历了从辉格党到托利党的转变。① 斯威夫特从 1688 年起追随坦普尔爵士，在其麾下担任私人秘书，中间有几年时间离开过，但后来又回来继任其职，一直到 1699 年坦普尔离世。坦普尔是辉格党外交家，斯威夫特深受自己恩主的影响，在政治上也拥护辉格党。但 1709 年发生了一件让他改变政治态度的事，辉格党首脑拒绝给予爱尔兰国教教会支持和帮助，转而同情清教。作为一个英国国教徒，斯威夫特对此无法容忍。此时的托利党支持他在爱尔兰的教会事业，因此他转投托利党，并担任了托利党刊物《考察报》（The Examiner）的主编，成为托利党宣传工作的骨干分子。这段时间是斯威夫特最为风光的时期，他写了诸多讽刺文章，针砭时弊，并与蒲柏等人一起创办斯克里布莱拉斯俱乐部，在当时的文化界颇有影响。他这一时期的生活在《致斯黛拉》（Journal to Stella, 1710—1713）中有详尽描述。很快，斯威夫特便风光不再，他那利剑一样的笔锋让安妮女王不悦，这也致使他并没有在政治上获得光明前景，而是被安排到爱尔兰做牧师。他苦涩地嘲笑自己"就像洞中一只中毒的老鼠"（Like A Poisoned Rat in A Hole），未来的一切都已经被注定了。这对斯威夫特来说无疑是个打击，更致命的

---

① 斯威夫特在政治上的倒戈，常常引人诟病。文学批评家杰弗瑞（Francis Jeffery）认为斯威夫特作为一个政客是卑鄙的，作为一个人是让人厌恶的。文学批评家哈兹里特（William Hazlitt）和历史学家巴特菲尔德（Herbert Butterfield）持同样的观点，将斯威夫特视为一个不忠的政客，在辉格党与托利党之间摇摆不定。

是，托利党不久便垮台了，斯威夫特在政治上的后路彻底断了。此后的半生，斯威夫特定居爱尔兰，用如刀之笔不断捍卫爱尔兰民众的权利，反对英国的压迫，成为爱尔兰人民心目中的民族英雄。

斯威夫特在情感身份上是个"零余者"。一个遗腹子在出生前数月父亲就离世，三岁时母亲又离开了他，童年时代寄居伯父葛德文（Godwin Swift）篱下。亲情的缺乏让斯威夫特的心灵脆弱且敏感，这对他此后的人生情感道路有着重要的影响。当艾丝特·约翰逊（也就是我们熟知的斯黛拉）姑娘进入斯威夫特的视野时，他竟然能够多年维持着柏拉图式的精神爱恋，甚至在面对男女情感时胆怯，不敢直露自己的心思，他们甚至没有独处过。也有人推测他们二人之间的关系只是友情，但在他那本著名的《致斯黛拉》以及其他诸多诗作里，不乏对斯黛拉的美好赞颂和爱慕之情。甚至有人还推测他们已经秘密结婚，不管真假与否，这些推测至少说明他与斯黛拉之间是一种高于友情的关系。斯威夫特的个性让他的第二段情感也以决裂而告终，一个叫范讷梅瑞的女人爱上了他，出于嫉妒，范讷梅瑞让斯威夫特解释清楚他与斯黛拉之间的关系，这一要求触怒了内心敏感的斯威夫特，他们的关系也因此而告终。在叙事诗《卡德努斯和范妮萨》（*Cadenus and Vanessa*，1713）中，斯威夫特对他们的关系有过戏谑式的表达。终身未娶的斯威夫特在情感上始终是个无处归宿的零余者，处于不确定的漂泊状态。斯威夫特晚景凄凉，两个恋人相继早于他离世，他自己在遭受了几年的中风之痛后也离开了人世。

斯威夫特在创作上是个多面手。早年的斯威夫特追随坦普尔的文学趣味，写过一些颂诗和抒情诗，如17世纪90年代的《雅典颂》（*Ode to the Athenian Society*）、《国王颂》（*Ode to the King*）和《坦普尔颂》（*Ode to the Honorable Sir William Temple*）。在他文学创作最为高产的1700—1730年间，很多作品为时事而作，与当时的政治、社会和宗教等问题密切相关，他的书写几乎都是对不完美现实的一种隐喻，因此这些作品不仅具有较高的文学价值,还具有深远的社会历史意义。斯威夫特一生中令人称道的名篇几乎都出自这一时期,如《书的战争》(1704)、《木桶的故事》(1704)、《布商的信》(The Drapier's Letters, 1724)、《格列佛游记》(1726)、《一个小小的建议》(A Modest Proposal, 1729)等,其中最值得称道的是《格列佛游记》,1726年在英国刚刚出版之际它便以政治讽刺寓言而风靡欧洲,成为一个全欧性事件①,甚至这部作品在经历了这么多年的评论之后,仍然莫衷一是。1730年之后的斯威夫特让我们匪夷所思,他有时沉浸于一些诸如马尔凯特山组诗(Market Hill Poems)的污秽诗创作,有时又热衷于给自己书写悼亡诗和墓志铭。他的一生以讽刺创作见长,却又兼及其他多种体裁。

斯威夫特的人生既丰富又模糊。在文学家那里,他的一生都被整理进了那十几部的作品集里;在传记家那里,他1667—1745年的丰富人生变成了几卷纪事;在他同时代的文学家皮尔金顿②(Laetitia Pilkington)的眼中,他是一会儿卑劣、一会儿善良;在他后世的膜拜者叶芝(William Butler Yeats)、乔伊斯(James Joyce)、贝克特(Samuel Beckett)的笔下,他又是那么神秘和摇摆不定。19世纪下半叶,全欧洲的批评家们都热衷于用传记批评③的方法来研究文学,但在斯威夫特身上研究效果却并不理想。斯威夫特笔下变形的夸张和讽刺让这些批评家们常常摸不

---

① 1726年该小说刚刚在英国出版之后,法国、意大利和德国便立即印刷该小说,俄国和瑞典紧随其后。法国的伏尔泰对斯威夫特推崇备至,认为他就是英国的拉伯雷,甚至比拉伯雷还要更胜一筹。此外,伏尔泰还积极推荐斯威夫特的作品让法国人翻译。参见Williams, Kathleen. *Jonathan Swift: The Critical Heritage.* London: Routledge & K. Paul, 1970. p. 75。

② 皮尔金顿(1709—1750),英裔爱尔兰诗人,她的《皮尔金顿回忆录》(*Memoirs of Laetitia Pilkington*, 1748)中有大量关于斯威夫特生平的描述。

③ 法国批评家圣佩甫(Sainte Beuve)在文学研究中运用实证方法,发掘和研究文学作品的"自然史",由此确定了传记批评方法。勃兰兑斯认为:"圣佩甫则在作品里看到了作家,在书页背面发现了人。他指导他自己的这一代,也指导未来的后人,一本过去的著作,一册过去的文献,我们在认识产生它的心理状态以前,在对撰写人的品格有所了解以前,是不能理解的。"参见〔丹〕勃兰兑斯:《十九世纪文学主流》第5册,张道真等译,北京:人民文学出版社1982年版,第376页。

着头脑，对他的一切追寻都变得苍白无力，况且在那工业文明不发达的年代，前往爱尔兰和英国搜集实证资料是件不太容易的事，研究材料的缺失让他们的考证也变得困难重重。随着后世研究的推进，斯威夫特的身份和形象被图解得多种多样，除了作为诗人、政治家和神职人员之外，学界还对他的多重身份进行了广泛的探讨：他究竟是虔诚的宗教徒还是表面的宗教徒？是背信弃义的恋人还是忠诚的朋友？是权力的支持者还是政治上的无政府主义者？是恨世者（Misanthropist）还是爱人类者？是文学天才还是人类怪人？是有原则的人还是神秘的主教？这样的探讨也许永远没有答案，就像昆塔纳（Ricardo Quintana）在《斯威夫特的思想和艺术》（*Mind and Art of Jonathan Swift*，1936）一书中所说："总有人欣赏他，也总有人憎恨他。"①

萨克雷曾认为，斯威夫特的逝世如同一个帝国轰然倒塌。随着时间的沉淀，斯威夫特的文学创作连同他的精神一起在文化长河中彰显出意义和价值。1985年，美国《生活》图画杂志曾开展一次"评选人类有史以来最佳图书"的活动，数十万读者参与其中，斯威夫特的《格列佛游记》一举超越莎士比亚的《仲夏夜之梦》，位列最佳图书第11位。1990年，爱尔兰人民以钞票为纪念碑，将这位影响了爱尔兰民族精神和生活的人印上了爱尔兰十镑值纸币的正面。一个国家钞票上的名人头像流露出了他们的时代精神和民族价值，这个国家的过去、现在和将来，以及他们的政治、经济和文化都会和这个纸币上的人有着某种精神上的传承。2010年，斯威夫特的故乡都柏林被联合国教科文组织授予"文学之城"的称号。2012年，奢侈品制造商万宝龙推出了一款特别版书写钢笔，其设计主要以《格列佛游记》小说为灵感，向文学大师乔纳森·斯威夫特致敬。2014年，都柏林市立图书馆为扩展自己的藏书量，购得了包含斯威夫特1741年版的《木桶的故事》在内的多部珍贵图书。同年，一封

---

① Quintana, Ricardo. *Mind and Art of Jonathan Swift*. London: Oxford University Press, 1953. p. 305. 原文为"It would seem that some are born to admire Swift, others to abhor him."

带有斯威夫特亲笔签名的信件被哈林顿（Peter Harrington）在 AbeBooks 网站上拍卖，短短两页的信件拍卖价竟然高达 3 万多美元，① 对斯威夫特的热捧已经远远超出了文学领域，而向商业文化甚至更广的领域拓展。

第二节　斯威夫特在英语世界的研究

要整理出一部完整的国外斯威夫特研究史是一件有难度的事情，即使斯威夫特的研究取得了丰硕的成果，我们也不可能对每个具体的领域都了如指掌。近些年，国外学者们致力于将斯威夫特的研究观点统一化，但结果适得其反，统一却加速了研究观点的分裂。斯威夫特研究永远不可能达成共识，正是在这些争论性的对话中，斯威夫特的批评史被逐渐建构出来。纵观斯威夫特的国外研究状况，我们越发觉得斯威夫特的研究正在进入黄金期，对其研究史的梳理将引领我们走向更深的研究领域。

在斯威夫特诗歌的研究方面，首推莫里斯·约翰逊（Maurice Johnson）于 1950 年出版的《巧智的罪过》（The Sin of Wit），这是第一本严肃地将斯威夫特当作诗人进行研究的著作。在 17 世纪末 18 世纪初，斯威夫特的诗歌风格更多地显示出一种学院派的倾向。其实大多数关于斯威夫特诗歌的研究都是令人失望的，因为研究者们总是试图将这么一个不能称之为经典诗人的诗歌进行经典化。例如，舍尔在他 1978 年的著

---

① 这封日期为 1735 年 4 月 15 日的信件是斯威夫特写给萨克维尔（Lionel Sackville）的，他曾是多塞特郡的第一任公爵，后又成为爱尔兰地区的督主。这封信曾在鲍尔（F. Elrington Ball）于 1910 至 1914 年编辑出版的六卷本《斯威夫特书信集》（The Correspondence of Jonathan Swift）里被翻印过，也在 1963 年哈罗德·威廉姆斯（Harold Williams）编辑出版的五卷本《斯威夫特书信集》（The Correspondence of Jonathan Swift）里出现过。原稿被伍利（David Woolley）从德雷顿庄园（Drayton House）的萨克维尔（L. G. Stopford Sackville）先生那里追寻到。哈林顿在拍卖中也承认这封信的上一个保管者是德雷顿庄园的斯托普福德。这封信主要是机智地请求奥尔德里奇（Michael Aldrich），也就是老奥尔德里奇（Alderman William Aldrich）的儿子，成为金塞尔镇兵营的掌管人，这个提议是由黑尔什姆博士（Dr. Richard Helsham）促成的。

作中将斯威夫特的诗歌专门定义为一种流派，并且像模像样地追溯其发展路径，这显然是夸大了斯威夫特的诗歌地位。① 随后几年，杰斐、英格兰以及巴奈特的研究也没有让我们对作为诗人的斯威夫特有个满意的理解。② 这些研究成果存在的共同问题是过度阐释诗歌创作的主观意图，刻意彰显斯威夫特诗歌的优点。纵观斯威夫特的诗歌创作，事实上除了早期的抒情诗之外，大多数诗歌都是为时而著，为事而作，并不存在太多的纯文学动机，这些解读创作动机的研究总是存在过度阐释的嫌疑。1981 年，由费舍尔、梅尔和万斯共同编辑的《当代斯威夫特诗歌研究》(Contemporary Studies of Swift's Poetry) 出版，③ 这本书收录了关于斯威夫特诗歌研究的 17 篇论文。在序言介绍中，费舍尔和梅尔将斯威夫特的诗歌称为"经典的特殊案例"，承认其诗歌风格的混杂和不统一，并谈及其诗歌创作技巧以及诗歌与散文创作的关系。还有一些学者结合传记批评来研究斯威夫特的诗歌创作。罗杰斯（Pat Rogers）认为，自从 1727 年最后一次英国之行后，斯威夫特的诗歌一直在缅怀他曾经生活过的伦敦，或者说他的诗歌中承载了不少英伦情怀。普罗宾（Clive T. Probyn）试图从斯威夫特的职业生涯中辨析出他的创作动向，在结束了早年的抒情诗写作之后，斯威夫特的创作转向了对现实的关照，这种转向与他公共身份的转变有极大的关联。从总体上看，斯威夫特诗歌研究方面取得了一些进展，哈罗德·威廉姆斯版本的《斯威夫特诗歌集》(The Poems of Jonathan Swift) 自 1937 年问世以来已经通行几十年，并逐渐成为权威。关于斯威夫特作为经典诗人的身份仍然是个值得商榷的议

---

① Peter J. Schakel, *The Poetry of Jonathan Swift: Allusion and the Development of A Poetic Style*. Madison: University of Wisconsin Press, 1978.

② 这三位学者关于诗人斯威夫特的研究成果主要是三本专著：Nora Crow. Jaffe, *The Poet Swift*. Lebanon: University Press of New England, 1977; Anthony B. England, *Energy and Order in the Poetry of Swift*. Lewisburg: Bucknell University Press, 1980; Louise K. Barnett, *Swift's Poetic Worlds*. Newark: University of Delaware Press, 1981.

③ John Irwin. Fischer, Donald Charles. Mell, David M. Vieth, *Contemporary Studies of Swift's Poetry*. Newark: University of Delaware Press, 1981.

题,也许研究斯威夫特诗歌的最好办法就是避免将他的诗歌进行单独分类,而是把他的诗歌仅仅看成是散文创作的补充。

关于《格列佛游记》的研究,恐怕没有哪个18世纪文本比它存在更多的争议,争议的焦点在于斯威夫特对待人类的态度。很多20世纪早期的文学批评家们一度为斯威夫特辩护,否认他是反感人类的,认为格列佛和"耶胡"仅是作为讽刺对象而存在。这种观点后来遭到以舍伯恩(George Sherburn)和克兰(R. S. Crane)为代表的学者的挑战。1974年,克利福德(James L. Clifford)在《格列佛的第四次航行:关于强硬派和温和派的诠释》(*Gulliver's Fourth Voyage*:"*Hard*" *and* "*Soft*" *Schools of Iterpretation*)一文中,将关于《格列佛游记》的批评分为强硬派和温和派,强硬派注重作品的严肃性和悲剧内涵,温和派则注重作品讽刺嬉戏的一面。温和派总是想把斯威夫特抬得很高,想把他从19世纪的诋毁中拯救出来,舍伯恩和克兰对此予以了猛烈的回击。此后,随着各种理论思潮和文学批评的兴起,《格列佛游记》的研究也出现了一些新的批评范式。1992年,舍尔编辑的《斯威夫特的批评方法》(*Critical Approaches to Teaching Swift*)一书出版,该书从斯威夫特的主要作品入手,分析了关于斯威夫特研究的种种批评范式,包括后结构主义、后殖民主义理论等。1994年,福克斯(Christopher B. Fox)编辑出版的《格列佛游记:当代批评研究个案研究》《*Gulliver's Travels*:*Case Studies in Contemporary Criticism*》一书中收录了一些相关的研究成果,这些研究分别从女性主义、新历史主义、解构主义和心理分析四个方面对《格列佛游记》进行解读。近些年德国埃伦普赖斯斯威夫特研究中心(Ehrenpreis Centre for Swift Studies)出版的期刊《斯威夫特研究》(*Swift Studies*)上也刊出了不少此类的文章。

在《木桶的故事》(以下简称《木》)研究史上,古兹克尔希(A. C. Guthkelch)等人编辑出版的《木》(1920)可谓是一件大事。该版本注解翔实,汇集诸多学者的评论,但仍给学术界留下了两个问题:

第一，《木》的阐释从根本上得到解决了吗？第二，作者对英国国教究竟持怎样的态度？关于第一个问题的答案显然是否定的，《木》的解读变得越来越多元。从 1936 年至 1960 年，昆塔纳（Ricardo Quintana）、戴维斯（Herbert Davis）、达克曼（Miriam Kosh Starkman）和保尔森（Ronald Paulson）分别撰文表明自己赞许《木》在概念和结构上的讽刺是完全一致的。1961 年，哈斯（Phillip Harth）出版了《斯威夫特和英国国教的理性主义：〈木桶的故事〉的宗教背景》（*Swift and Anglican Rationalism: The Religious Background of "A Tale of A Tub"*）一书，作者在书中侧重于历史背景而非文本的解读，相比昆塔纳等人的观点，哈斯的背景研究更容易被人接受。菲蒂恩（Robert Phiddian）在《斯威夫特的戏仿》（*Swift's Parody*, 1995）一书中反对对文本进行多元化的阐释。沃尔什（Marcus Walsh）却认为多元化的解读没什么不好，多元化意味着挑战了《木》一成不变的阐释。关于第二个问题斯威夫特对待英国国教的态度，一些当代的斯威夫特研究者们对此进行了追问。2008 年，艾伦茨威格（Sarah Ellenzweig）在《信仰的边缘》（*The Fringes of Belief: English Literature, Ancient Heresy, and the Politics of Freethinking*, 1660—1760）一书中认为斯威夫特对怀疑论很痴迷，特别是对宗教的作用予以怀疑：斯威夫特觉得宗教就是一个骗子，以虔诚的名义让众人信仰，只是为了让他们在政治上服从。艾伦茨威格认为，在《木》中斯威夫特一面试图在精神层面削弱宗教，一面又在高举英国国教，这种自相矛盾的行为成就了英语文学上的保守主义和自由主义。斯威夫特作为一个英国国教徒这件事看起来更充满社会性和政治性，完全超越了它本身的宗教信仰层面。

与斯威夫特的主要作品研究相比，关于其他杂集和写作的研究在某种程度上被忽略了。在戴维斯和哈罗德·威廉姆斯编辑的斯威夫特作品集中，有不少作品即使对于斯威夫特研究专家来说也谈不上熟悉。韦恩布罗（Howard D. Weinbrot）对斯威夫特在 1726 年 1 月 30 日的一次布道进行了讨论。他认为斯威夫特在政治上很少走中间路线，但在这次布道中他却充当着一个中立者的角色，让自己与新教徒（Dissenters）和高教会派（High Churchmen）① 保持距离。朗博尔德（Valerie Rumbold）对斯威夫特1738年发表的《风雅的谈话》（Polite Conversation）进行了研究，这篇绝佳的戏仿文将那些喜欢捏造虚无的批评家们变得荒诞化。希金斯（Ian Higgins）对斯威夫特《废除圣诞节的论争》（An Argument Against Abolishing Christianity, 1708）一文进行了探讨，认为斯威夫特实际上是继承了苏西尼派（Socinians）② 的教义，苏西尼派拒绝认同三位一体，这也说明了斯威夫特是一个表面化的基督教徒。莫尔（Sean Moore）的《斯威夫特和爱尔兰的税负》（Swift and Ireland's Revenue: The Public-Finance Context of Irish Economic Pamphleteering, 2012）一文则是从爱尔兰公共财政的视角，在特殊的政策语境下对斯威夫特进行研究。

　　关于斯威夫特作品全集的修订以及版本学研究取得了一些进展，特别是17卷本的剑桥版《斯威夫特作品全集》③ 的逐步问世，将会最终取

---

① 与"低教会派"相对，又名"安立甘宗公教派"（Anglo-Catholicism），属于新教派别之一，因要声张维持教会的较高地位而得名，其名称最早于17世纪末在圣公会中使用，其教义、礼仪和规章大量保持了天主教传统。

② 16世纪基督教中的一个神学派别，由意大利宗教改革家苏西尼（Faustus Sozzini）创立，该教派提倡用理解解决超自然的启示，反对三位一体的教义，并否认耶稣具有神性。

③ 剑桥大学出版社从2008年开始陆续推出17卷本的《斯威夫特作品全集》（The Cambridge Edition of the Works of Jonathan Swift），全集实际内容是16卷，最后1卷是索引。16卷内容如下：第1卷《〈木桶的故事〉及其他作品》（A Tale of a Tub and Other Works），第2卷《戏仿，恶作剧和模拟之作》（Parodies, Hoaxes, Mock Treatise: Polite Conversation, Directions to Servants and Other Works），第3—6卷为诗歌，第7卷《1701—1711年英国政治写作》（English Political Writings 1701 - 1711: The Examiner and Other Works），第8卷《1711—1714年英国政治写作》（English Political Writings 1711 - 1714: The Conduct of the Allies and Other Works），第9卷《致斯黛拉》（Journal to Stella: Letters to Esther Johnson and Rebecca Dingley 1710—1713），第10卷《最后四年的历史及其他作品》（The History of the Four Last Years and Other Works），第11卷《1714年关于宗教和教堂的写作》（Writings on Religion and the Church to 1714: An Argument against Abolishing Christianity and Other Works），第12卷《1714年之后关于宗教和教堂的写作》（Writings on Religion and the Church after 1714: Sermons and Other Works），第13卷《1725年之前的爱尔兰政治写作》（Irish Political Writings to 1725: Drapier's Letters and Other Works），第14卷《1725年之后的爱尔兰政治写作》（Irish Political Writings after 1725: A Modest Proposal and Other Works），第15卷《格列佛游记》（Gulliver's Travels），第16卷《个人和杂集写作、片段及旁注》（Personal and Miscellaneous Writings, Fragments and Marginalia）。

代戴维斯版和威廉姆斯版的斯威夫特全集。与其他版本的全集相比，剑桥版对一些复杂的政治事件做了简明的介绍，并且还提供了一些易懂的注解，让读者了解每篇政论文的背景及内容。蒂林克（H. Teerink）的《斯威夫特作品集》（*A Bibliography of the Writings of Jonathan Swift*，1937）自从问世后，给读者带来了一些混乱，该版本缺少基本的书卷目录，参考条目也混乱不堪。梅（James E. May）在《蒂林克版〈斯威夫特作品集〉的修正》（*Revising Teerink: A Critique with Notes towards a Revised Descriptive Bibliography of Swift*，2008）一文中指出该版本存在大量错误，有些错误直接和编辑的工作失误相关。此外，还有的学者针对斯威夫特作品版本的问题进行研究。卡利安（Stephen Karian）在《艾德蒙·柯尔和斯威夫特作品的传播》（*Edmund Curll and the Circulation of Swift's Writings*，2008）一文中指出出版商柯尔在斯威夫特成名过程中所起的关键作用。卡利安的《出版和创作中的斯威夫特》（*Jonathan Swift in Print and Manuscript*，2010）将关注点聚焦在斯威夫特作品的出版和传播上，涉及了斯威夫特与英国、爱尔兰出版商的关系，以及政治写作的出版审查等问题。此外还有一些关于个别作品的版本探讨。费舍尔认为斯威夫特的讽刺诗《在遗憾中驶向空城》（*In Pity to the Emptying Town*，1708）实际上是受雇代笔之作。伍利（James Woolley）讨论了斯威夫特的《吝啬的波妮亚》（*Skinnibonia*，1728）一诗，认为这是第一次公开发表的写给艾奇逊夫人的诗。

　　斯威夫特传记的书写得到了极大重视，成为斯威夫特研究的重要组成部分。斯威夫特传记最早追溯到1808年巴雷特博士（Dr. Barrett）的《斯威夫特的早年生涯》（*Essay on the Earlier Part of the Life of Swift*）。梅森（Monck Mason）的《圣帕特里克大教堂的历史考古》（*History and Antiquities of St. Patrick's Cathedral*，1819）用一大半的篇幅叙述斯威夫特的生平事迹，作者在书中首次证明斯威夫特与斯黛拉之间没有任何婚约。对斯威夫特传记书写有重要贡献的是福斯特（John Forster），他的

《斯威夫特生平：1667—1711》（*The Life of Jonathan Swift. Vol.* Ⅰ，1667—1711，1876）随着他的去世仅仅写到1711年便截止了，这本传记资料翔实，添加了许多文学化的片段。作者自诩对斯威夫特生平的每件小事都了解得一清二楚，但他仅留下了斯威夫特前四十四年的人生，将他的生平搁笔在了1711年2月24日的伦敦。福斯特搜集的许多资料在他去世后都丢失了，这让后人很难写出超越他的传记。科林斯（John Churton Collins）的《斯威夫特传记》（*Jonathan Swift*，1893）为斯威夫特做了诸多辩护，从政治立场到宗教人格，还有他与斯黛拉以及范讷梅瑞之间的关系。从1962年起，埃伦普赖斯（Irvin Ehrenpreis）先后出版了三卷本的《斯威夫特：其人，其作及其时代》（*Swift：The Man*，*His Works*，*and the Age*，1962—1983），这本传记写作时间跨越了20年，2000余页，作者对细节的考证是百科全书式的，甚至细化到了斯威夫特每周的工作安排。这本传记至今仍是权威，但它过度依赖弗洛伊德的精神分析学理论，以至于诸多评论家在读完之后，都感慨道"他太爱心理推测了"！伊莱亚斯的《斯威夫特在摩尔庄园》（*Swift at Moor Park*，1982）是少有的几本严肃传记之一，它的出现是对埃伦普赖斯版本的公然对抗。伊莱亚斯让埃伦普赖斯那种自产的弗洛伊德主义显得幼稚而且愚钝，可悲的是，很多读者曾经却执迷于它。在埃伦普赖斯之后最具争议性的是诺凯（David Nokes）的《乔纳森·斯威夫特批判性传记：一个逆袭的伪君子》（*Jonathan Swift*，*a Hypocrite Reversed：A Critical Biography*，1985），有评论家称这是一本不留情面的书，完全是斯威夫特的敌人在讲述斯威夫特的生平，这本书的副标题也确实能表明这一点。跟埃伦普赖斯一样，诺凯也常常对斯威夫特的心理动机进行分析，而且多半是带有恶意的揣测。格伦迪宁（Victoria Glendinning）的《斯威夫特传》（*Jonathan Swift*，1998）文风轻松愉快，最大特色在于它只专注于斯威夫特个人生活的描写，对他的职业生涯和公共生活一带而过，作者自己把它称之为有选择的"描写"。① 达姆罗什（Leo Damrosch）的《斯威夫特传》（*Johnathan Swift: His Life and His World*, 2013）并没有严格按照编年体顺序进行，在书写斯威夫特职业生涯和公共生活的同时，还叙述了他在生活中的方方面面，并穿插一些作者自己的观点，使斯威夫特成为一个真实的复杂的活生生的人。总体来看，斯威夫特在诸多传记家的笔下是一个具有争议性的人物，他的私人生活至今仍是个谜，对他的褒贬主要集中于他的人格以及他对宗教的态度。斯威夫特的传记很多，但关于他传记的研究却很少，这也并不奇怪，许多批评家对传记不感兴趣，或者是不屑于进行传记研究。

在斯威夫特与宗教关系的研究上，奥姆斯比（Hugh Ormsby Lennon）的《普雷斯托！斯威夫特和骗子》②（*Hey Presto! Swift and the Quacks*, 2011）带来了极大的争议性。这本书通过对《木桶的故事》的全新阐释，颠覆了以往关于斯威夫特与基督教关系的看法。在这本带有宗教寓言色彩的书中，作者安排了三兄弟出场，分别是代表罗马天主教的彼

---

① 有选择的"描写"是指围绕斯威夫特生平的某一方面进行书写，专注于某一条主线或某一类关键词。近些年来此类传记不乏见到：《斯威夫特的托利党政治》（F. P. Lock, *Swift's Tory Politics*. London: Duckworth, 1983）；《作为政治作家的斯威夫特》（J. A. Downie, *Jonathan Swift: Political Writer*. London: Routledge and Kegan Paul, 1984）；《斯威夫特：文学家的一生》（Joseph. McMinn, *Jonathan Swift: A Literary Life*. London: Macmillan, 1991）；《斯威夫特的政治生涯》（David. Oakleaf, *A Political Biography of Jonathan Swift*. London: Pickering and Chatto, 2008）；《斯威夫特》（Brean. Hammond, *Jonathan Swift*. Dublin: Irish Academic Press, 2010）。

② Presto 是斯威夫特在《致斯黛拉》中给自己取的绰号，中译为"普雷斯托先生"。拉丁文 Presto 意思为"飞快、迅速"，Swift 也是"飞快、迅速"之意，该绰号取二者意义之关联。该书除了描述斯威夫特与基督教的关系之外，还通过对写作枪手、庸医以及骗子牧师等群体生活状态的展现，给我们描绘了一幅斯威夫特时期伦敦寄居者的心理活动，同时涉及了对当代流行的欺骗文化的研究。《木桶的故事》一直以来被看作是关于江湖术士行骗之书，被置于江湖小说之列，与威廉·金（William King）的《伦敦之行》（*A Journey to London*, 1698）、沃德（Ned Ward）的《伦敦谍影》（*The London Spy*, 1698—1700）以及布朗（Tom Brown）的《严肃与滑稽：计算伦敦子午线》（*Amusement Serious and Comical, Calculated for the Meridian of London*, 1700）等作品同属一派。文中充斥着大量的数字推理，还有俗语、惯用语以及学术语言的交错，这些都可以看出斯威夫特有意对一些流行的江湖黑话暗语进行模仿。对《木桶的故事》这种语境的深入挖掘是本书的一大贡献。作者还指出江湖社会并不仅仅为斯威夫特这本书预先提供了范本，更成为他在信仰和求知过程中所经历的种种愤怒的载体。

得、代表英国国教的马丁以及代表清教的杰克。这三兄弟在奥姆斯比的笔下被视为三个江湖骗子,这不得不与奥姆斯比另一本秘密出版的著作《三个骗子》(*The Three Impostors*)相关联,在这本书中摩西、耶稣和穆罕默德成了罪魁祸首的骗子。奥姆斯比还援引一些异教徒和无神论者对基督教的攻击,以此解释斯威夫特的讽刺实则是针对宗教内部的黑暗腐朽。此外,奥姆斯比对《木桶的故事》的主题也做了一番思考,认为斯威夫特归根到底是对基督教的一切都表现出蔑视的态度,而这作品正是他内心的写照。值得注意的是,奥姆斯比始终对包括《木桶的故事》在内的斯威夫特著作持有一种辉格觉主义①式的态度,在他的字里行间寻找一些带有无神论或异端色彩的蛛丝马迹。

关于斯威夫特接受学的研究早在19世纪就已经开始了。1970年到1999年,韦尔彻(Jeanne K. Welcher)和布什(George E. Bush)先后编辑出版题为《小人国》(*Gulliveriana*)的八卷本丛书,探讨《格列佛游记》在18世纪的传播、接受与批评,其中第八卷《小人国注释列表》(*An Annotated List of Gulliveriana*,1721—1800,1988)是关于18世纪《格列佛游记》的资料汇编。1970年,威廉(Kathleen William)编辑出版《斯威夫特批评资料汇编》(*Jonathan Swift: The Critical Heritage*),其中主要收集了18、19世纪关于斯威夫特的批评文献。从19世纪末至20世纪中叶的斯威夫特研究资料主要见于兰达(Louis A. Landa)和托宾(James Edward Tobin)等人所编的《斯威夫特批评资料,1895—1945》(*Jonathan Swift, A List of Critical Studies Published from 1895 to 1945*,1945)。20世纪中后叶的研究资料产生了多个汇编版本:斯塔西斯(James J. Stathis)的《斯威夫特研究文献,1945—1965》(*A Bibliography of Swift Studies, 1945—1965*,1967);罗迪诺的(Richard H. Rodino)《斯威夫特研究资料目录,1965—1980》(*Swift Studies, 1965—1980: An An-*

---

① 指选择对自己有利的历史事件,或者从历史事件中剥离出对自己有利的观点来论述和证明自己的政见。

notated Bibliography，1984）、《斯威夫特研究文献补充，1965—1980》(*A Supplemental Bibliography of Swift Studies*，*1965—1980*，1987）。2002 年，里尔（Hermann Real）编辑出版《斯威夫特在德国的接受》(*The Reception And Reputation of Jonathan Swift In Germany*：*Essays And Investigations*）。2005 年，里尔再次编辑出版《斯威夫特在欧洲的接受》(*The Reception of Jonathan Swift in Europe*）。和所有的接受学案例一样，斯威夫特的接受研究也包含了传播、影响和变异等几方面，不少学者在文章中也对此问题做了研究：格雷戈里（Flavio Gregori）回顾了斯威夫特和斯特恩在 19 世纪意大利的接受情况；哈特维格（Gabriella Hartvig）追溯了"一战"前《格列佛游记》在匈牙利的接受情况；迪林（Michael Düring）分析了斯威夫特在苏联的创造性接受。

在过去的半个世纪里，我们已经看到一系列不同的斯威夫特形象：伪君子、悲观主义者、中间道路鼓吹者、爱尔兰民族主义者、无政府主义者、晦涩的讽刺家、托利党宣传者、老辉格党、传教士、坚定的英国国教徒、怀疑论者……毫无疑问，他的形象还可以不断扩展。这些不同的形象来源于他那丰富的人生和职业生涯，同时也来自现代和后现代批评家们的不断建构。尽管出现了这么多关于斯威夫特形象的认定，但没有一种是让人百分百满意的，这并不意味着我们对他的探寻没有意义。关于他，我们永远不能确定，我们唯一能做的就是不断建构对他的理解。

斯威夫特研究的未来走向将会怎样呢？早在 1982 年，伊莱亚斯就说斯威夫特的研究其实还可以做得更好。随着信息化社会的到来，电子数据库的广泛应用，我们将比以往任何一个时代更容易获得第一手资料。即使关于斯威夫特的研究已经成千上万，但关于他的宗教态度、经典作品解读等这些基本问题却仍然还有拓展的空间。斯威夫特专家里尔给我们提供一个关于我们应该如何研究的合理建议：更多地做一些文献学的基础工作，更多地关心斯威夫特的时代，对他的研究应该深入历史的建构之中。他的思想就在他的作品中，而不是在弗洛伊德的精神分析学里。

第三节 斯威夫特的中国趣味

接受史是一种对话史，接受主体和接受对象之间是一种双向互动的关系，在接受过程中通过角色互转，进行反向对话，这不仅改变了单一视野下的接受研究，同时也体现了走出文化中心主义的要求。从接受对象的视角反观其受接受主体的影响，这对于深化接受史的研究具有重要意义。因此我们探寻斯威夫特的中国趣味及其作品中的中国形象，并从他身上生发出欧洲启蒙时期的知识分子是如何看待中国的这一话题，从对方的视野来观照自身，这种"互为语境"的双向交流对于探讨斯威夫特在中国的接受是极具意义的。

斯威夫特笔下的格列佛并未涉足中国，在小说的第三部分中格列佛最远到达了东方的日本，见识了日本的锁国政策以及对基督教的态度，但中国的形象在斯威夫特的作品中却多次或明或暗地被提及。17世纪的传教士们把对中国的光辉描摹带回了欧洲，对西方启蒙时期的知识分子产生了重大影响，像德国的莱布尼茨、法国的伏尔泰、德国的歌德，还有英国的坦普尔爵士。坦普尔是一个刚刚卸任的外交官，刚出道的斯威夫特在其府上担任私人秘书，为他处理一些文字工作。

斯威夫特研究专家埃伦普赖斯认为坦普尔将旨趣传递给了斯威夫特，斯威夫特那时一直在奉行着坦普尔的各种趣味和思想，包括文学风格、政治哲学、道德观和美学观念。坦普尔关于中国的思想和态度在某种程度上也影响了《格列佛游记》的创作，在小说的第一和第三部中充满了斯威夫特对英国的讽刺，但在第二和第四部中就有关于儒学思想的回响，这种儒学价值传统是英国社会所缺乏的，也是坦普尔爵士所推崇的。

坦普尔关于中国的不同评论都收在他的杂集中，作为其秘书的斯威夫特曾在1690年为这本杂集的出版进行整理和校对。杂集中关于中国的表述大多数参考了一个叫尼霍夫（Johan Nieuhof）的荷兰旅行家游记，在整理和校对中，斯威夫特不可能不受到其影响。利玛窦（Matteo Ricci）在他的日记中《十六世纪的中国：利玛窦日记，1583—1610》（*China in the Sixteenth Century*, *The Journals of Matthew Ricci*, 1583 – 1610）将中国描述成一个完全不同于欧洲的世界。荷兰的尼霍夫在他的《东印度使团访华记》（*An Embassy from the East-India Company of the United Provinces*, 1665）中同样对儒家文明表现出赞许的态度。坦普尔在他的散文《崇高的美德》（*Of Heroic Virtue*, 1692）曾借用尼霍夫的话来评价中国，"儒家的一切法令都是为了教人们更好地生活，以及更好地治理国家"①。坦普尔传记的作者伍德布里奇认为坦普尔是"英国第一个将中国的治国制度视为楷模的政治作家"②，这比伏尔泰那些人的思想要早半个世纪。

斯威夫特在摩尔庄园替他整理文稿时，也常常对坦普尔的这些中国评论进行沉思："礼遇和尊重不仅仅是留给那些富贵之人，更是留给那些充满美德和博学的人，王子和庶民平等，提升那些治国者的品德迫在眉睫，不然他们就会毁掉整个国家。"③《格列佛游记》也因此回荡着一些坦普尔的中国情结。当格列佛身处小人国利立浦特之时，斯威夫特借用了《崇高的美德》中一段关于中国国家治理的话："所有的治理都离不开奖惩，而奖惩在这里（中国）却被赋予更多的关注。"④小说中斯威

---

① William Temple, Sir, *Five Miscellaneous Essays*, edited by Samuel Holt Monk. Ann Arbor: University of Michigan Press, 1963, pp. 114 – 115.

② Homer E. Woodbridge, *Sir William Temple: The Man and his Work*. New York: The Modern Language Association of America, 1940, p. 276.

③ William Temple, Sir, "*Of Heroic Virtue*," in *Five Miscellaneous Essays*, edited by Samuel Holt Monk. Ann Arbor: University of Michigan Press, 1963, p. 121.

④ William Temple, Sir, "*Of Heroic Virtue*," in *Five Miscellaneous Essays*, edited by Samuel Holt Monk. Ann Arbor: University of Michigan Press, 1963, p. 120.

夫特借对小人国的赞美来反讽当时的英国："虽然我们总认为赏和罚是政府行使职权的两个枢纽，然而除了在利立浦特以外，我却从来没有见过哪个国家能够实行这个原则。"①

如今坦普尔总是被与斯威夫特联系在一起，坦普尔在他的散文《伊壁鸠鲁的花园》（*Upon the Gardens of Epicurus*，1685）中还对中国的园林艺术作了一番介绍。在《古今学问》（*Upon the Ancient and Modern Learning*，1690）一文中他将法国的古今之争引入了英国，并引发了一场讨论。坦普尔认为古代的学问要优于现代，那些迂腐的学者几乎都在现代人之中。他还提及孔子和苏格拉底这两个时代接近的人，认为他们都对人进行道德教化，但不同的是，苏格拉底专注于个人，孔子则是国家公共伦理。

不管斯威夫特是否真的认同坦普尔关于苏格拉底和孔子的观点，但他的《书的战争》一文都是为坦普尔的古典立场辩护而写。在《崇高的美德》一文中，坦普尔更是赞扬了中国儒家的政治美德。坦普尔与同时代英国人的不同之处在于他不仅仅从古希腊罗马寻找美德的典范，还从其他被现代所忽略的文明中发现美德，包括中国、秘鲁、阿拉伯等文明，他认为中国的儒学是最好的文明，它已经存续久远，并且不断地将一些入侵者的文明汉化。之前已经提及，坦普尔关于孔子和儒家的一些认知主要来自尼霍夫的《东印度使团访华记》一书，《东印度使团访华记》的内容主要得益于一些耶稣会士的传教经历。在《崇高的美德》中坦普尔引用了尼霍夫关于儒学的一段话，在坦普尔看来，中国的儒学是如此的至真至善：

> 儒家的准则似乎是在不断地建构基础，让每个人都学习，尽可能地努力提高和完善自身的自然理性（Natural Reason），这样他在

---

① 〔英〕斯威夫特：《木桶的故事 格列佛游记》，主万、张健译，北京：人民文学出版社2000年版，第217页。

自己的人生中就不会（或尽量少地）犯错和背离自然规律……这个完美的自然理性包括实现身体和心灵的完美，以及人的最大快乐；要实现这样的完美就不要去贪念那些不符合自然理性的事物，不要去做让别人和自己不悦的事情。①

斯威夫特异常倚重坦普尔的思想和观点，这段关于儒家的乌托邦式的观点在慧骃国（Houyhnhnms）游记中产生了回响，但不同的是，斯威夫特在慧骃的身上保存了完满的理性。那些高贵的慧骃被赋予了美德，在它们的天性里没有邪恶，斯威夫特在这里将赞美与讽刺糅合在了一起。斯威夫特笔下的格列佛被化身为坦普尔的校友，他们都毕业于剑桥的伊曼纽尔学院，并且格列佛和坦普尔一样，都对世界充满强烈的好奇心，不断地想探寻英国本土以外的文明。在古今之争中，斯威夫特追随坦普尔，对古典学问大加赞扬，对现代学问加以嘲讽，《格列佛游记》的第三部分正是对这样一些现代伪装者的讽刺，科学家们住在空洞的理论王国中，研究一些毫无意义的东西，而这正是注重实际的儒家所厌恶的。格列佛唯一遇见的带有英雄美德的人物是格勒大锥岛（Glubbdubdrib）的几个古代贤人。

格列佛的第三次航海离中国最近，他的目的地是东印度群岛。尽管他没有真正到达中国，但他到访的几个小岛都明显以中国为参照。在斯威夫特收藏的赫伯特（Thomas Herbert）《亚非旅记》（*Some Yeares*

---

① 英文原文如下：The chief principle [Confucius] seems to lay down for a foundation and build upon, is that every man ought to study and endeavor the improving and perfecting of his own natural reason to the greatest height he is capable, so as he may never (or as seldom as can be) err and swerve from the law of nature in the course and conduct of his life [...] That in this perfection of natural reason consists the perfection of body and mind and the utmost or supreme happiness of mankind; that the means and rules to attain this perfection are chiefly not to will or desire anything but what is consonant to his natural reason, nor anything that is not agreeable to the good and happiness of other men, as well as our own. 见 William Temple, Sir: *Of Heroic Virtue*, in *Five Miscellaneous Essays*, edited by Samuel Holt Monk, Ann Arbor: University of Michigan Press, 1963, p.114.

Travels into Divers Parts of Africa and Asia the Great, 1677）一书中有关于中国皇帝的描写："无所畏惧，宇宙之主，太阳之子，大地灵长。"小人国利立浦特（Lilliput）的国王也将自己自诩成了中国的皇帝一般：

> 利立浦特国至高无上的皇帝，举世拥戴、畏惧的君主高尔伯斯脱·莫马兰·爱夫拉姆·戈尔迪洛·舍芬·木利·乌利·古，领土广被五千布拉斯鲁格（周界约十二英里），边境直抵地球四极；身高超过人类的万王之王；他脚踏地心，头顶太阳；他一点头，全球君王双膝抖战；他像春天那样快乐，像夏天那样舒适，像秋天那样丰饶，像冬天那样可怖。①

坦普尔在《崇高的美德》中借用尼霍夫的话描述了北京城的皇家气派："皇城北京是个正方形，每一边的城墙长达六英里……皇帝的宫殿就足足占了三英里，由三个宫院组成，一个套一个，最后一个宫院（皇帝的寝宫）足有四百步见方。"② 斯威夫特同样也借格列佛之口描述了利立浦特的首都：

> 这座城是正方形的，每边城墙都有五百英尺长。城里的两条大街都有五英尺宽，十字交叉地把全城分作四个部分……皇帝的宫殿在全城的中心，正当两条大街的交叉点。皇宫四周的皇城有两英尺高，墙里面二十英尺意外才有宫殿……外院是四十英尺见方，包括

---

① 〔英〕斯威夫特：《木桶的故事 格列佛游记》，主万、张健译，北京：人民文学出版社2000年版，第202页。
② 英文原文如下：The imperial city of Peking is a regular four-square; the wall of each side is six miles in length [...] The palace of the Emperor is three miles in compass, consisting of three courts, one within the other, whereof the last (where the Emperor lodges) is four hundred paces square. 见 William Temple, Sir: *Of Heroic Virtue*, in *Five Miscellaneous Essays*, edited by Samuel Holt Monk, Ann Arbor: University of Michigan Press, 1963, p.111.

两座宫院。①

在关于利立浦特和中国这两个国家书写文字的描述上，斯威夫特和坦普尔也彼此呼应。坦普尔说："他们（中国人）的书写既不像欧洲从左到右那样书写，也不像有些亚洲语言从右往左书写，而是沿着一条直线从上而下书写，一列写满之后再在另一列从上往下写。"② 当斯威夫特描述利立浦特的书写时，似乎对坦普尔有一种微妙的回应，他们的书法"特别得很，他们写字既不像欧洲人那样由左而右，又不像阿拉伯人那样由右而左，也不像中国人那样从上而下，也不像加斯开吉人那样从下而上。他们却是从纸的一角斜着写到另一角，和英国的太太小姐们的习惯是一样的"③。

在对小人国利立浦特的风俗描绘上，斯威夫特对坦普尔也有参照。坦普尔在描述中国人对怪力乱神的膜拜时，将儒家学者从中剔除了出去，认为只有普通的平民和不识字的人才需要庙宇和神灵。利立浦特埋葬死人的风俗是将死人的头朝下，因为他们相信死人以后要复活，复活的时候地球会上下颠倒方向，因此复活那时他们会刚好呈站立状。利立浦特的学者觉得这种说法荒谬至极，但还是不得不遵从世俗的做法，这也近乎儒家倡导的中庸之道了。

在格列佛的第四次航海中，慧骃对理性的遵从就像儒家一样。慧骃国将友和仁视为两个重要的原则，而在西方许多学者眼中，这也是儒家

---

① 〔英〕斯威夫特：《木桶的故事 格列佛游记》，主万、张健译，北京：人民文学出版社2000年版，第205页。

② 英文原文如下：Their writing is neither from the left-hand to the right like the European, nor from right to left like the Asiatic languages, but from top to bottom of the paper in one straight line, and then beginning again at the top till the side be full. 见 William Temple, Sir: *Of Heroic Virtue*, in *Five Miscellaneous Essays*, edited by Samuel Holt Monk, Ann Arbor: University of Michigan Press, 1963, p. 116.

③ 〔英〕斯威夫特：《木桶的故事 格列佛游记》，主万、张健译，北京：人民文学出版社2000年版，第216页。

的处事原则，格列佛希望慧骃国能够用他们的文明教化欧洲。格列佛在慧骃国的经历似乎和那些第一次来中国的传教士类似，中国人因为这些传教士的异域背景而对他们不信任，经过相当长的时间才逐渐被中国人接受。珀切斯（Samuel Purchas）在《珀切斯游记》（*Purchas His Pilgrimage*，1613）中提及"他们（中国人）不准许外国人同他们一起居住，这些外国人也不被准许进入中国内地"。格列佛在慧骃国被看成是比耶胡稍高一点的动物，但他最后也被逐出慧骃国，因为慧骃害怕他会煽动耶胡反抗。

斯威夫特描述的大人国布罗卜丁奈格（Brobdingnagians）位于中国和美国之间，这片东方的净土安宁祥和，让人想到利玛窦对中国的描述。在大人国中，斯威夫特寄寓了温和的讽刺和乌托邦理想。当格列佛指导他们使用枪炮火药时，大人国的国王被震惊了，有的学者推测这个细节其实是隐喻了传教士给中国带来了文明和杀戮。

传教士勒孔特（Louis Lecomte）曾记录过中国皇帝对几何学的迷恋，斯威夫特将大人国的国王描绘成一个博学的人，精通数学和哲学，并且喜欢音乐。格列佛说大人国的音乐"闹哄哄的声响太大，我简直分辨不出是什么曲调来"[①]。利玛窦在日记《十六世纪的中国：利玛窦日记，1583—1610》谈到自己第一次听中国音乐时，觉得自己的耳朵中充满了混乱和嘈杂。大人国和中国都有着灿烂的古代文明，"他们记不清从什么时代起，就和中国人一样有了印刷术"[②]。

在当时启蒙时期的欧洲也有些知识分子对中国的儒学传统持怀疑的态度，譬如和斯威夫特同时代的笛福（Daniel Defoe）就对中国持完全不同的看法。中国人因循守旧，对经济贸易的态度冷淡，这些都让

[①] 〔英〕斯威夫特：《木桶的故事 格列佛游记》，主万、张健译，北京：人民文学出版社2000年版，第282页。
[②] 〔英〕斯威夫特：《木桶的故事 格列佛游记》，主万、张健译，北京：人民文学出版社2000年版，第292页。

笛福对中国没有产生好感，这些也表现在《鲁宾逊漂流记》（*Adventures of Robinson Crusoe*, 1719）中对中国的轻描淡写上，他在作品中还嘲笑中国缺乏基督教新教伦理。笛福是一个典型的18世纪英国人，他的身上渗透着当时一部分英国人的基本价值观念，代表了当时一批处于上升时期的资产阶级的思想，他们对东方充满了负面和消极的态度："18世纪的英国作家对于中国文明的一个总体定论就是'静止不动'，同时也认为中国人'在科学方面的天赋逊于欧洲人'。自安逊勋爵的航行以来，他们对中国人性格的一般判断是'狡猾而诡计多端'。对于中国的悠久历史，他们总的定论是，那是一个'自吹自擂的谎言'。"①

斯威夫特和坦普尔则代表了当时欧洲另一部分知识分子对中国的态度，他们对中国的直观认识和印象式感受是比较全面的，既有器物层面，譬如《木桶的故事》中的中国马车，《格列佛游记》中的中国书法、服装、印刷术和中国话，又有精神层面，譬如儒家伦理和君王制度。也许正是斯威夫特和坦普尔的古典主义立场才让他们对中国有好感，加之18世纪席卷欧洲的中国热让他们对东方这个古老的国家有了更多的了解。

---

① 《钱钟书英文文集》，北京：外语教学与研究出版社2005年版，第202—203页。

第二章 斯威夫特在中国的译介与传播

斯威夫特一生著述颇丰，他的创作涵盖了诗歌、书信、散文和小说等各种文体，写作题材多因时事而起，剑桥大学出版社十七卷本的《斯威夫特作品全集》足见其创作的厚度。斯威夫特自 1872 年第一次被译介到中国，至今已有百余年的历史。译介出版成为斯威夫特在中国传播的重要方式之一，随着工业文明的到来，他的传播方式也从纸质传媒跨越到了银幕和舞台。斯威夫特在中国的译介和传播共经历了两次高潮。第一次是从晚清到五四时期，以林纾为代表的《海外轩渠录》和周作人的散文译介，通过林纾、周作人等译者的努力，对斯威夫特的译介由单篇作品逐渐向其他作品扩展。而从 20 世纪 30 年代始，直至 80 年代，斯威夫特译介和传播的热度相对冷却，但已经逐渐形成对《格列佛游记》经典化的确认，因此涌现出了一批译本，其中以 1948 年正风出版社出版的张健译本为代表，该版本在 1949 年后多次再版。第二次译介和传播的高潮是 20 世纪 90 年代之后，除了台湾学者单德兴《格理弗游记》译本的问世之外，还出现了百余个畅销译本，同时，90 年代之后传播方式的转变也带来了荧幕和舞台剧的改编。

从总体上看，斯威夫特作品在中国的译介广度不足，译介层面相对单一，大部分作品还没有被译介过来。与此同时，某几部代表性的作品却反复被译介，拥有多个译本，特别是《格列佛游记》，其译介数量远在其他作品之上，甚至还被改编为影视和舞台剧。它的翻译成为译介中的热点，几乎伴随了斯威夫特在中国接受的始末，除了旧的译本不断再版之外，还有新的译本不断问世，因此产生了旧译再版、新人新译和一人多译等现象。本章通过梳理中国对斯威夫特译介的史实和相关资料，以具体翻译个案为基础，结合文化语境考察斯威夫特在中国各个阶段的译介和传播特征。

第一节　斯威夫特在中国译介与传播的概况

斯威夫特是伴随着清末第一次翻译潮流而来的舶来品。最初译介之时，在译名上就产生了庞杂不统一的现象。关于 Jonathan 的译名存在多种译法，诸如"江奈生""江奈森""江纳善""乔纳森"等。Swift 的译名就更多了，诸如"绥夫特""斯惠夫脱""斯惠夫德""斯威夫德""斯维夫特""史威夫特""司威夫特""司威夫脱""史惠甫脱""斯尉夫特""史惠夫特"等。译名的翻译主要遵循音译的规范，随着译名的约定俗成以及学术要求的规范化，"乔纳森·斯威夫特"渐渐成了较为通行的译名。关于 Gulliver 译名同样存在上述的译法之争。常用的译名为"格列佛"，旧译有"葛利佛""格列弗""格利佛""格里弗""加里味""迦利佛""高里弗"等，这些都是较为忠实的音译。值得一提的是，台湾学者单德兴在 2004 年的译本中将其译为"格理弗"，并对该译名进行了咬文嚼字："格"物穷"理"，却屡遭拂逆（弗），暗涉人物的命运和遭际。"格理弗"意在追求音译和意译的统一，但能否推广和通行，还有待时间检验。

《格列佛游记》作为斯威夫特的代表作品首先被译介到国内，并在国内大为通行，但他的其他作品在中国译介起步比较晚，作品译介相对单一的情形至今没有得到很大改观。《格列佛游记》在中国的译介和传播在后面一节将会详谈。

斯威夫特的散文译介则要到五四时期，距离《格列佛游记》进入中国已经几十年过去了。斯威夫特的散文多为政论文，还有一些相关的宗教题材。"散文"这一名称在西方经历了从广义到狭义的演变。最初Prose（散文）作为一个与Verse（韵文）相对的概念而出现，无韵而体散的作品都被称之为Prose。16世纪法国的蒙田开创了一种新的文体Essay，这就是狭义上的散文，指那些充满理趣，行文活泼的散体文章。Prose一词较为宽泛，斯威夫特除了小说诗歌之外的一些创作基本都可以涵盖在Prose之内，所以斯威夫特的散文集名称经常使用Prose一词，而不是Verse，也很少用Essay一词，如戴维斯版的《斯威夫特散文集》（*The Prose Writings of Jonathan Swift*）、司各特（Temple Scott）版的《斯威夫特散文集》（*The Prose Works of Jonathan Swift*）、海沃德（John Hayward）版的《斯威夫特散文选集》（*Selected Prose Works of Jonathan Swift*）。

对于散文文体的创作和译介，五四时期的知识分子们表现出巨大的热情。这一时期由于受西方散文概念的影响，多将Essay译为随笔或小品文。散文的概念被狭义化，不再像古代传统的"二分法"那样，文章只有散文和韵文/骈文之分。朱自清在《什么是散文》一文中指出，散文"是与诗，小说，戏剧并举，而为新文学的一个独立部门的东西，或称白话散文，或称抒情文，或称小品文"①。散文在五四之后成了"四分法"之一的文学体裁，散文体式较多，小品文、杂文都属散文之列，但渐渐有独立于散文之外的趋势。在1921年的《晨报》发表的《美文》一文中，周作人对散文文体的建设提出了关切。随着他对美文的提倡，

---

① 傅东华编：《文学百题》，长沙：岳麓书社1987年版，第190页。

散文在创作和翻译领域都取得了较大的成绩。1924 年创办的《语丝》杂志主要刊载散文随笔作品，这份刊物译介了不少外国随笔作品，周作人节译斯威夫特的《〈婢仆须知〉抄》（Directions to Servants）曾在《语丝》上发表。《北新》《青年界》《文艺月刊》《论语》《人间世》《宇宙风》等刊物也刊载了包括斯威夫特在内的许多西方散文大家的随笔作品。关于外国作家随笔集的出版也取得了一定的成果，1927 年，北新书局出版了周作人译介的《冥土旅行》，其中收录了斯威夫特两篇散文译文：《育婴刍议》（A Modest Proposal）和《〈婢仆须知〉抄》（节译）。

A Modest Proposal（1729）是斯威夫特的代表散文之一。作者以讽刺的笔调建议爱尔兰人将自己的婴儿卖给富人做佳肴，以此缓解爱尔兰地区的贫困。在中国最早的汉译版本由周作人翻译，题为《育婴刍议》（1923），后收入《冥土旅行》（1927）中。该译名注重与内容的匹配，根据内容进行归纳总结，放弃了对原名称的直译。之后，高健译为《芹曝之献》，"芹曝之嫌"在中国古代汉语中是一个典故，意为地位低下的人向地位高的人献计，表示自谦，该译名显然更本土化和文学化。后有王佐良译为《一个小小的建议》，这个版本的译文目前更为通行，译名忠实于原名。刘炳善将其译为《育婴刍议》，参考了周作人的译名。单德兴借用了《列子》中"野人献曝"[①] 的典故将其译为《野人刍议》，用反讽的语调表明爱尔兰人贫穷，他们只能给富人进贡婴儿充当佳肴，既可以减轻人口压力，又可以缓解经济状况。

Mediation upon A Broomstick（1710）是斯威夫特戏仿波义耳[②]（Robert Boyle）《沉思录》（Occasional Reflections upon Several Subjects，1665）

---

① "野人献曝"比喻贡献的不是珍贵的东西，出自《列子·杨朱》："故野人之所安，野人之所美，谓天下无过者。昔者宋国有田夫，常衣缊黂，仅以过冬。暨春东作，自曝于日，不知天下之有广厦隩室，绵纩狐貉。顾谓其妻曰：'负日之暄，人莫知者，以献吾君，将有重赏。'"

② 波义耳（1627—1691），英国化学家，代表作《怀疑派化学家》（The Skeptical Chemist，1661）、《沉思录》。

的笔调而作，以此嘲弄他平庸的说教口吻。高健将其译为《扫帚说》，王佐良译为《扫帚把上的思考》，刘炳善译为《关于一把扫帚的思考》，方雪梅译为《关于扫帚柄的沉思》。高健的翻译沿用了古代"说"这一种文体的译法，其他的译名基本上是按照篇名进行直译。Thoughts on Various Subjects 王佐良译为《零碎题目随想》。在斯威夫特的散文翻译上，王佐良是集大成者。他先后译出的篇目除了上述的几篇，还有《致一位新任神职的青年先生的信》（A Letter to a Young Gentleman Designing for Holy Orders，1721），《预拟老年决心》（Resolutions When I Come to Be Old，1699）等。

A Tale of a Tub（1704）是对教会进行讽刺的一篇力作，目前比较通行的版本是主万的译本《木桶的故事》，国内不同版本的译名有《一只澡盆的故事》《一只木桶的故事》《桶的故事》《道坛的故事》《澡盆故事》……学者居祖纯在《关于 A Tale of a Tub 的译名》一文中认为，"A Tale of a Tub"是 16 至 17 世纪的英国文学作品中经常使用的成语，意为"无稽之谈"，这恰恰也符合该书写作的讽刺风格，一语双关，但这一译名目前在学界还未能推行开来。《书的战争》《布商的信》（The Drapier's Letters，1724）目前仅散见于各种作品选段中，未见有完整的中译本。

斯威夫特还有一些格言随想录、儿女私语的书信和诗歌。Verse on the Death of Dr. Swift（1739）是斯威夫特以戏谑的笔法给自己写的悼亡诗，吕千飞的译本《咏斯威夫特教长之死》较为通行。目前国内尚没有斯威夫特的作品全集或选集，这一方面的译文基本上是散落在一些文学史教材、作品选和译著集中。

斯威夫特的散文译介总体上数量不多，较为零散，但所译篇目基本都属斯威夫特散文创作中的经典之作。和斯威夫特的小说特别是《格列佛游记》的译介相比，他的散文译介质量总体上较高，能够把握语言风格，且大多数都为翻译名家所译。鲁迅在 1933 年《小品文的危机》一文中说，"五四运动的时候……散文小品的成功，几乎在小说戏曲和诗歌之上。"① 为何在五四时期散文取得了成功?"这是为了对于旧文学的示威,在表示旧文学之自以为特长者,白话文学也并非做不到。"② 小品文在当时是一种风雅的美学实践,"供雅人的摩挲",创作者们对它的语言美、风格美和形式美都极为注重,即使在对外来散文的翻译上,也毫不吝啬这种摩挲。

尽管斯威夫特作品译介主要通过纸质媒介或电子媒介的方式进行传播,但在译本之外,银幕和舞台艺术同样成为其作品传播的重要方式。1903年,梅里埃(Georges Méliès)的短片《在小人国的巨人格列佛》开创了《格列佛游记》改编的先河,目前《格列佛游记》已经有多个版本的电影上映,最常见的有1939年福勒斯奇尔(Dave Fleischer)执导的在美国上映的动画电影、1977年亨特(Peter R. Hunt)执导的在美国上映的动画片、1979年帕特森(Doug Paterson)执导的在澳大利亚上映的电影、1992年比安奇(Bruno Bianchi)执导的在法国上映的动画片、1996年斯特里奇(Charles Sturridge)执导的在美国上映的电影、2010年莱特曼(Rob Letterman)执导的在美国上映的电影。这些影片几乎都能在互联网上观看得到,有的甚至已经译制引进国内。

除了荧幕艺术,斯威夫特的作品还以舞台艺术的方式呈现给中国观众。英国的TNT剧团是英国本土最为成功的剧团,在世界范围内也享有盛誉,《格列佛游记》是其经典剧目之一,曾以英语在全球巡演,并于2009年来中国演出该剧,深受中国观众喜爱。2012年,台北的沙丁庞客剧团导演了儿童木偶剧版的《格列佛游记》,并在上海当代戏剧节上演出。2014年,台湾导演马照琪将《格列佛游记》改编为奇幻舞台剧在上海演出。Directions to Servants 曾被日本的寺山修司(1935—1983)导演成戏剧《奴婢训》,自从1978年在日本东京首演以来,已经在全球30多个城市巡演,并于2019年首次在香港公演。剧作以日语演出,并

---

① 鲁迅:《鲁迅全集》第4卷,北京:人民文学出版社2005年版,第592页。
② 鲁迅:《鲁迅全集》第4卷,北京:人民文学出版社2005年版,第592页。

附中英文字幕。斯威夫特的原作表面上是训导仆人们要尽职尽责，但实际上是以反讽的语气给仆人们提供了报复主人的指南。作为日本小剧场运动的先锋导演，寺山修司结合了超现实主义以及布莱希特的间离手法，将斯威夫特的讽刺文章改编成视觉意象丰富的实验剧作。全剧一共分为十七幕，背景是大宅的主人不知去向，留下一群行为怪异的仆人，全剧围绕着仆人们要选出新"主人"的情节展开。演出配以精妙的机械装置、摇滚乐以及歌剧式的效果，将观众带入狂欢而荒诞的世界中。总之，大众通过银幕艺术和舞台剧的体验，获得了对斯威夫特及其文学作品的感性认识，这对斯威夫特在中国传播所起的作用不容忽视。

值得一提的是，关于《格列佛游记》的大多数改编都脱离不了被腰斩和童话化的命运。正因如此，其改编的影视和动画片倾倒了无数的少年儿童观众，这使其作为儿童文学名著在国内迅速流行起来。出版界为了满足阅读需求，也闻风而动，先后出版了多个版本的《格列佛游记》，有的版本以"小人国大人国"为书名只保留小说的前两部分，还有的版本对小说原著进行彻头彻尾地改编。此外，由于小说生动有趣，国内还出现了不少英汉对照本、插图本、图画本、注释本，甚至还有电子版本，以便学习英语所用。这些译本质量参差不齐，却一版再版，畅销数百万册，这在无形中抬高了《格列佛游记》的地位，同时也遮蔽了它作为经典的本真意义。被 T. S. 艾略特称为"人性精神一大胜利"的慧骃国部分在大多数影视和译作中被忽略了，这无疑也影响了斯威夫特作为英国文学史上最伟大的讽刺作家的评价。正如台湾学者单德兴在译本的序言中所说："《格理弗游记》的中译史本身便是一部误译史。"的确，斯威夫特满载社会历史和政治忧郁的文字风格很难让译者准确把握，如果没有强大的背景知识和语言感受力，很容易将其误读为一部带有儿童奇幻色彩的海上漂流记。由于该小说影响弥广，后世的译者和研究者们才逐渐意识到这一点，之前被译者们腰斩和忽视的部分慢慢被纳入整个翻译文本和研究文本中。

总体上说，斯威夫特在中国的译介和传播遭遇了与英国之外大多数国家类似的情形。对于大多数中国读者来说，格列佛常常成了斯威夫特的代表，多数读者说不出斯威夫特还有何其他作品，也许是因为其他的作品声名都远不如《格列佛游记》。"小人国大人国"的故事家喻户晓，但很多人却不知斯威夫特为何许人也。在英国，斯威夫特不仅仅是作为《格列佛游记》的作者而存在，他还是一位诗人、一位政论家、一位散文家、一位英国国教徒，甚至一位政客。斯威夫特曾用多种文体写作，他的作品也不仅限于小说，还有散文、诗歌和书信。在其所有作品中，最早进入中国读者视野的是《格列佛游记》，散文、诗歌和书信在时间上很晚，而斯威夫特全集至今没有中译本，这也是斯威夫特在中国的接受面临的最大问题，因为作品译介和传播的单一而导致读者和研究者对其认知的单一，使得这位英国 18 世纪讽刺大师的光芒被遮蔽了。

第二节 斯威夫特在中国译介与传播的特征

一、译介与传播的文化语境

文化语境在文学译介与传播过程中起着至关重要的作用，从发生学角度来说，任何一种文学思潮和文学现象的发生，都与当时的社会、经济、政治和文化有着密切关联。考察斯威夫特在中国的译介和传播背景，就无法回避社会政治文化语境。西方的冲击开启了晚清的文学视野，一种被翻译的"现代性"也随之进入中国，在翻译远远多于创作的时期，斯威夫特的作品也伴着这股潮流涌入。1872 年 5 月，斯威夫特作品的第一个译本《谈瀛小录》在上海《申报》上刊出，那是《申报》创刊后的一个月。它的出现基本上与中国早期现代报刊同步，远远早于梁启超发起的小说界革命。从宏观上来看，20世纪80年代之前的斯威夫特译介和传播几乎都与政治语境密切相关，从晚清到新时期经历了几个阶段性的历史变化，将这段时间做一个简单的切分：晚清到五四，20世纪30年代到40年代，从1949年到"文化大革命"。斯威夫特译介传播的政治文化内涵经历了最初的民主与科学，然后到抗战救亡，再到社会主义建设。总体来看，它与政治难舍难分。

混沌初开的文化语境让晚清的小说翻译承担起双重使命，一方面要突破旧的文化心理，另一方面又要为新文化诞生提供可能的空间。如何让社会民众接受异邦的新声成为这一时期小说翻译的重要考量因素，创造性的翻译和误读也由此而生。它们多呈现出粗糙和意译的特征，原著者在译本中被忽视，原文本被随意增删，内容被曲解和戏仿，这种解构、误读和"后现代"修辞之间呈现出一种表面相似性，但不同的是，后现代是有意识的戏仿与颠覆，而这里更多的是无意识的文化认同与归化。晚清斯威夫特作品的翻译难逃当时翻译小说的一般特征，从根本上说，《谈瀛小录》那些不得已的"翻译解构"完全是出于对翻译小说社会作用的关注，译者竭力将一个异域题材小说改造得更为本土化：用志怪之笔将主人公化为家籍在隶甬东（今在浙东一带）的生意人，以中国化地名代之，出现一系列的中国器物，小人国国王也是中国皇帝的装扮，这种从主题到叙述，再到笔法的改造，完全将西洋小说推到一个合乎中国时宜的境地。《格列佛游记》的第二个译本《僬侥国》（1903—1906）也难逃本土化色彩，迎合中国读者的趣味。林纾所译《海外轩渠录》以其桐城笔法获得了诸多士大夫文人的认同，更以古雅的文言书名引起人们对海外怪诞之事的兴趣。虽然这些解构式的翻译受到后人的诟病，但在当时实属历史的必然，因为强调内容的启蒙性，以至于不拘泥于形式。纵是如此，翻译小说也是当时新小说的样板。

读者的审美需求以及出版的商业目的在相当程度上制约了晚清的小说翻译策略。晚清的文化氛围让斯威夫特作品的翻译呈现出文本改写的特征，西洋小说作为一种舶来品，所言人物、地点和事件对当时的读者来说都是新鲜之物，译者就不得不考虑读者的审美心理和文化习惯，这就导致了翻译过程中的归化策略，改写让翻译小说被民众接受成为可能，正是这种创造性的改写让晚清的翻译小说遍地开花。但这种改写式的翻译在传播过程中带来了意想不到的结果，比如《海外轩渠录》的腰斩传统直接导致了"小人国大人国"的童话阅读传统。此外，出版商的商业性目的与译者的艺术追求常常混杂在一起，难分彼此。林纾的《海外轩渠录》究竟含有多少商业、艺术和启蒙的成分，这似乎很难去考量，其友陈衍呼其室为"造币厂"，但他的桐城笔法又深得时人赞叹，同时他的小说翻译还影响了一批现代中国作家，若要分辨清楚商业、艺术和启蒙的成分各占几分，恐怕很难。

　　五四时期的译介局面是多元化的，几乎所有新文化运动的倡导者都参与了外国文学的译介活动。这一时期的译介比晚清规模更盛，译介范围也更广，西方自文艺复兴以来的各种思潮主义全部涌入，这也契合了民族文学现代化的发展诉求。这一时期斯威夫特作品的译介范围更广，不再仅仅局限于晚清时期的《格列佛游记》，散文译介也受到了重视。翻译的语言符号在五四时期发生了根本性的转变，白话规范的翻译和创作被逐渐建构起来，在提倡语言现代性的语境中，外国文学的译介获得了更大的意义。斯威夫特的散文译介契合了白话文发展的实践需要，对这场中国语言现代化的运动来说，只有西洋语言有可能成为其模范。这一时期斯威夫特大量的散文被译介过来，这也是对周作人提倡美文和散文文体建设的回应。但在"救亡和启蒙"的语境之下，五四时期的翻译开始向马列主义著作和俄苏文学转向，而这一转向在20世纪30年代被完全凸显出来。

　　从30年代开始，五四新文学逐渐转向左翼文学，翻译也从多元化渐趋统一，革命文学、普罗文学和无产阶级文学的译介成为潮流，特别是马克思主义文艺理论及其相关作品构成了译介的主流。一元化的左翼语境下并没有出现斯威夫特新的译作，他的大多数作品仍旧与中国读者无缘。随着斯威夫特被鲁迅等人推崇备至，《格列佛游记》的新译本也再次产生，小说中对英国政治和社会的抨击也正契合了左翼文化语境的需要。

从1949年之后一直到"文化大革命"时期，翻译的目光基本投向了无产阶级著作和俄苏文学，马列全集成为翻译工作的重中之重。对外国文学作品的译介多带有政治的考量，打上了意识形态的烙印。斯威夫特被定义为带有人民性的现实主义作家，在这一时期的外国文学史教材或者不公开发行的内参资料上都可以看到这样的论述。而"文化大革命"的到来，关于外国作家作品的一切译介工作几乎都停止了。

八九十年代之后的商业化语境让文化市场空间不断拓展，斯威夫特出现在了印刷、销售、表演等不同的消费场合。他的译介和传播经历了前所未有的市场化语境，政治因素已经逐渐淡出文学的翻译和传播。商业因素作为一种诉求日益侵入文学的翻译领域，大量的"大人国小人国"缩写本、改译本、改编本和英文学习本的出现，还有散文名篇的翻译，带来了斯威夫特译介繁荣的局面。特别是《格列佛游记》在出版商的精明策划下，逐渐成为畅销的文学读物。参与翻译的签约译者也属于商业化的翻译方式，这类的翻译从本质上来说是一种契约化的翻译，翻译的策略完全是遵从读者大众的审美趣味和文化市场的需求，翻译本身也带有极强的商业目的，与那种纯粹自由的翻译截然不同。译者表面上看似是翻译自由，不受契约的规范，但商业化的诉求作为一种软性约束方式深入译者的翻译之中，致使译者在翻译理念上不自觉地对市场和读者的需求产生认同和接受，并将这种需求落实到翻译实践中去，让译本烙上了商业化的印记。市场语境下的翻译需要着重考虑"可读性"的问题，因为可读性直接关联到读者是否会愿意购买译本，也关联到译本的发行量等市场指标。

在商业化的浪潮之下，许多经典文学的翻译呈现出不景气的现象，一些俗文学和解构式的翻译冲击了经典文学的翻译,让人感到经典的危机。文学价值和商业价值的巨大差异让人瞠目结舌,有些畅销译本的商业利润远远大于经典译本,其中有多少市场泡沫可想而知。许多译者也开始思考,究竟是译本曲高和寡,还是读者的审美层次不够?这恐怕不能全然怪读者不会欣赏,最急切的是应该解决可读性的问题,如果读者对译本没有兴趣,那恐怕是译者的悲哀。在市场化语境下,读者在翻译中占据不可或缺的重要地位,并成为衡量译本是否成功的重要尺度之一。因此,《格列佛游记》译本出现了被腰斩或改写的情形,因为带有深刻内涵的文学经典并不具备普及性,而童话版的"大人国小人国"最畅销,也最受欢迎。消费文化将经典解构得面目全非,而非专业的文学工作者对此却全然不知,以至于斯威夫特在这一时期的推介中有时被打上了儿童作家的标签。当然,这一时期台湾学者单德兴的《格理弗游记》(学术译注版,2004)的出现似乎是有意在向市场文学发出挑战和对峙。但随后《格理弗游记》(普及版,2013)的问世又好像是有意向市场妥协。这有趣的现象似乎告诉我们,即使有像单德兴的这类精彩译本的出现,也丝毫不能改变 90 年代之后斯威夫特翻译的商业化契约本质。

大众传媒的兴起让影视等娱乐产品充斥人们的日常生活,《格列佛游记》的影视或舞台剧生产是将小说内容转化成了具体可见的影像,并将其中的价值理念转达给大众。那么,从文本到影视或舞台剧的转换过程中,小说丧失了什么?从电影刚刚诞生之初梅里埃的改编,到好莱坞电影大片,再到英国 TNT 剧团的舞台剧,经过一个世纪的电影和舞台剧改编,格列佛呈现出各式风格和形式,从忠于原作的现实主义改编到后现代的戏仿,从儿童动画片再到严肃的政治讽刺剧,格列佛被更改得面目全非,作品内容的大量删改也让我们看到影视和舞台剧在改编过程中对观众采用的不同策略,文本本身的完整性被摧毁了。此外,影视中双语字幕的出现似乎给我们提供了一个平行的文本对照,将文本改编和翻译融合在了一起。对观众而言某种程度上意味着原本和译本的同时阅读，带来不同的观摩感受。

在消费时代，斯威夫特翻译和传播的商业化倾向似乎并不是什么新鲜事，它是商业社会发展中必然产生的一种文化现象。它看上去似乎与五四文学传统完全背离，朝向市场化的道路前行。但反过来想，文学渐渐挣脱了以往的政治束缚，在翻译上岂不是获得了更多的自由吗？这是不是更有利于翻译回归到自身？当然，当翻译与政治渐行渐远时，与市场是不是又渐行渐近了呢？这些问题都留待我们去做进一步的思考。也许文学和商业的结合也并非像某些道德主义者所认为的那样——只会给文学带来灾难性的毁灭，它或许会让文学的发展变得更加从容，犹如霍克海默和阿多诺所说，艺术承认自己的商品性质并无大碍，但如果它否认自己的独立自主性，反以为荣，那就令人惊奇了。①

从总体上看，斯威夫特在中国百余年来的译介和传播语境始终贯穿着"现代性"这条主线，中国现代性的生成开始于译介，以西方文化为参照，并将其融入自身的文化中。这里的现代性已经经过中国知识分子的有意选择和改造，是对西方自文艺复兴以来的现代文化资源的重新整合和接受。对斯威夫特小说的译介也是译者们选择的结果，因为小说这一文体更有利于民众的启蒙，而且西洋小说所蕴含的叙事内容和技巧能够更新中国传统文学的格局和观念，并开启中国文学的现代化进程。斯威夫特散文的译介契合了白话文和小品文的发展诉求，林语堂曾将小品文纳入现代性的话语框架内，其现代性表现为笔调解放，下笔随意，可以抒情、说理、评论和讽刺，在一定程度上具有启蒙话语的功能，斯威夫特的散文多为为时事而作的政论文，不为格套所拘，这种自由叙述的精神和五四时期的思想解放遥相呼应。五四时期一些报纸的副刊涌现出诸多汉译的散文，周作人在《晨报》副刊上对西方散文随笔的引入也成

---

① 参见〔德〕马克斯·霍克海默、特奥多·阿多诺：《启蒙辩证法》，洪佩郁等译，重庆：重庆出版社1990年版，第148页。

为五四小品文建设的一部分，关于斯威夫特散文的多篇译介也在此时涌出。从30年代左翼文学到解放区文学，再到"十七年"和"文化大革命"时期，译介的现代性语境被暂时中断。而80年代的思想解放运动让文学现代化的诉求再次得到彰显，译者们面临与五四时期类似的启蒙命题，在传统与现代、中西古今的冲突中进行文化思考。90年代之后的商业化语境让我们看到文学翻译在现代性之外的更多可能。

二、译介与传播的特征

文学的跨文化传播主要借助译介的方式来实现，如果接受者具有较高的外文素养和异质文化背景，也可以跨越译介这一中介方式，直接摄取外来文学。但对大多数中国接受者来说，他们接受斯威夫特的方式主要还是通过译介。译介是中西文学和文化得以交流的前提，文学的交流离不开翻译，文学的发展也离不开翻译。从某种程度上来说，翻译在中国文学走向现代性和世界文学的过程中起了不可估量的作用，中国现代文学的发生和发展都要追溯到晚清的翻译活动中去。纵观斯威夫特在中国的译介，主要呈现出以下几个特点。

早期斯威夫特的作品译介常常伴随着启迪新知和迁就旧俗的混杂，表现在翻译上就是注重归化策略的使用。在斯威夫特最初传入的晚清阶段，中国读者对外国文学作品并不熟知，更不用谈对西洋景观的了解，为了让读者能够更好地接受，译者只好以中国的本土文学面貌改造外来文学，在翻译中使用归化策略，所以这一时期的大多数翻译都存在改译的现象，并不忠实于原文本进行直译，让人难以辨别究竟是创作还是翻译。在语言上，常常是文言文或文白相间，如同鲁迅在翻译《月界旅行》时说："初拟译以俗语，稍逸读者之思索，然纯用俗语，复嫌冗繁，因参用文言，以省篇页。"① 甚至还沿袭传统小说的章回体、按语等模

---

① 鲁迅：《鲁迅全集》第10卷，北京：人民文学出版社2005年版，第164页。

式,以中国读者更为熟知的面貌出现。这就给读者留下了注重意译、迁就旧俗的印象。在译介的过程中,又渗入了政治因素,借助小说中的西洋文化图景来"新民",暗含了教化和启蒙之意。

早期斯威夫特汉译作品署名呈现出混乱或缺席的情形,在这情形背后隐含着的不仅是中国近代出版行业中现代版权意识的缺乏,还有更复杂的文化动因。在创作高于翻译,诗文高于小说的传统文人心态影响下,译者常常隐去自己的真实姓名,用笔名替代,有的甚至不署名。小说在传统文学中一向被视为"小道""末枝""不登大雅之堂""君子弗为也",鲁迅在《中国小说的历史的变迁》中也指出"中国人向来以小说为无足轻重"①,小说的"末流"地位让小说家也耻于留名,这种影响一直持续到甲午战争之后才有所改观。甲午战争后翻译文学大量涌现,从1894年到1906年的十多年间就出现了500余种翻译小说,而从1907年到1919年的十多年间翻译小说则多达2000余种。1902年,梁启超在《新小说报》创刊号上发表了《论小说与群治之关系》一文,正式提出"小说界革命"的口号,将小说推崇为"文学之最上乘"。这也就可以解释在1906年林纾译本出现之前,《格列佛游记》的两个中译本《谈瀛小录》(1872)和《僬侥国》(1903—1906)均没有署名的原因,林纾译本之后出现的数十个译本皆有名可查。早期的小说翻译连原书名也基本没有注明,常常另起新名,这也给研究者带来了方向上的混乱,在溯源上制造了障碍。此外,这也极有可能说明当时的译者对西洋作家了解有限,原著者和书名都不是他们的首要考虑对象。为了实现新民的目的,他们更多考虑的是如何增加译文的影响面和社会效用。

商业性和艺术性的结合几乎贯穿了斯威夫特作品汉译的全过程。斯威夫特作品的最早译介几乎与近现代报刊行业的出现同步,近现代报刊催生了一批职业作家和翻译家群体,与此同时,现代意义上的稿酬制度

---

① 鲁迅:《鲁迅全集》第9卷,北京:人民文学出版社2005年版,第332页。

也建立起来了，作为文学之一的翻译文学自然变成了一种商品。翻译文学作为一种特殊的精神产品，有自己的艺术价值取向和评价标准，与普通的商品截然有别，这也让文学与商业的关系变得复杂而诡异。在商业性和艺术性的二元对立中，译者将向天平的哪头倾斜呢？稿酬制度让译者获得了可靠的经济来源，同时也使得译本出现商品化的倾向，此种情况下，斯威夫特小说的改译本数量激增，从经典走向了通俗化，其中粗制滥造的译本自然不在少数。但为了在激烈的市场竞争中不被淘汰，译者也更加重视译本的质量，只有高水平的译本才能得到文化市场的保障。因此，译者也不断在商业性与艺术性之间寻求一种平衡。

斯威夫特作品在中国的译介相对单一，相比于《格列佛游记》的普及，他的散文翻译多呈现出精英化的趋势。普通中国读者除了知道"大人国小人国"，恐怕说不出关于斯威夫特更多的作品了。非斯威夫特的文学研究者除了《格列佛游记》《木桶的故事》《书的战争》等名篇之外，恐怕也不能对他其他的作品了解更多。目前除了这几个篇目以及一些散文名篇有中译本之外，斯威夫特的大多数作品还都没有被译介。这一方面是因为他的写作大部分是政论文，仅《格列佛游记》是大部头小说，斯威夫特的政论文篇目较多，且篇幅较短，这也导致国内对他的散文译介呈现出零散有余、系统不足的局面。除此之外，他的散文译介群体更为精英化，这是因为散文翻译是仅次于诗歌翻译的高难度美学实践，对译者来说是一项较高的挑战。斯威夫特散文的最早尝试者是周作人，作为五四时期的主将，他常常是兼翻译、创作与理论于一身，甚至还有意识将翻译与创作结合起来。五四之后斯威夫特散文的译者多为专业的文学工作者，从王佐良到刘炳善，大多数的翻译是为了文学研究的需要，这也从一定程度上保证了散文译介的质量。斯威夫特散文在中国的接受很大程度上得力于这些译者的翻译和介绍，异质文化领域的接受者受限于语言和文化无法直接阅读，而他们让中国读者与斯威夫特的散文碰面了。总体来看，国内学界对这位作家作品的认知度还远远不够，这也恰恰给他的译介留下了更多的空间。

斯威夫特作品的译介是一项长期工程，尽管林纾、张健、主万、王佐良等人的译作逐渐经典化，但还不断有新译作问世，译本间的较量永无止境。以《格列佛游记》为例，它在中国的翻译体裁历经了文言体和白话体。老译本和新译本在90年代之后百花齐放，从中也看出一代代译者试图超越经典的努力。从译介历程看，后期译本在数量上远远超过前期，但在质量上未必比前期译本理想，但值得思考的是，译者对原作的认识在中国文化语境下是在不断变异的。同时对读者来说，通过对作品不同版本的参照和对比，也更加全面地把握了这位18世纪的伟大作家。总而言之，不管现存有多少优秀的译本，翻译这项工作似乎都永远处于未完成的状态。

跨文化传播的形式和途径是多样的，不可否认，学者的翻译和介绍是斯威夫特及其作品在中国传播的主要推动力。除此之外，斯威夫特作品的影视和舞台艺术改编，也是推动其传播的一种有效手段。

改编面貌的多元化是斯威夫特跨文化传播的主要特征，经历了从文本到荧幕，再到舞台的变迁。自从1903年梅里埃导演的短片《在小人国的巨人格列佛》至今，已经有数十部改编的影视、动画片和舞台剧，各个国家的导演都曾参与其中。在互联网时代的今天，大多数观众都能够通过网络观看到这些影片。在国外改编热潮的推动下，台湾地区也开始走上了改编之路，导演了木偶剧和舞台剧。艺术改编让"大人国和小人国"的故事家喻户晓，大众通过银幕艺术和舞台剧的体验，获得了对斯威夫特及其文学作品的感性认识。

荧幕和舞台艺术的重构成为"大人国小人国"在中国经典化的重要一环，在这一环节中，格列佛背后隐含的政治文化隐喻可能就此消解了不少，观众更多追求的是场景带来的眼球冲击和故事本身的奇幻色彩。2009年，英国的TNT剧团排练的《格列佛游记》曾在中国国家大剧院上演,演出时采用英文对白,配以中文字幕,将小人国、大人国、飞岛国和慧骃国的奇幻场景搬到舞台之上,在大人国的场景布置中,演员们脸涂油彩、佩戴面具、脚踩高跷给观众们带来了出神入化的舞台想象。艺术家们以自己独特的艺术形式将西方文学经典呈现于此,并最终被中国观众所接受。

斯威夫特在中国的传播与社会发展相映照,在中国不同的传播形式为研究文学、艺术、社会与文化之间的关系提供了一个很好的范例,也从中看到了文学叙事话语的革命性变迁。

第三节 《格列佛游记》的中译本研究

1726 年 10 月,《格列佛游记》(原名:*Travels into Several Remote Nations of the World*)在伦敦匿名出版,但坊间传闻是斯威夫特所作。由于讽刺露骨,常常有人会根据书中的人物对号入座。伦敦出版商莫特(Benjamin Motte)担心因文致罪,在出版之前就已经对该版本进行过删改。斯威夫特对此不满,在九年后再版之时,力争亲自修订原稿。1735 年,都柏林书商福克纳(George Faulkner)出版了四卷本的《斯威夫特作品集》(*The Works of Jonathan Swift*),其中第三卷是《格列佛游记》。在书的扉页,斯威夫特以格列佛的口吻撰写一份自述来表达不满,批评初版时遭受不公正的删改。

《格列佛游记》自诞生以来主要有两种不同的版本流通于世。关于 1726 年和 1735 年版各有一批忠实的支持者,他们各自维护着自己版本的权威性和特色。1726 年版本的支持者认为该版本是初版,从中最能感受原作最初印行时的读者体验。1735 年版本的支持者认为该版本是经作者修订之后出版的,更接近作者的原意,是更为忠实的文本。自 20 世纪 20 年代以来,随着哈罗德·威廉姆斯将福克纳版本的《格列佛游记》

(1926)修订出版,支持1735年版的呼声才略胜一筹。特别是戴维斯于1941年编辑出版的《格列佛游记》(该版本的《斯威夫特全集》共十六卷,该文本位于第三卷)问世,更是让1735年版本变得通行,该版本以1735年版为底本,多年来被奉为权威版本,常被学术界引用,甚至后来的多个版本的《格列佛游记》直接根据该版本印行。① 但戴维斯的1941年版已经绝版多年,对普通读者来说实在难寻。随着剑桥版《斯威夫特作品全集》的逐步问世,其中沃默斯利(David Womersley)编辑出版的《格列佛游记》(2012)一卷开始逐渐取代了前两个版本。② 其实在威廉姆斯和戴维斯的版本面世之前,1726年版一直较为通行,但后来逐渐被取代,1735年版已经成为《格列佛游记》大多数现代版本的底本。尽管如此,1726年版还是有一批忠实的追随者,并以此为底本编辑再版,如1967年狄克逊(Peter Dixon)和乔克(John Chalker)编辑出版的《格列佛游记》、1972年罗斯(Angus Ross)编辑出版的《格列佛游记》、2001年德马里亚(Jr Robert DeMaria)编辑出版的《格列佛游记》。

《格列佛游记》的出版史是一项非常值得研究的议题,无论哪个版本,都不可能是斯威夫特最初创作的手稿。即使1735年版也只是经过斯威夫特的修订,最接近作者原意的版本。后来的威廉姆斯版、戴维斯版和剑桥版虽然都以1735年版为底本,但毕竟又经过了编注勘校,在实际印行时都不能算得上是真正的1735年版。两百多年来《格列佛游记》被翻译为几十种语言,流传范围甚广,也伴随着晚清的第一次翻译浪潮而进入中国了。

一、《格列佛游记》的中译本概观

《格列佛游记》在中国的第一个译作是《谈瀛小录》,于1872年5

---

① 特纳(Paul Turner)根据戴维斯版本编辑《格列佛游记》,由牛津大学出版社先后在1971年、1986年和1998年三次印刷再版。
② 该版本在注释上具有较强的学术性,较之戴维斯版,资料更加充分翔实,有较强的启发性。仅前言部分就有100页之多,正文内容有400多页,但其中的脚注就占据了不少篇幅。另外,结尾还有120多页的注解,以及150多页的文本介绍和讨论。

月 21 日至 24 日（清同治十一年四月十五日至十八日）在《申报》上连载四期，每期刊印一千两百余字，全文约五千字，在最后一期的文末署有"此录甚繁，今节刊之如左，其中尚有妙文，容俟下期续布"①，但最终还是有头无尾，不能终篇。时隔数十年后的 1935 年 2 月，台湾地区的《台南新报》还重新刊登了这篇译作。"瀛洲"是传说中的东海仙山，李白有诗云"海客谈瀛洲，烟涛微茫信难求"，此处用"谈瀛"作为题目实则为了衬托所言之事新异难求，让读者将其当作新奇荒诞之事来读，这一时期热衷于介绍异域社会文化和风俗的书籍均喜用《谈瀛录》②一名。这个译文对比原作改动十分之大，与其说是翻译，不如说是改写，而且仅仅节译小人国一卷，但仍采用第一人称叙事视角。该译文虽未署名，但根据哈佛大学教授韩南（Patrick Hanan）考证，极有可能是时任《申报》编辑的蒋其章。③为了以假乱真，报社编辑还在文前加了一段编者按，指出这段文字是几百年前的遗稿，有人发现了这个遗稿，便将其提供给报社。④在本土化的翻译中，译文从头至尾没有标点，以文言行文，并用志怪的笔法将主人公化为家籍在隶甬东的生意人，还将原著中的地名加以中国化，改为厦门、海南等，甚至还出现了开元通宝、鼻烟壶这些中国器物，小人国国王也完全是按照中国皇帝的模样进行装扮。这种做法是早期翻译的一个重要特点，让不习惯西化的中国人便于接受。从严格意义上说，这篇为《格列佛游记》汉译开先河的译文只能叫"改译"，也正如按语中所言"节改录之"，这大概代表了当时国人对西

---

① 《谈瀛小录》，《申报》，1872 年 5 月 24 日。
② 清末处于西学东渐的热潮，出使异域的官员使节通常会将异域见闻记录下来，流行于这一时期的《谈瀛录》主要有两种：一是清末官员王之春（字爵棠）的《谈瀛录》（1880），主要记载日本的政治、文化、风俗等；二是袁枚之孙袁祖志（字翔甫）的《谈瀛录》（1884），主要记载西洋的社会文化风俗。
③ 〔美〕韩南：《谈第一部汉译小说》，叶隽译，载《文学评论》，2001 年第 3 期。
④ 编者按语："昨有友人送一稿至本馆，所传之事最为新异，但其书为何人之笔，其事为何时之事，则友人均未周知。盖从一旧族书籍中检出，观其纸墨霉败，几三百余年物也。今节改录之以广异闻云尔。"见《谈瀛小录》编者按语，《申报》，清同治十一年四月十五日。

洋文学的翻译态度，这也为翻译的归化（Domestication）提供了一个绝佳的例证。刊登此译作时，正值《申报》创刊不久，① 每期仅印发三五千份，当时传播和阅读范围并不广泛，大多数人对这篇《申报》首刊的小说并没有留下什么深刻的印象。

《格列佛游记》的第二个译本是《僬侥国》，于1903年7月至1906年3月连载于《绣像小说》上，《绣像小说》是由商务印书馆在上海印行的半月刊杂志，李宝嘉任主编。"僬侥"一词源于中国古代关于矮人"僬侥"的传说，可见该译本的名字主要取自游记中的小人国一卷。事实上，这个译作已经将游记中的四个部分全部译出，但这样的译名有以偏概全之嫌，所以在第二次连载时，将译本更名为《汗漫游》，"汗漫"一词有"不着边际的漫游"之义，台湾学者单德兴曾评论此译名"名实相符，后出转精"。该译文没有署名译者，但署上了原著的作者和国籍。这个译本以白话文翻译，没有对小说的主人公和内容进行本土化改写，但其四个部分的标题却又呈现出中国传统章回小说的形式，可见译者又在试图迎合中国读者的趣味。这个译本虽然将四个部分全部译出，但也不免有删改之嫌，如第三部分描写了飞岛国以及其他异国，但译作仅保留了飞岛国部分的游记；第四部分则增加了海上遭遇巨鲸吞噬的情节。该译文在连载时被配上了"绣像"，但所配的插图不伦不类，比如小人国的城堡被画成了中国的城楼，尽管有点荒诞，但仍然让人感到趣味横生，从中可以看出清末国人对西方世界的想象，形成了图文互涉的效果。

《格列佛游记》的第三个译本是林纾与魏易合译的《海外轩渠录》，1906年由上海商务印书馆出版发行，这是《格列佛游记》首次以单行本的形式问世，在翻译史上具有独特的地位。林纾身为桐城派古文名

---

① 《申报》，原名《申江新报》，由英国商人美查（Ernest Major）等人于1872年4月30日创刊，1949年5月27日停刊，是近代中国发行时间最久、具有广泛社会影响的报纸，是中国现代报纸的开端。

家,不懂外文,与人合译一百余部作品,《海外轩渠录》是其中之一。他的文言译文优美,古雅生动,以奇趣吸引读者,该译本"以海外奇闻异事博君一灿",与《镜花缘》有异曲同工之妙。译本"腰斩"了原著,只取材前两卷,而且译本里的误译、漏译、添译、改译随处可见。该译本流传时间之久,范围之广,影响之深,使得国人只知道大人国小人国,误将林纾的"腰斩"认为是全本,却不知道游记的后两卷,因此形成了中文世界里"大人国小人国"的阅读传统。

林译本之后,出现了一系列鱼龙混杂的《格列佛游记》译本,大部分将其编译为少年儿童读物出版,如1910年孙毓修的《大人国》《小人国》、1932年吴景新的《大人国游记》和《飞岛游记》、1933年唐锡光的《大人国》《小人国》、1947年徐培仁的《大人国与小人国》以及1948年范泉的《格列佛游记》。还有的译本以英文学习参考书的形式出现,如1915年陈亮初节译的《小人国游记》,以单行本出版,采用英汉对照的方式,并用文言文翻译,列入《青年英文学丛书》。1916年严枚注释的《格列佛游记》,列入《初级英文丛书》,附国文释义。

在当时众多鱼龙混杂的译本中,颇有影响的是1929年韦丛芜翻译的《格里佛游记》(卷一、卷二),该译本被编入《未名丛刊》出版,《未名丛刊》当时以翻译介绍外国作品为主,鲁迅任主编。韦丛芜早年毕业于燕京大学,是未名社的重要成员之一,其翻译成就不容小觑。韦译本在今天已经被大多数人遗忘,但在当时备受社会重视。柔石曾将这两卷译本寄给其妹,并在扉页上写道:"这两本书很有趣味,我希望你仔细的读。"① 在卷一的引言中,译者交代了自己翻译的底本以及注释的资料来源,在学术规范尚未统一的年代能做到这一点实属难得。

此外,还有伍光健的《伽利华游记》(1934)、徐蔚森的《格列佛游记》(1936)以及易寒的《格列佛游记续编》(1939)等十几个不同

---

① 王艾村:《柔石研究》,北京:中国文史出版社2006年版,第78页。

的译本相继问世,这些译本在时间上几乎跨越了整个民国。值得一提的是徐蔚森和易寒的译本,徐蔚森译的《格列佛游记》由启明书局1936年出版,而后再版,该译本选译的是全书的前两部分:小人国和大人国游记;易寒的《格列佛游记续编》由启明书局1939年出版,该选译本选译的是全书的后两部分:飞岛游记和兽国游记。这样看来,启明版的《格列佛游记》兼具原著的四个部分,成了形式上最完整的全译本,但真正的全译本却一直要等到1948年才问世。

1948年,张健翻译的第一个真正的全译本《格列佛游记》由上海正风出版社出版,1949年后被收入"外国文学名著丛书"。这是忠实于原著的译作,呈现出作品的原貌。正风出版社是由当时爱国进步画家徐悲鸿在沙坪坝出资筹建的,出版了很多享誉文坛的世界名著和国内进步书籍。《格列佛游记》作为一部讽刺小说,对英国黑暗政治现实和殖民意识进行了批判,这对40年代在探索马克思主义道路的中国来说是有利的,这也或多或少从侧面影响了张健的翻译。张译本在章节上没有任何的删减,把格列佛的四次出海航行冒险经历原原本本地呈现了出来;另外,无论是选词、句式结构还是人称,译者都力求与原著相符。此外,译者为最大限度体现出原著的精神,还作了大量的注释,以便中国读者对其中讽刺精神能够理解。

台湾地区的《格列佛游记》汉译情况取得的成绩不亚于大陆。张静二在《西洋文学在台湾研究书目:1946—2000》(2004)一书统计出台湾地区《格列佛游记》的译本多达二十余种,所以台湾地区的译介情况在这里也值得一提。

1909年10月25日至1910年1月25日,刊于《台湾教育会杂志》的《小人国》是台湾地区最早的汉译作,译者为蔡启华。该期刊的读者群多为教育界人士或社会精英阶层,译名《小人国》从第二期起更名为《小人岛志》。译者自己所言,"为述一绝奇绝巧之事",这话颇类似于林纾在《海外轩渠录》序言中的"以海外奇闻异事博君一灿"。在日化之风盛行的台湾日据时期,该译作以华丽的骈文作序,以文言译内容,仅有两处地名以日文名称译出,难得一见。文中标点多为句号,少量引号,逗号并未出现,这里的标点功能类似于传统意义上的句读。该译文进行了一定程度上的改译,第一部分进行了摘译,一共连载四期,篇幅短小精悍,行文简略。

1930年3月3日至5月17日,《台湾日日新报》连载《小人国记》,7月6日至12月6日连载《大人国记》。这两个译作均没有译者署名,但据台湾学者许俊雅的考证,经过人名、地名以及文学脉络的对比,这两篇译作均依据韦丛芜的汉译本进行抄录改写,改写者极有可能是当时报社的汉文记者。① 由于改写者对西方文化和语言背景都不太熟悉,再加之自身的主观趣味不同,以及报纸版面有限等因素,译本被改写得面目全非,诸多次要细节被删除了,讽刺内涵也被消解了不少。这两个译作的序言均使用典雅的文言,内容则以白话行文。译作透出译者的讽喻态度,以西方文学来启蒙民众,饱含对日本殖民台湾地区的反抗态度。

2004年,台北联经出版公司出版了单德兴译的《格理弗游记》(学术译注版)。译者将其定位为学术翻译,与一般的商业译本迥异。该版本令人耳目一新,一反以前各个版本对注疏忽略的常态,对译本背后的文学典故、文化背景和历史脉络进行深挖,让读者置身于当时的社会与政治语境下,体会该小说给英国社会带来的讽刺。该译本的前言达七万四千余字,译注有九万四千字之多,此外还附有作者大事记年表、人物地名表、参考书目等,是迄今为止较为详尽的译本。2013年,《格理弗游记》(普及版)面世了,该版本更针对社会大众,推动经典的普及化与大众化。较之于2004年版,删除了带有学术考据式的前言部分及参考书目,删改绪论部分,斯威夫特年表和译注只保留必要的部分,精简

---

① 参见许俊雅:《日治台湾〈小人国记〉〈大人国记〉译本来源辨析》,载《台湾文学学报》,2015年第27期。

了译文之外的诸多附文本，同时对上百处译文进行了精雕细琢。

在《格列佛游记》的汉译过程中，"Yahoo"的翻译也成为历来争论的焦点。"Yahoo"一词是斯威夫特所创，出现在第四卷"慧骃国游记"（*A Voyage to Houyhnhnms*）中，指的是与慧骃（Houyhnhnm）相对立的一群劣等动物，它们身上充满了淫欲、卑劣和粗野，而慧骃则是理性和美好的化身。在各种中译本中，对"Yahoo"的译介各不相同。在《汗漫游》中译为"狉花"，张健的译本译为"耶胡"，杨昊成译文译为"野胡"，单德兴译文译为"犽猢"。"Yahoo"一词甚至还被一家网络公司借来注册命名，中译名为"雅虎"。所有的中译名几乎都是根据发音，同时结合汉字的象形会意进行翻译，尽力做到音义兼顾。张健译本在2000年被教育部认定为中学生课外必读的30部文学名著之一，越来越成为当代普遍通行的译本，所以在本文中一律采用的是张健译本的翻译。值得一提的是，"慧骃"一词也是张健译本的首译，音义兼顾，恰当传神，逐渐被后来的译者沿袭使用。

《格列佛游记》的汉译是译介史上值得注意的现象，经历了从文言文向白话文译本的转变，并大致形成了两种译介传统：儿童文学和讽刺文学。从腰斩的译介现象看，译者多保留前两卷内容，因为小人国大人国带有更多的想象和奇幻色彩，正是这种浓重的奇幻色彩让内容变得趣味生动，成为激发儿童想象力的重要著作，因而多以儿童文学的面目出现，甚至还出现多种中英文对照版，成为青少年儿童学习英文的重要文本。这么一部原本充满"哲理的悲愤"的讽刺小说竟然变得与作者原本的创作意图风马牛不相及，很多人只顾及书中一些异域冒险的奇幻故事，却不去了解背后的讽刺。倘若斯威夫特看到这样的情景，肯定要大跌眼镜。不过随着文化交流的不断增加，越来越多的译者和读者开始注意到原著的本来面貌，逐渐将被腰斩的部分纳入全部故事之中，并意识到原作的写作背景和讽刺技巧。

二、林纾译本《海外轩渠录》的个案研究

在晚清开启民智、救亡图存的背景下，知识分子们积极主动地从事翻译这项知识传播工作，这一时期的译作绝不在创作之下，其中相当一部分译作是非文学类的，涉及西方的政治、经济、法律、科技和宗教等，相比之下，林纾译的西洋文学最容易被一般读书人所接受，给读者提供了关于异域最具体和细致的想象，译笔传神，叙事生动，风行一时。《海外轩渠录》翻译的初衷也体现在译者所作的序言中："及译是书，荒渺竟有甚于《列子》诸书者……遂令观者捧腹。"他的弟子朱羲胄评此译本说："身入小人国大人国，历遇种种稀闻罕观之事。刻画描写，毕尽妙肖，嬉笑怒骂，皆成文章。"① 可见翻译的动机之一是叙述怪诞之事。但在讽刺小说盛行的清末，《海外轩渠录》的政治功用是不能被忽视的，在一些后殖民理论家看来，翻译是弱者再现强者的重要媒介手段。所以，林纾还在序言中将斯威夫特与屈原做比，斯威夫特以曲笔讽刺英国现实，这和屈原的劝诫如出一辙，译者想以此惊醒积弱的中国。值得玩味的是，抱有救亡启蒙初衷的林纾后来竟然没有顺应历史潮流的发展，成为誓死保皇的前朝遗老。

林纾不懂外文，根据别人的口译描摹成篇，连鲁迅都惊叹"绍介'已经闻名'的……斯惠夫德的，竟是只知汉文的林纾"②。正因为此林纾也常遭学术名流的轻蔑，康有为有意将他和严复作为当时的两大翻译家并举，他的一句"译林并世数严林"却引来严复的不满，严复不屑和不懂外文的林纾齐名，况且当时的西洋小说还是脱不了"小道"的干系，与自己的《天演论》自然不能相提并论。但无论如何，林译小说数量之多，影响之大，并不在《天演论》之下。林译小说使"中国知识阶

---

① 朱羲胄编述：《春觉斋著述记》卷3，上海：世界书局1949年版，第58页。
② 《鲁迅全集》第6卷，北京：人民文学出版社2005年版，第369页。

级，接近了外国文学，认识了不少的第一流作家，使他们从外国文学里去学习，以促进本国文学发展"①。因此，林译小说在一定程度上是对小说界革命的实践，他的翻译让一些外国文学作品在本民族的文化传统中流通。

钱钟书在《林纾的翻译》一文中，将林译小说与同时期的梁（启超）译小说做对比，认为后者沉闷乏味，而林译小说让他知道西洋小说是如此迷人，增加了他对外国语文的兴趣。林纾为桐城派古文名家，在翻译时使用了"胎息史汉"的笔法，体现了他的文学造诣。在钱钟书看来，林纾的译文虽然保留了较多的古文，但总体行文颇为自由流畅，富有弹性。尽管如此，林译小说在一般读者中的通行程度还是受到了影响，特别是随着白话文运动的兴起，林译小说的语言逐渐与读者之间形成了一条鸿沟，从而没落下去。

林译本《海外轩渠录》的首要问题是译者不清。林纾的翻译方式极为独特，由于他不懂外文，只能靠别人口译，然后用文言文笔录，与林纾合作过的口译者有魏易、曾宗巩、陈家麟等十余人之多。在1914年6月上海商务印书馆初版的《海外轩渠录》版权页上注明了"译述者：闽侯林纾 仁和魏易"，但在正文的第一页上却写着"闽县林纾，长乐曾宗巩 同译"。因为正文页和版权页的译者不同，常常让人混淆该书究竟是谁参与了翻译。1933年12月上海商务印书馆在重版《海外轩渠录》时，保留了版权页注明"林纾、魏易译"，但删去了正文页的译者。林纾弟子朱羲胄在《林琴南先生学行谱记四种》（1949）中却注明该书为林纾和曾宗巩合译。近些年关于此书的再版，只保留林纾和魏易这两位译者的名字。1993年，魏惟仪在台北出版了《林纾魏易合译小说全集》，《海外轩渠录》被收录其内。据海外学者马泰来的考证，认为本书的译者应该是林纾和魏易二人，该论断不断得到学界的公认。

---

① 阿英：《晚清小说史》，南京：江苏文艺出版社2009年版，第186页。

由于魏易的名气并不如林纾，与之相关的资料很少，对于这位口译者的文学趣味也很难查证。在译著的选择上，不懂外文的林纾只能完全依靠口译者的趣味选择。也正因如此，林译小说在选材上良莠不齐，有世界经典，也有通俗文学，涵盖了现实主义、浪漫主义以及一些侦探作家，但总体看来，仍然是一些二三流的外国作家作品居多。①《格列佛游记》当属世界经典的行列，但在林译小说中并不是最值得称道的，一些林译小说选也未曾将《海外轩渠录》收录在内。从钱钟书对林纾三十年的译介生涯分析来看，以1913年翻译出版的《离恨天》为界点，林纾的翻译生涯分为前后两个时期，前期译作中佳作较多，后期译作质量明显不如前期。从分界点来看，《海外轩渠录》与《离恨天》大致属于同一时期的译作，即使算不上最上乘的译作，起码也是佳作。

腰斩现象在林译小说中比较罕见，《海外轩渠录》在译介时只选取前两卷，以至于很多中国读者并不知晓格列佛在第三卷（勒皮他、巴尔尼巴比、拉格奈格、格勒大锥、日本）和第四卷（慧骃国）的遭遇，完全止步于小人国和大人国。这种异域的奇幻描写使得它在儿童文学中很流行，在后世的儿童文学作品中，《格列佛游记》几乎被改头换面，尽管它比原来变得更加家喻户晓了，但在这种盛名之下，很少有人能了解这部文学经典的本来面目。林译本的译名颇为典雅，后来一些儿童文学译本弃之不用，直接更名为"大人国和小人国"此类的译名，全然不顾格列佛的游历顺序。

目前众多的《格列佛游记》中译本，很少有译本标明翻译底本，《海外轩渠录》也不例外。尽管1726年版和1735年版在前两卷上的差异和改动较小，但经过后世读者对阅读细节的不断对比和考证，还是大

---

① 据俞久洪在《林纾翻译作品考索》中的统计，林纾从1899年第一部译著《巴黎茶花女遗事》问世，至1924年去世，在近30年的翻译生涯中，相继译介来自英、美、法、俄、德等11个国家98位作家的163种作品（不含未刊印的18种），总字数达1200多万。见薛绥之等编：《林纾研究资料》，福州：福建人民出版社1982年版，第403页。

致能判断出译者的底本参照情况。比如在第一卷小人国游记中，小人国国王将蓝红绿三种颜色的丝带授予舞蹈表演最佳者，这个细节直接隐喻了当时英国颁发的三种勋章：蓝色绶带的嘉德勋章（Order of the Garter）、红色绶带的巴斯勋章（Order of the Bath）和绿色绶带的蓟花勋章（Order of the Thistle）。① 在1726年版中，出版商将三种颜色改成了紫黄白，1735年版又被改回蓝红绿。林译本中的颜色是紫黄白，显然参照的是1726年版。英国学者格拉威尔（Richard Gravil）在《斯威夫特：格列佛游记》（*Swift: Gulliver's Travels*, 1974）的绪论中详细考证了林译本与1726年底本问题。台湾学者单德兴在《翻译·介入·颠覆：重估林纾的文学翻译》（2000）一文中也认为林译本的底本是1726年版。

林译《海外轩渠录》中常出现一些错乱之处，以及译名和体例前后不一的现象。如："Liverpool"在书中出现了"利伯铺人"和"利弥波人"两种不同的翻译，"Nicholas"出现了"呢可拉斯"和"尼柯拉斯"的翻译。钱钟书评价道：林纾"助手们的外文程度都很平常，事先准备也不一定充分，临时对本口述，又碰上这位应声直书的'笔达者'，不给与迟疑和考虑的间隙。忙中有错，口述者会看错说错，笔达者难保不听错写错，助手们事后显然也没有校核过林纾的稿子"②。林纾的翻译速度极快，最顺畅时每日能译六千余字，在《孝女耐儿转》的序言中，他提到了自己翻译时的情形："耳受而手追之，声已笔止，""不加点窜，脱手成篇"，如此翻译，恐怕不想出错也难。

林译本中的增补和删减并不少见，增补之处多为译者的议论抒怀，体现了译者的良苦用心。如格列佛身处大人国之时感慨道："复念身处

---

① 嘉德勋章于1348年爱德华三世设立，是世界上历史最悠久的骑士勋章，斯威夫特的政敌沃波尔（Robert Walpole）曾于1726年获得此枚勋章。巴斯勋章于1725年乔治一世设立，获勋者通常是高级军官或高级政要。蓟花勋章于1687年詹姆士二世设立，主要授予苏格兰骑士。
② 钱钟书：《林纾的翻译》，载《中国翻译》，1985年第11期。

此国,乃为微眇之身……大抵人类之相残,亦弱肉强食而已,安所谓公理者。"① 这段话使读者不得不联想到清末列强入侵、任人宰割的局面,对国人产生了震撼效果,翻译介入政治和启蒙是晚清知识分子有意为之。至于删减的部分究竟是林纾有意为之,还是口译者的疏忽,这已经很难去考证。格列佛在大人国被老鹰叼走,后来落海,被一船长所救,船长将格列佛落海一事与古希腊神话中的法厄同(Phaethon)②做类比,也许是因为文化差异的原因,林纾担心读者对这个希腊神话典故不熟悉,所以在译本中没有保留。

在改译过程中还渗透着误译的现象,有时让人觉得改译和误译难辨。斯威夫特后期的写作经常在作品中贯穿一些性和污秽之物,一反古典主义的典雅和高贵,似乎在追随反田园牧歌的叙事。这不仅体现在他1730年代发表的一系列诗作中,还体现在《格列佛游记》中。"Scatology"(粪便),"Sirreverence"(排便),"Plucking a Rose"(小便)等不雅观的词充斥在这些作品中,比如,在《格列佛游记》中斯威夫特用大段篇幅叙述了格列佛在小人国的排泄情况,还描述了格列佛在大人国遭遇宫女性骚扰的色情片段。林纾在处理此类的翻译时,综合体现了翻译过程中对各种技巧的使用,既有改头换面,又有利用文言文的隐讳,省去了一些不雅之处,但也有夸大之处,让人不知其所以然。这些现象究竟应该归入误译还是改译,值得去考量,有时候这二者的界限并不明确。

《海外轩渠录》的翻译更多的是使用归化策略。翻译策略有异化和

---

① 〔英〕斯威佛特:《海外轩渠录》下卷,林纾等译,上海:商务印书馆1914年版,第4—5页。
② 法厄同是太阳神赫利俄斯(Helios)之子,他在宙斯之子厄帕福斯(Epaphus)的激将之下,想要驾驶父亲的金色太阳神车驰骋在空中,获得像太阳神一样的荣耀。在驾驶太阳车时,不懂如何驾驭太阳车的他因为离地面太近,使得大地干旱皲裂,燃起熊熊大火。宙斯看到这一切之后,在空中霹雳出了一道道闪电,地上的大火被扑灭了,法厄同也坠入了埃利达努斯之河(Eridanos)。

归化之分，① 异化注重采取源语言的表达方式，保存异域文化特征；归化意在把源语言本土化，增强译文的可读性。《海外轩渠录》的书名翻译得颇为典雅，"海外"二字体现出对奇闻逸事的记录，"轩渠录"三字是古书旧题，宋代吕居仁撰写过名为《轩渠录》的笑话集。这样"海外轩渠录"的意思就是海外笑谈，这也正符合他在序言中的翻译初衷——言怪诞之事。第一章的标题为"记苗黎葛利佛至利里北达"（A Voyage to Lilliput），将葛利佛定义为苗黎之人，给人确有其事的感觉。在译文中，为了符合中国传统史传叙事的笔调，译者将小说的叙述视角转化为第三人称的全知叙事，一改原文的第一人称。林译本的标点符号并不完全符合现代的通用要求，在文中常常出现一句到底的现象，而且只有句号这一种标点，所以读上去完全看不出英文原文的句法格式。这样的翻译显然是立足于中国的文化语境，而非考虑原作的语境。

归化策略的使用让《海外轩渠录》存在大量的文化过滤现象，产生阐释中的变异。翻译是对外来文学接受的重要过滤器，由于语言和文化的差异，译者在翻译的过程中不可避免地对原作进行文化过滤，文化过滤的方式包括对原著的删节和改编等。这些删节和改编不能简单地归结为"误译"，"误译"有时候是特定语境下的一种翻译策略。从某种程度上来说，"误译"是翻译的本土化策略之一。翻译的本土化策略，可以说是固有的文化传统和审美心理对异质文学造成的变异现象。原本字字隐藏讽刺的《格列佛游记》被译介成《海外轩渠录》之后，人们更感兴趣的是作者以其丰富的想象力所描绘出来的充满怪诞异趣的大人国和小

---

① 1813 年，德国学者施莱尔马赫（Friedrich Schleiermacher）在柏林作了题为《论翻译的方法》（On the Different Methods of Translating）的演讲，其中谈及了两种翻译的途径。"一种是尽可能让作者安居不动，而引导读者去接近作者；另一种是尽可能让读者安居不动，而引导作者去接近读者。"1995 年，韦努蒂（Lawrence Venuti）在《译者的隐形：翻译史论》（The Translator's Invisibility: A History of Translation）一书中将施莱尔马赫说的第一种方法称为异化（Foreignization），第二种称为归化（Domestication）。异化与归化已经成为翻译中处理不同语言和文化的两种策略，在翻译过程中究竟该采取异化还是归化的方法也成为翻译界争论的焦点之一。

人国的故事，尽管林纾在序言中提及了小说的政治锋芒，但在实际传播中关注这方面的读者并不多。随着时代语境的变迁，翻译的本土化策略也在随之改变。正如翻译家许钧所说：一部好的作品，其价值不可能一次被认识，对其理解也不可能一次就完成。随着文化环境的不断改变，复译会有新的价值。不管后来复译的《格列佛游记》有没有超越林译本，林译小说在中国翻译史上的地位都是不可估计的，它改变了国人对西洋小说的印象，并参与了中国文学走向现代性和世界文学的最初建构。

三、单德兴译本《格理弗游记》（学术译注版）的个案研究

《格理弗游记》（学术译注版）是台湾学者单德兴历时六年的译作，于2004年台湾联经出版公司出版。此译注本主要参考原著1735年版，1735年版的通行本主要有戴维斯版和特纳版，这两个版本译者都做了主要参考。资料部分主要参考了特纳版、阿西莫夫（Isaac Asimov）版以及戈夫（A. B. Gough）版。单译本全书厚达600余页，总字数33万多，其中绪论和译注分别有7万余字和9万余字，除此之外，还详尽地附上作者年表、人物地名表等。单德兴将自己的译本定义为学术性质的翻译，从绪论和译注来看，这样的定位名副其实。

绪论由绥夫特生平、代表作、《格理弗游记》出版社、中译史等几部分构成，全面地考察了作者以及作品，材料全面，极具研究参考价值。在绪论中，他提及自己翻译《格理弗游记》的动机在于实现翻译与研究的一体，用新语汇翻译旧经典，为文化注入活水。为此，他还提出了一个新的批评术语"双重脉络化"，意在翻译不仅要关注原文本，还要关注译入语的文化语境以及文学意义，重视标的语和标的文化带来的新意。

在绪论中，译者还纠正了一项学术界长期以来的错误。大多数的中

国翻译史认为林纾的《海外轩渠录》是《格理弗游记》的第一个中译本,但单德兴的细致考证颠覆了这一观点。他考证出的第一个中译本比《海外轩渠录》早了近三十年——1872年刊载于《申报》上的《谈瀛小录》,甚至第二个译本也比《海外轩渠录》要早出几年——1903年开始在《绣像小说》上连载的《僬侥国》。此外,他还对其他数十种译本都进行了评述。

在译注上,恐怕没有哪个译本像单译本如此详尽,在这些译注背后蕴藏了大量的信息,甚至直接交代了原作者的指涉,让人不断玩味原书出版之时伦敦政界遭遇的恐慌。小人国的不同党派之间斤斤计较敲鸡蛋究竟是从大头敲起还是从小头敲起,这在身长十二倍的格理弗看来根本无法识别,译者在此注释:政党和宗教之争多源于微不足道的理由,由此可见这些摩擦和斗争的荒谬可笑,借此影射英国当时在政治和外交上的荒诞,推而广之上升到普遍的人性,小人虽小,却具有人性的弱点,缺乏理性,为了小事争斗不断。① 这样的注释让读者很快就进入了原文的政治语境中了,更加深刻地理解文本。此外,译者还极具科学精神,将一些模棱两可之处均辅之以脚注,足见他的良苦用心。

单德兴是台湾地区的翻译名家,他的翻译力争接近作品原貌。仅从书名上看,就一改以往"格列佛"的常规译法,作者译名也弃用常见的"斯威夫特",译为"绥夫特"。作者在七万余字的绪论中表明这样的译名并非标新立异,而是经过自己深刻的思考的。Gulliver这一姓氏极其罕见,并且容易让人联想到gullible(易受骗的)这个词,虽然译者也认为旧译"格利佛"等也还算恰当,但终归不能传达文本主人公Gulliver勇于冒险和格格不入的性格,"格理弗"带有格物穷理、违逆常情之意。此译名问世之后在台湾地区获得了一致好评,在学术界广为引用。单译本对译名的穷追推敲和用心良苦不仅仅体现在书名和作者名的翻译上,

---

① 〔英〕绥夫特:《格理弗游记》(学术译注版),单德兴译注,台北:联经出版公司2004年版,第70—71页。

这样的案例在文中比比皆是。以地名的翻译为例,"Lilliput"一词在张健译本中为"利立浦特",主要采用音译,这样的译法倒也恰当,但由于小说第一部分"利立浦特游记"的内容是小人国,所以后世有的读者和译者通常以"小人国"一词代之。单译本并没有采用统一的译法,而是根据文本的具体情境,有时译为"小人国",有时译为"厘厘普",结合了音译和意译,"厘厘"本身也暗含渺小之意。"Lilliput"的敌国"Blefuscu"在张健译本中为"不来夫斯古",单译本同样结合了音译和意译,将其译为"布列复思古",暗含信守古法之意,同时也影射了英法两国的世仇。

尽管此译注本资料翔实,行文流畅,已经臻于完美,但翻译是一项永无止境的工作,不管怎样的精雕细琢都不过分,这里拣取译本的几处问题共同商榷。

单译本中存在个别明显的翻译错误,但这很大程度上可能由于译者疏忽而致,而不归属于文化和技巧层面的问题。例如,格理弗在谈论小人国的学术情况时说:"These people are most excellent mathematicians, and arrived to a great perfection in mechanics, by the countenance and encouragement of the emperor, who is a renowned patron of learning."[1] 单译本为:"这些人是最杰出的数学家,皇帝更以支持学术闻名,在他的赞助和鼓励下,他们在数学上达到最完美的境界。"[2] 这里显然是在"机械学"上达到了完美的境界,译者误将"mechanics"译为"数学"。这句话随后紧接着便开始谈及皇帝的一些机械装置,从逻辑上看,将之翻译为"数学"也行不通,所以这里极有可能是译者的错误辨认而致。将这句话与张健译本(人民文学出版社,2000年)作简单的比较分析,张

---

[1] Thomas Rosco, *The Works of Jonathan Swift* Vol 1. London: Henry Washbourne, Saliabury Square, Fleet Street, 1841, p. 5.
[2] 〔英〕绥夫特:《格理弗游记》,单德兴译注,台北:联经出版公司2004年版,第37页。

译本的翻译倒也谈得上完美:"这些小人是最出色的数学家,由于皇帝的提倡和鼓励,他们的机械学也发展到了完善的程度。这位皇帝是一位有名的崇尚学术的君王。"①"机械学"的翻译与原文"mechanics"一致,但不足之处在于斯威夫特的长句式在这里被拆分,原文中的定语从句"who is a renowned patron of learning"被单独翻译成句,也许译者有自己的考量,虽然长句式是斯威夫特的写作风格,但如果翻译在形式上完全与原文保持一致,如此的长句式只能靠"的""之"等词来连接内部结构,这极有可能会让读者觉得拖沓沉冗。

此外,还有一种翻译过程中不可避免的情况存在,就是原文中某个含义丰富的词汇在译入语的语境中丧失了部分原意。例如格理弗在海上落难,漂落到小人国,遭到了小人国的射箭攻击:"When this shower of arrows was over……they discharged another volley, larger than the first."②单译本为:"这阵箭雨过后……却引来一阵比前番更猛烈的狂射。"张译本翻译为:"这一阵箭雨过去以后……他们又放了一阵比刚才放的那些还长的箭。"③"larger"在这里到底是指时间长还是场面猛烈呢?牛津英语词典(Oxford English Dictionary)中关于"large"的解释是既可指代时间长短,也可形容事物程度。所以在原文中,这句话暗含放箭时间长并且猛烈的双重内涵,但在翻译过程中,两个译本均保留其一,使得原词丧失了部分内涵。

译介过程中语言风格不同步的现象时有发生,特别是在英语古用法的翻译上,译者也大多习惯以白话文翻译,因此常常出现译词欠妥的情况。例如当格理弗与勃尔顿小姐结婚时,陈述自己得到了一笔钱,

---

① 〔英〕斯威夫特:《木桶的故事 格列佛游记》,主万、张健译,北京:人民文学出版社 2000 年版,第 186 页。

② Thomas Rosco, *The Works of Jonathan Swift* Vol 1. London: Henry Washbourne, Saliabury Square, Fleet Street, 1841, p. 4.

③ 〔英〕斯威夫特:《木桶的故事 格列佛游记》,主万、张健译,北京:人民文学出版社 2000 年版,第 182 页。

"With whom I received a four Hundred Pounds for a Portion."① 单译本为："得了四百镑的嫁妆。"② "Portion"是"Dowry"古用法，相当于古汉语中的"妆奁"，蒲松龄在《聊斋志异·于中丞》中有"适巨绅家将嫁女，装（妆）奁甚富"的表述，译文显然借用了现代汉语词汇，张译本也出现了类似的翻译情况："我们得到了四百镑嫁资。"③ "嫁资"或"嫁妆"之间没有大的区别，这样的翻译多少失去了英语古用法的味道。还有类似的例子，格理弗描述父亲对他的资助："My Father now and then sending me small Sums of Money, I laid them out in learning Navigation……"④ 单译本："父亲偶尔送笔小钱来，我都花在学习航海……"⑤ 张译本："这期间文明父亲有时也寄给我小额款项，我就用来找人补习航海学……"⑥ "laid out"同样是英语中比较古老的用法，"花"和"补习"是现代汉语中的翻译，在翻译时应该突出古雅的味道，"用"似乎比"花"和"补习"稍显恰当。

18 世纪英国作家的写作常常将句中某个单词首字母大写，以表示强调之意，这种强调方式在当代英文写作中还时常见到，比如一些专有名词的大写，像人名、书名、地名等，而在斯威夫特的笔下，几乎任何想要强调的词汇都可以大写。例如，格理弗在海上落难时对自己状况的描述："I swam as Fortune directed me, and was pushed forward by Wind and

---

① Thomas Rosco, *The Works of Jonathan Swift* Vol 1. London: Henry Washbourne, Saliabury Square, Fleet Street, 1841, p. 3.
② 〔英〕绥夫特：《格理弗游记》，单德兴译注，台北：联经出版公司 2004 年版，第 29 页。
③ 〔英〕斯威夫特：《木桶的故事 格列佛游记》，主万、张健译，北京：人民文学出版社 2000 年版，第 180 页。
④ Thomas Rosco, *The Works of Jonathan Swift* Vol 1. London: Henry Washbourne, Saliabury Square, Fleet Street, 1841, p. 3.
⑤ 〔英〕绥夫特：《格理弗游记》，单德兴译注，台北：联经出版公司 2004 年版，第 28 页。
⑥ 〔英〕斯威夫特：《木桶的故事 格列佛游记》，主万、张健译，北京：人民文学出版社 2000 年版，第 179 页。

Tide. I often let my Legs drop, and could feel no Bottom."① 且看单译本的翻译："至于我自己,则在命运的指引下游泳,由风浪推着向前。我时时地垂下双腿,却总摸不到底。"② 张译本的翻译："我自己呢,却听天由命地泅着,被风浪推向前方。我不时把腿沉下去,却总探不到底。"③ 这里"Fortune""Wind""Tide""Legs"和"Bottom"的首字母均采用大写,为了突出大自然的神威,表现格理弗在海难风暴中的努力求生。遗憾的是,在汉译本中却很难将这样的微妙之处展现出来,如果汉译本将这几个词汇变换字体以表强调的话,那么对于不了解 18 世纪英国文体风格的读者来说,这样的行文读来不免怪异,即使变换了字体,恐怕也不能体会英文原文字里行间的味道。因此,如何用汉字代表原文中的大写词汇是个尚未解决的问题。

值得一提的是单译本结尾的"绥夫特年表与大事记",完全体现了一个中国学者的大历史观和世界性视野,其间融入了译者较多的思考。年表上启 1405 年郑和首次下西洋,下达 1801 年爱尔兰的合并,前后近四百年的大事记全部包揽其中,以大历史的视野编写斯威夫特的生平,为读者提供了一个立体的时代背景。

文学翻译是一项复杂的活动,不仅仅是单纯语言层面的技术性转换,其间夹杂着译者的文化再创造活动,学术性翻译尤为如此。作为学术性翻译的单译本融入了译者更多的思考和研究成果,译文中的注释和翔实的附录材料让读者更深地领悟原著的魅力,这一切都得益于译者的辛勤劳动。

---

① Thomas Rosco, *The Works of Jonathan Swift* Vol 1. London: Henry Washbourne, Saliabury Square, Fleet Street, 1841, p. 3.
② [英] 绥夫特:《格理弗游记》,单德兴译注,台北:联经出版公司 2004 年版,第 31 页。
③ [英] 斯威夫特:《木桶的故事 格列佛游记》,主万、张健译,北京:人民文学出版社 2000 年版,第 181 页。

第三章 斯威夫特在中国的研究

1872年斯威夫特被译介到中国,中国读者对斯威夫特只有一鳞半爪的印象,甚至从未听说过,故影响极其有限,更毋论研究。直到1906年林译《海外轩渠录》单行本的出现,对斯威夫特的研究才逐渐起步。纵观一百多年来的研究成果,初期研究处于起步阶段,最大的特点是集评论介绍和传播于一体。改革开放之后的研究慢慢成熟起来,对早期的研究有了较多的超越和推进,研究成果洞幽烛微,运用多种研究范式和西方文学理论资源来探讨作家作品的丰富意蕴与艺术价值,研究视角多样,话题也较为丰富,几乎涉及了斯威夫特及其创作的方方面面。这些研究散见于各种报章杂志之中,以论文形式居多,但关于斯威夫特的研究专著尚没有出现。在这些众多的论文和零散的论述中,不乏有较高学术价值的力作,但也存在一些问题和薄弱环节,需要研究者的共同推进。

第一节 斯威夫特在中国的研究概况

从斯威夫特进入中国的1872年起到1949年的几十年间,中国对斯威夫特的研究只能称为粗浅的综述和评论，散见于各个报章杂志，只有零星的学术性的文字，不成系统。从1872年的《谈瀛小录》，一直到1906年的《海外轩渠录》，这段长达三十余年的时间内，斯威夫特鲜为人知，根本谈不上研究，零星的几个译作要么改头换面，要么匿名发表，对原作者的追寻无从谈起。当林译本小说在社会上风靡起来，各种报刊书籍才开始对斯威夫特进行关注和介绍。所以，斯威夫特在这一阶段是翻译在先，介绍和研究在后，这也是其研究的独特之处。从1906年开始，斯威夫特的研究多以综述的形式出现，一批学者以译本的出版为中心，围绕着译本进行一些普及性的评论和研究，共同推动斯威夫特的中国化进程。斯威夫特在这一时期多出现于世界文学或者外国文学史的评论介绍之中，韦丛芜发表于1930年《北新》第18期的《关于斯伟夫脱与格里佛》以两页的篇幅对斯威夫特及其作品做了大致介绍，恐怕连评论都算不上。

我们发现早年斯威夫特的翻译让译者们无意间闯入了比较文学和比较文化的研究领域。清末民初的读者对外来作品知之甚少，译者为了让读者对作品有较好的把握，在翻译时常常辅之以点评之类的文字，以便更好地引导读者，最明显地表现在林纾所译的《海外轩渠录》序言中。在林译本的首页附带了一篇几百字的序，译序中林纾将《列子》中的僬侥国、《洞冥记》中的末多国等与《格列佛游记》中的小人国作比，将《河图玉版》中的龙伯国、《洞冥记》中的支提国、防风国等与《格列佛游记》中的大人国做比，还结合文学作品的内容来思考中国当下的现实，对现实的思考饱含一定的先锋意识和时代先驱精神，林纾已经无意中开始运用跨文化比较的研究方法。

值得注意的是，尽管这一时期的斯威夫特研究仅仅属于起步阶段，但他的影响却远远超过任何一个时代。他成为中国现代文学史一大批现代文学作家的关注焦点，鲁迅、周作人、林语堂、老舍、钱钟书、张天翼、沈从文等人都对他推崇备至，并对其先后有过不同的赞誉和品评。

斯威夫特和这些作家作品之间既有精神层面的相似性，也有事实上的关联。

在1949年以后和"文化大革命"的特殊时期，斯威夫特的研究几乎只有单一的面孔，遵循一种刻板的社会主义现实主义美学原则，服从政治意识形态的指导，将作品的丰富内涵统一在意识形态之中。这一时期关于斯威夫特的研究成果多出自老一辈的学者，主要集中于现实主义主题和讽刺技巧的讨论。杨耀民的《"格列佛游记"论》(1957)一文认为《格列佛游记》是一部伟大的现实主义作品，讽刺了英国资产阶级的丑恶，对资本主义的国家机器进行了全面的攻击，符合广大人民的民主要求。黄源深的《"跳舞"和"打蛋"——漫谈"格列佛游记"的讽刺艺术》(1962)一文认为斯威夫特的讽刺生动有趣，运思深刻，且手法多样，代表了18世纪启蒙时代的讽刺艺术高峰。解楚兰的《试论〈格列佛游记〉》(1963)将小说定义为一部既有严肃政治内容又有高度艺术形式的作品。而到了"文化大革命"时期由于政治的动荡和文化的禁锢，斯威夫特的研究几乎呈现空白状态。

新时期之后，社会思潮和文学观念的变化，带来斯威夫特研究的新局面，关于斯威夫特的研究让人看到了多样化的存在。特别是随着国际上斯威夫特研究空气的日渐浓厚，① 中国也开始对斯威夫特产生了兴趣。一些外国文学期刊开始刊载一些关于斯威夫特的研究文章，出版社也在纷纷出版他的小说，还有出版社在购买他的传记版权，准备在国内译介出版。2000年，我国教育部修订了《中学语文教学大纲》，列出中学生课外文学名著必读书目，共30本，斯威夫特的《格列佛游记》入选

---

① 从1984年起，德国明斯特大学埃伦普赖斯斯威夫特研究中心（Ehrenpreis Centre for Swift Studies）先后举办了六次关于斯威夫特的顶级研讨会，一批当代国际著名学者汇聚一堂，包括埃伦普赖斯（Irvin Ehrenpreis）、里尔（Hermann Real）、普洛宾（Clive Probyn）、希金斯（Ian Higgins）等斯学专家。议题涉及斯威夫特研究的方方面面，共出版学术论文百余篇。在斯威夫特350周年诞辰的2017年6月，该中心召开了第七届斯威夫特研讨会，会议围绕传记书写、文本研究、斯威夫特的早期讽刺、接受和改编、21世纪的斯威夫特等方面的议题展开。

其中。

在这期间涌现出了一批研究斯威夫特的学者,取得了一定的成果。翻译和研究队伍聚集了老中青三代,批评界有所活跃。研究视角的多样、研究方法的革新和研究内容的深化是这一时期斯威夫特研究的主要特点。主题和技巧等方面的研究得到了深化,批评摆脱了原有的教条化和简单化的倾向,新的文学理论和方法得到运用。多种研究范式并存,研究论文数量可观,学理性突出。尽管独立性的专著还没有出现,但斯威夫特研究已经开拓了一个新格局。改革开放之后国内大多数关于斯威夫特的研究论文可以分为以下几种类型。

第一,比较文学视野下的译介学研究。自比较文学复兴以来,就有学者从译介学角度研究斯威夫特。这一方面的研究有的对译介史进行梳理,如滕梅、颞宇的《意识形态作用下译作的变形——〈格列佛游记〉在中国的译介》(2011)、王路平的《美学视角下斯威夫特散文的汉译研究》(2012);有的从传统的翻译技巧层面比较翻译中的语句得失,如谢静的《〈格列佛游记〉的文体变异及其翻译》(2011);也有大量的硕博论文以斯威夫特译本间的比较为研究主题,如王丽峰的《从目的论角度评析〈格列佛游记〉的两个汉译本》(2012)、张伟英的《从期待视野视角看〈格列佛游记〉的两个中译本》(2012)。译介学不是语言层面的研究,更多的是文学和文化研究,但真正从译介学和文化学角度对斯威夫特翻译进行宏观研究比较难,所以这方面的成果不多,如江曙的《小说观念和读者定位:影响晚清小说翻译的两个因素——以〈格列佛游记〉中"小人国"的翻译为例》(2013)。

第二,修辞叙事层面的文本研究。新时期之后,由于受英美新批评文本细读等理论的影响,以文本为中心的本体研究开始出现,并且成为一种研究潮流延续到现在。这类研究专注于修辞技巧层面的讨论,如葛良彦的《从〈一个温和的建议〉看反讽的"隔"与"通"》(1986)一文以《一个温和的建议》为个案追溯了17、18世纪在英国大兴的"反讽"，在当时所有使用讽刺技巧的作家中当推斯威夫特的成就最高；王佐良的《论斯威夫特的散文》（1987）一文从《一个小小的建议》《零碎题目随想》以及《扫帚把上的沉思》等散文名篇入手，分析斯威夫特的语言特点和讽刺技巧，并肯定了他"把恰当的词放上恰当的位置"这一文体风格定义；伍厚恺的《简论讽喻体小说〈格列佛游记〉及其文学地位》（1999）一文从文体上分析了《格列佛游记》是对流浪汉小说和航海冒险小说的借鉴，同时又是继《木桶的故事》《书的战争》之后对讽喻体的进一步推进，但它又迥异于18世纪兴起的写实小说。

第三，文本主题的多样化解读。这类问题属于文学的外部研究，对斯威夫特作品特别是《格列佛游记》的解读比较多样，常见的是探究它的政治主题、乌托邦主题、科幻主题，甚至宗教主题。多样化的解读是把双刃剑，是文学批评活跃的表现，但也有可能让文学批评最终走向主观主义，因为解读始终与个人阅读体验分不开。苏维洲的《"我要烦扰世人"——谈谈斯威夫特的〈格列佛游记〉》（1984）一文从劝世的角度分析了格列佛的四次出游，反驳了以往关于斯威夫特是个"厌世者"的观点，认为斯威夫特的"烦扰世人"完全是出于对人类的爱；孙绍先的《论〈格列佛游记〉的科学主题》（2002）一文在启蒙运动的历史语境下探讨《格列佛游记》中的科学主题，结合小说中对飞岛国拉格多科学家的描述，并将之与法国启蒙文学中对待科学态度相类比，进而探讨斯威夫特的科学观；刘戈的《笛福和斯威夫特的"野蛮人"》（2007）一文以文学比较的视角探讨《格列佛游记》中来慧骃的理性和"耶胡"的非理性之间的冲突，与笛福鼓吹殖民不同，斯威夫特执着于化解野蛮与文明之间的差别，这也在一定程度上讽刺了欧洲启蒙时代的激进理性；龚璇的《〈格列佛游记〉中的视觉隐喻与爱尔兰问题》（2018）一文质疑了"眼见为实"的视觉真实性，并借此破坏殖民话语自我合法化的基础，从而揭露了英国游记（考察报告）对爱尔兰"生蛮"的他者化叙述；历伟的《斯威夫特与中国：一种政治地理学视角考察》（2020）

一文通过将斯威夫特的中国书写置于"游记文学传统"中,围绕但不限于政治地理学视角,来审视斯威夫特与18世纪中英文化交流的思想史关联。

第四,外来理论模式下的解读。新时期以来,西方文艺思潮不断涌入,学者们热衷于运用各种外来批评模式来研究斯威夫特,20世纪是理论的世纪,解释学与接受美学、新历史主义、陌生化和解构主义等理论将斯威夫特的研究推向了新阶段。作家作品被置于新的理论语境之中,斯威夫特被不断重新建构。这方面的研究有的运用新历史主义批评方法,注重文学研究的历史维度,将作家作品从孤零零的研究中解放出来,将其置于同时代的政治、历史和社会语境中,关注文学和事件之间的关系,进行一种"历史的回归"。刘小枫的《斯威夫特与古今之争——为新文化运动100周年而作》(2015)一文将斯威夫特置于17、18世纪欧洲知识界古今之争的文化语境中,以政治化的方式解读其《格列佛游记》《图书馆里的古今之战》等作品,将作家文本与历史事件、文学批评与政治语境联系在一起,呈现出一个古今政制之争中的斯威夫特。运用女性主义理论解读斯威夫特创作是近来的研究新视角,张欣的《乔纳森·斯威夫特厌女症、女性审美与审丑》(2015)一文反驳了斯威夫特之前患了厌女症的说法,因为他在私人信件和某些作品中对女性大加赞誉,表现出强烈的女性主义意识,反驳了西方的男权主义传统;即使他的长诗《卡德努斯和范妮萨》对女性进行了不少污秽叙事,但污秽叙事是对社会性别规范的反抗,从某种意义上来说,斯威夫特的写作改变了18世纪文学中的女性形象和两性关系。还有的研究运用后殖民理论解读《格列佛游记》,剖析小说流露出的殖民意识形态,还有的运用解释学与接受美学理论梳理斯威夫特在中国的跨文化经典建构过程。

通过对以上几方面的梳理,我们可以看到改革开放后斯威夫特在中国的研究状况。斯威夫特开始为更多的中国学者所熟悉和接受,在本土化过程中慢慢完成了跨文化重构,中国学者在这方面的努力无疑丰富了世界范围内的斯威夫特研究成果。我们在看到百花齐放成就的同时，也要注意到研究的局限。总体上来说，斯威夫特研究在中国是远远不够的，某些方面的研究甚至是缺席的，与国外的研究水准还存在较大差距。国内对他的研究特点是零散有余，系统不足，主要表现在如下几个方面。

首先，汉译作品的缺失影响了研究的深度和广度，由译本的单一导致作品研究的单一。斯威夫特作品特别是《格列佛游记》在中国译介出版的持续升温没有促成斯威夫特研究与传播的全面展开，斯威夫特作品与传记的译介缺失现象依然存在。单个译本的多样化既是好事也是坏事，说明了翻译和出版业的繁荣，但随之而来的是急功近利的商业化炒作和良莠不齐的译本，这让读者在鱼龙混杂的图书市场前难以选择。目前，国内尚未有斯威夫特全集中译本，甚至连选集都极度匮乏，除了小说之外的斯威夫特作品大部分零星地散落在各个外国作品选或翻译家的译著集中。2015年华夏出版社出版的《图书馆里的古今之战》收录了斯威夫特四篇不同类型的汉译散文，2016年商务印书馆刚刚推出的《桶的故事·书的战争》，其中收录了十几篇斯威夫特汉译散文名篇。这些译文的出版都是近两年的事，说明国内学界已经开始重视起这位英国18世纪的无冕之王了。在十分注重版本学的西方已经出版多个版本的斯威夫特全集，最新的是2008年剑桥大学出版社开始陆续出版的《斯威夫特作品全集》，目前尚未全部出版完成。目前，由于斯威夫特作品汉译本相对较少，研究仅局限于部分作品，特别是《格列佛游记》，对《格列佛游记》研究的热衷与其他作品受到冷遇形成鲜明对比。斯威夫特其他作品在国内为读者所知的寥寥可数，更毋论研究。

此外，国内对斯威夫特的生平和创作的介绍较为简单化，真实而复杂的斯威夫特在某种程度上受到了遮蔽，国内也尚无任何一本关于斯威夫特的传记出版。这一方面影响了读者对斯威夫特作品的理解，也影响了研究者在研究深度和广度方面的拓展。传记是文学研究的重要组成部分，在研究斯威夫特的生平、创作与传记方面，西方学者投入较大，目前英语世界的斯威夫特传记在数量和质量上占绝对优势。国内学者由于受地域、语言和其他条件的限制，对一手资料的搜集和使用相对逊色，未能产生一部独立的斯威夫特传记，甚至连斯威夫特传记译本都还没有。笔者曾受浙江大学出版社之邀，翻译达姆罗什（Leo Damrosch）的《斯威夫特传》（Johnathan Swift: His Life and His World, 2013），该译本问世后极有可能成为国内首部斯威夫特传记。

其次，对斯威夫特身份的单一认知。对斯威夫特的研究仅仅集中于小说家、讽刺大师、散文家等常见的文学身份，其身份的复杂性和多元性远远被忽略了。从20世纪后叶起，他也愈来愈作为18世纪一名重要的诗人为评论家所知。斯威夫特一生的诗歌趣味是不断变化的，早年曾追随坦普尔的古典主义品位，效法古希腊抒情诗人品达，模仿新古典主义者德莱顿和考利，后来开始尝试一些讽刺诗的写作，甚至还写过一些污秽之诗，但他的优秀诗作诸如《城市雨中即景》（Description of a City Shower, 1710）、《咏斯威夫特教长之死》等都是不容忽视的。他还参与创立讽刺文人组织斯克里布莱拉斯俱乐部，对当时的文化界产生了重要影响。从文化身份上来看，斯威夫特既是一个因政治失意而退居爱尔兰的英国人，也是一个爱尔兰的民族主义者。爱尔兰的民族主义者和英国殖民者这两种形象在他的身上常常发生争执。[①] 关于斯威夫特身份和形象的复杂性，西方学界有较多讨论，并且建构出了一群新的"斯威夫特"们，这种多样化的争议在将来势必还会进行下去，这也将给国内学界提供一条认知他的渠道。

[①] 在一些后殖民理论研究中，他的文化身份也常常是变动的。艾弗里·齐奈特在《混杂性、阈域性和〈格列佛游记〉：斯威夫特对其"文化身份"的追寻》一文中，运用霍米·巴巴（Homi Bhabha）和斯图亚特·霍尔（Stuart Hall）的理论来说明文化身份的变动，并找出影响斯威夫特个性的历史力量。

最后，关于比较文学研究的若干领域被忽略了。在斯威夫特研究中跨学科方法的研究基本缺失，平行研究的"可比性"问题也值得商榷，在进行平行研究时，自觉的主体意识时而或缺，在"可比性"问题上产生随意比附和拉郎配等现象。其实对于斯威夫特的接受史研究还可以围绕其他方面进行探讨，比如斯威夫特笔下人物在中国的嬗变史、文学思潮与嬗变史的内在关联、对中国作家的影响史、翻译史与跨文化经典的重构……这些方面的研究和探讨还有待拓展。

中国的斯威夫特研究完全可以尝试一些新视角来丰富研究成果，在国外研究中像斯威夫特与污秽文化、斯威夫特与色情文学①、斯威夫特的绅士风度②等方面的研究已经有学者涉猎，但尚未深入讨论，中国的斯威夫特研究完全可以在此基础上继续开垦，在开垦的过程中说不定还会产生出其不意的新观点。

第二节　现代和当代斯威夫特研究的比较分析

在进行现代和当代斯威夫特研究的比较分析之前，有必要对这里的"现代"和"当代"的时间界限做出说明。目前学界广泛接受的文学史

---

① 格尔（Jens Martin Gurr）的《18世纪的圊厕女神崇拜》（*Worshipping Cloacina in the Eighteen Century: Functions of Scatology in Swift, Pope, Gay, and Sterne*, 2010）一文探讨了18世纪早期色情文学对斯威夫特的影响，并考察斯威夫特身患厌女症与他的"性本恶论"之间的关联。

② 楚达加（Neil Chudgar）的《斯威夫特的绅士风度》（*Swift's Gentleness*, 2011）一文是重读斯威夫特的一次新尝试。作者认为当格列佛第一次到达小人国时，绅士风度一直伴随着他，他感觉有种东西在让他变得彬彬有礼。在小人国，他被要求将四五十个小人捡起摔在地上，但他拒绝了，他知道这是不好的。尽管他的天性并不绅士，但他也要使得自己绅士。在分析了格列佛的四次游历之后，楚达加认为世界是暴力的，但和善是可取的。然而，这篇文章也出现论据不充分、过度解读的现象。作者一直在不断地提醒读者，《格列佛游记》中的斯文教养即使讽刺也盖不住它，但他忽略了文本中确实存在讽刺暴力。

分期是：将1917年到1949年之间的文学称为中国现代文学，1949年至今的文学称为中国当代文学。高旭东在《近代、现代与当代文学的历史分期须重新划定》①（2012）一文中对这种传统的历史分期进行了颠覆，认为"近代""现代"与"当代"这些来自西方的概念在进入中国之后被割裂了能指和所指，以至于这样的文学分期存在较大的局限性和不合理性，在经过详细的论证之后，认为甲午海战爆发的1894年开启了中国文学的现代性，并由此提出了一种全新的历史分期，将1894年到1978年统称为中国文学的现代阶段，1978年至今称为中国文学的当代阶段。具体来说：1894年到1917年是"前五四的现代热身"，五四时期开启了多元混杂的现代性，而这种多元混杂很快就被左翼和延安文学的超现代一元模式取代，直到1978年这种模式走向僵化解体。从伤痕文学出现的1978年开始，中国文学进入当代阶段。

本节采用高旭东的文学史分期来处理现代（1894年至1978年）和当代（1978年以来）斯威夫特研究的比较，这一方面是出于研究方便的考虑，将斯威夫特一百多年的接受语境做时间上的简单切分；另一方面因为是这两个阶段的斯威夫特研究确实呈现出截然不同的研究状况，完全可以从总体上对其研究现象和意义做比较分析。

回顾现代时期的大多数文学研究会发现，研究者的视野与"启蒙和救亡"绑定在一起，宽广与多样被遮蔽了。尽管文学现象属于理论研究的范畴，不应该受政治的影响，但斯威夫特的研究史多少与政治史、社会史是联系在一起的，文学的社会使命让文学研究没有脱离时代，纯粹的文学研究是不存在的。从1894年到1978年这段时间，斯威夫特的研究并不多，在整个多元混杂的五四时期他的研究几乎只剩下粗浅的综述和介绍，并且这些有限的研究还掺杂了很多非学术化的因素，更多地导向了启蒙话语。尽管西方的"纯文学"观念随着各种思潮涌入中国，但

---

① 高旭东：《近代、现代与当代文学的历史分期须重新划定》，载《文艺研究》，2012年第8期。

当时的中国缺乏安顿"纯文学"的现实环境。在国家、民族和个人三种因素的交互下，斯威夫特的研究视野也呈现出另一番形态。当文学批评演变成政治启蒙的工具，研究者与文本之间平等的对话空间就不存在了。当然，现代时期斯威夫特研究的尴尬境地也与文学批评理论的缺失直接相关。从梁启超的诗界革命算起，批评理论兴起也不过百余年的历史，何况身处现代与传统的断裂之中，演化和发展极其艰难。它反叛传统，却又没有挣脱开传统的锁链，它受西方各种风潮的影响，最后选择了马克思主义文艺批评。在 1949 年以后和"文化大革命"时期，斯威夫特的文学研究延续了 40 年代以来的左翼文化批评传统，形成了革命化的二元式思维，吸收了阶级斗争的话语。由于对文学实行了严格意识形态审查，这也导致文学批评话语审美色彩的削弱。同时，"社会主义现实主义"等苏联文学批评模式在这一时期被全面复制，文学批评的一元化秩序得到了加强。在诸多因素的影响下，这一时期的文学批评呈现出文学与政治的一体化面貌，成为政治和阶级斗争的工具。与五四时期相比，这三十年间的斯威夫特研究显得更为薄弱，几乎呈现出空白的状态，意识形态对文学批评的规训是这一时期的主要特征。所以，从整体上看，现代时期的斯威夫特研究相对单一片面，在思想上较为粗浅，具有一定的宣传味道，也许这正是文学研究没有脱离政治的表现。

当代的斯威夫特研究非学术化的因素减少了，但不能说完全没有，80 年代仍有一些从意识形态和政治层面的解读。总体来说，当代的斯威夫特研究得到了极大的发展，对西方文学批评理论的积极借鉴，让我们看到当代斯威夫特研究的新姿态。当代斯威夫特研究多在比较文学的视域下进行，在影响研究、平行研究和跨学科研究方面都有所突破。但当代的文学批评通常给人西化的印象，甚至被指责患了失语症。它确实是以西方文学批评理论为参照系而建构起来的，所以这一时期的斯威夫特研究不免呈现出挪用西方文学理论的特点，有人也借此从这个角度质疑它究竟是否开拓了一片新的研究天地。但无论如何，新时期以来的研究视野都是伴随着思想的觉醒和文学的解放而展开的，其分析式的理论批评让人耳目一新，既不同于古典的文学式点评，也不同于综述式的评论。

斯威夫特研究领域中长期存在的一些薄弱环节在当代得到了重视。以斯威夫特与古今之争的关系为例，这一类的研究在现代时期几乎没有被关注过，这和当时的社会历史环境是密切相关的。五四新文化运动的口号是民主与科学，在文学领域的具体实践是提倡新文学，反对旧文学。17、18世纪欧洲发生的古今之争实际上是一场文化争战，简单说就是古代学问和现代学问孰优孰劣的问题。由于受到自己的恩主坦普尔爵士的影响，斯威夫特在古今之争中追随的是坦普尔的古典主义立场，他的文学趣味是古典的，这在五四时期的文学家们看来可谓是"旧文学"，再加上斯威夫特对"人类"的嘲弄，对科学的蔑视，使得研究者即使读解到了这方面的内容，也不得不采取回避的态度，因为五四时期正是人的觉醒和对科学的推崇。其实，五四时期也有一部分知识分子在对待古与今、中与西、激进与保守、传统与现代的关系上并非全然都站在西化的现代立场上的。在吴宓、梅光迪、胡先骕等学衡派人士看来，传统与现代是互相渗透的。《学衡》杂志的英文名称为"Critical Review"，直译就是"批判性评论"，在"昌明国粹"的同时也"融化新知"，"无偏无党，不激不随"。但在五四时期激烈的反传统之下，这股思潮被当成保守主义的反动形象。再以斯威夫特与宗教为例，这个议题同样在现代时期较少被人关注。在"提倡新道德"和"反对迷信"面前，中国现代文学将宗教虚妄的消极因素基本剔除，只发扬了关于人生哲理的积极部分，再加上马克思的经典论断"宗教是人民的鸦片"，更加遮蔽了文学家们的研究视野。而新时期以来学界在这些方面的研究进展，正显示出多元化时代的到来让文学研究突破了以往的瓶颈，取得了令人瞩目的新成就。当下的全球化时代使得我们能够建构更为宽广的文化视角，获得更多的文学和文化资源，加强与国外斯威夫特研究的学术交流，树立研究的国际视野和多元视野，提高中国斯威夫特研究的水平。

随着我们对斯威夫特研究总体认识的加深，有必要对其研究予以正视和重估。虽然有些特殊时期的文学研究呈现出停滞甚至倒退的情形，但从百年的语境看，斯威夫特的研究始终贯穿着"现代性"这条主线。斯威夫特研究来自文学的现代性冲动，同时又传达出文学领域的呼声，发出向文学领域进军的号角。这种带有社会实践品格的研究让一批作家作品得益于斯威夫特的影响，特别是现代时期的作家，这也生发出我们新的思考：在现代时期斯威夫特呈现出研究冷、影响热的局面，而在当代则是研究热、影响冷，造成这种强烈反差的原因是什么呢？

现代时期对斯威夫特的研究和评价太简单化，在英国他是一个饱受争议的多元化的人物，在中国现代接受语境中却变得如此单一而片面，这意味着我们在现代阶段介绍和研究外国作家作品时，研究视野存在巨大的遗失、偏差、扭曲和误读，这恰恰是跨文化研究中要发生的问题所在。误读在比较文学领域是常见的现象，读者按照自身的文化传统和思维方式去阐释另一种文化或文学。接受者原有的视域决定了他如何对文本进行选择和阐释，必然会对异域文化中的文学产生误读。误读分为有意误读和无意误读，在文学交流过程中，接受者会有意无意地根据自己的需求对外来的文学或文化进行改造式的阅读和研究。在中国文学现代化的过程中，我们对异质文化和文学完成了拿来、改造和接受的过程。在现代的斯威夫特研究和接受语境中，译者和研究者常常根据自身和时代的需求对斯威夫特进行误读。林纾对这位"英国狂生"有着自己创造性的阐释，在译本的序言中，林纾以屈原作比斯威夫特，立足于清末的状况，将斯威夫特及其作品纳入了政治启蒙话语中加以解读，这对于当时中国的境况是有现实启示意义的，但由于传统文化和文学的影响，他又将《格列佛游记》内容看作海外怪谈。① 正因为大人国小人国的怪诞情调，人们常常将其当成儿童读物，消解了原著的讽刺意味，而大人国小人国的童话寓言传统要追溯至林纾的节译本。

与现代时期斯威夫特研究层面的单一相比，他在现代时期的影响却超过了任何一个时代，读过斯威夫特的中国作家不少，在创作上接受他影响的却主要集中于中国现代作家。在现代阶段的小说创作中，经常看到斯威夫特汉译小说的影响和变形。这些小说的内核是传统审美趣味，同时裹挟着对翻译小说的归化。《格列佛游记》对传统文化带来了解构，对现代文学创作的影响极其深远，从晚清一直延伸到五四时期以及之后的现代作家。

斯威夫特的作品特别是《格列佛游记》传播到中国之后，正值清末民初新小说②的兴起和繁荣阶段。《格列佛游记》内在的故事结构和形态被这一时期的作家们不断地借用和重构，而将政治要求带入文学想象是斯威夫特创作和清末民初新小说共同的美学追求。这一时期涌现出一大批新鲜别致的"翻新小说"，阿英在《晚清小说史》中将之称之为"拟旧小说"，拟旧小说的奇幻色彩并不输给《格列佛游记》。此外，跨界旅行的故事叙述模式在清末民初的新小说中也十分盛行。《格列佛游记》具有欧洲传统的游历（流浪汉）小说结构，"离家—远游—还乡"的主题重复了四次，游历小说打开了读者的阅读视野，满足他们审视外部世界的好奇心，它的空间建构呈现出一种移动性、异域性和陌生化的特质。但与传统游记不同的是，格列佛历经了小人国、大人国、飞岛国和

---

① 早在《列子·汤问》中就有关于小人国类似的记载："从中州以东四十里，得僬侥国，人长一尺五寸。"在《海外轩渠录》的序言中，林纾提及幼时常听闻"小人"和"长人"之类的怪诞之事，这种妄谈和民间传闻有似于志怪小说。博尔赫斯在为阿根廷版《聊斋志异》写的序言中说蒲松龄的叙述"让人想起斯威夫特"，原因当然离不开"其寓言故事的怪诞"。

② 新小说是相对于旧小说而言，在"小说界革命"的感召下，小说创作观念发生了变革，创作的整体面貌也与旧小说迥异。

慧骃国，在异域时空经历种种奇特反常的事件，借虚构而言真实，托言异域，投射本邦。在新小说中，徐念慈的《新法螺先生谭》①讲述法螺先生的地心及太阳系之旅，将旅行空间推向宇宙更深处；萧然郁生的《乌托邦游记》②讲述某生听闻英国的《乌托邦》，于是信以为真，乘船前往乌托邦进行游历。《格列佛游记》中极富乌托邦色彩的慧骃国在中国近现代的小说中同样能找到对照，这种乌托邦的文学想象为中国现代的革命实践提供了丰富的思想资源和精神价值。梁启超的《新中国未来记》③（1902）将叙述时间铺陈至1962年，此时的中国已经位列世界强国，作者借对未来新中国的盛况想象与眼前旧中国的对照，表达建立现代民族国家的强烈渴望。继《新中国未来记》之后产生了多部关于未来中国社会的乌托邦想象小说，陆士谔的《新中国》④、蔡元培的《新年梦》⑤、春颿的《未来世界》⑥、碧荷馆主人的《新纪元》⑦……这些小说都以对未来中国的瑰丽想象来抨击现实中的落后与陈腐，叙事上乏善

---

① 《新法螺先生谭》，东海觉我（徐念慈）著，与包天笑的译作《法螺先生谭》《法螺先生续谭》汇为一册，于1905年小说林社出版发行。小说讲述的是科学家法螺先生绕行地球，并飞向太阳系，在旅行过程中，通过与其他空间的比较，法螺先生对中国感到失望。回到地球后，潜心要发展中国的"光、热、力"，却遭到某些部门的阻挠，只好歇手。

② 《乌托邦游记》，萧然郁生著，小说有头无尾，1906年《月月小说》仅刊载前四回。小说讲述某生在梦中得人指点前往乌托邦，并得到高僧赠《乌托邦游记》一书，该书共三卷分别以《维新时代》《过渡时代》和《腐败时代》为题记载了三次游记。

③ 《新中国未来记》，共五回，先后发表于1902年的《新小说》杂志，后收入《饮冰室专集》。作者原打算写《新中国未来记》《旧中国未来记》和《新桃源》三部曲，但后两部由于种种原因并未成稿。

④ 《新中国》，又名《立宪四十年后之中国》，陆士谔著，1910年上海改良小说社出版发行。小说以梦的形式漫游了1951年的上海，此时中国实现了立宪，国力异常强盛，作者梦醒后又回到了落后的现实，但在小说的结尾仍不忘表达对未来新中国的到来充满信心。

⑤ 《新年梦》，蔡元培著，1904年发于《俄事警闻》（后改为《警钟日报》）一报，小说以"中国一民"在新年时的梦境为主线，展现60年后中国的盛世气象。

⑥ 《未来世界》，春颿著，1907—1908年连载于《月月小说》，1910年上海群学社出版单行本，小说极力描绘了立宪给中国带来的新气象。

⑦ 《新纪元》，碧荷馆主人著，1908年小说林社出版发行。小说讲述的是1999年中国已经成为世界强国，为了解决欧洲内乱，中国决定出兵远征欧洲进行一场世界大战，战争结果是中国大获全胜，与欧洲国家订立条约，永享太平。

可陈，但带有强烈的现实批判性。此外，《狮子血》① 中的"合众国"、《冰山雪海》② 中的南极乐土、《月球殖民地小说》③ 中的月宫……都极似斯威夫特笔下的慧骃国，在对这些理想世界的描述中作者展现了野蛮与文明的对立。斯威夫特对其他中国现代作家作品的影响更为深刻，这在后面的章节将会详谈。

当代的斯威夫特研究有了新的上升空间，研究视野逐渐丰富化，在中西文学文化交流中，我们的研究更加贴近于他在国外发展的本真状况。这不仅因为文献资料的获取变得简单、研究的封闭和垄断逐渐被打破，更重要的是过去遗留的某些狭隘的研究观念得到了改变。由于信息传播方式的变化，读者参与解读和评论的方式更为简单而直接了，这自然会带来政治解读的淡化和消退。当然，文学批评在变得多元化的同时，也不免带来秩序的混乱，但一些既定的"真善美"等标准是不能够被否定的，否则研究生态将失去平衡。

与研究的丰富性相比，斯威夫特对中国当代作家创作的影响却呈现冷门的状况。现代时期活跃的影响和创作因政治启蒙而生，小说的政治现实价值高于文学价值，而当代影响和创作的没落也与政治语境有关。斯威夫特作为18世纪西方文学的讽刺高峰，对中国现代讽刺文学的建构意义重大，讽刺创作在中国经历了解放战争时期的最后一个高潮之后，命运发生了变化。知识分子们在经历国民政府的黑暗腐败之后，满

---

① 《狮子血》，又名《支那哥伦波》，何迥著，1905年雅大书社出版发行。小说讲述的是山东好汉查二郎率领部下，驾驶海龙船远航探险，在冰山中找到一块新大陆，命名为"海龙岛"，而后又在非洲征服蛮族，建立"合众国"，均田产，开学堂，办工厂，制章程，将国家治理得气象万新。

② 《冰山雪海》，1906年科学会社出版发行，本书的作者一直存在争议，一说李伯元编译，一说书商伪托李伯元所作。小说讲述的是公元2499年田八郎、季二郎等人率领万人舰队在南极开辟了一块人间乐土，建立了一个高度文明的大同社会，并吸引了大批受难的犹太人和黑人前去避难。

③ 《月球殖民地小说》，荒江钓叟著，于1904—1905年在《绣像小说》第21—62期上连载。小说以湖南人士龙孟华一家三口的聚散为线索，描述海外爱国义士的抗清斗争，小说的结尾是龙孟华一家受月球人士的邀请乘坐月府气球前往月宫。

怀希望迎接新中国的到来，充满活力的新政权在一定程度上使得讽刺创作失去了土壤。新的国家制度和统治集团不允许讽刺创作对体制进行指摘，并在一定程度上遏制讽刺创作，同时新的意识形态也必然会对文学趣味提出新的要求，这就导致了纯然的讽刺逐渐走向没落。讽刺文学在一定意义上彰显出启蒙精神，面对这样的创作现状，我们不禁思考讽刺文学在特定社会和政治语境中的需求度问题，以及当下消费主义语境中讽刺将如何存续的问题。

通过对现代和当代斯威夫特研究的审视，我们看到了埃斯卡皮（Robert Escarpit）的文学社会学观点在斯威夫特接受语境中的呈现。文学与不同社会观念对接，社会之于文学有重要意义，这也让我们回到了比较文学跨学科的研究上来。当文学被纳入更广阔的社会空间时，文学研究本身也作为社会的一种观照而存在。

第三节　文学史中的斯威夫特

文学史作为一种著述的出现要追溯到西方的 18 世纪末，沃顿（Thomas Warton）的《英国诗歌史》（*The History of English Poetry：From the Close of the Eleventh to the Commencement of the Eighteenth Century*，1774）在体系上堪称是西方的第一部文学史著作，作为文学史著作的最初尝试，它的文学史观在今天看来并不成熟，整个写作体系完全被淹没在材料的堆砌之中。

文学史是将不同时代的作家作品纳入一个共同的写作体系中，同一个作家作品在不同时代的文学史写作中被不断重新建构。时代政治语境、文学审美趣味、社会心理和价值观念，这些都会在文学史写作中呈现出来。一个作家在他国文学史写作中的位置和分量，足以反映出该国对他的接受情况。对国内文学史写作产生重大影响的是 19 世纪的两部文学史著作，泰纳（Hippolyte Taine）的《英国文学史》(*History of English Literature*, 1863—1869) 以及勃兰兑斯（Georg Brandes）的《十九世纪文学主流》(*Main Currents in Nineteenth Century Literature*, 1890)，这两部文学史以"三要素说"和"心灵史说"影响了几代中国学者的文学史观。

讨论斯威夫特在中国的研究情况，不仅要关注与之相关的著作和论文，还要关注他在文学史中的叙述。如果将文学史中斯威夫特的写作片段加以并置，势必从中看到斯威夫特在史学著述中的接受轨迹。通过对几部代表不同时代的外国文学史的梳理，可以看到近百年来斯威夫特在外国文学史写作中的接受情况。

1949年以前的文学史中关于斯威夫特的解读多半借鉴欧美文学史的评价，还不能完全称为独立的研究。这一时期的外国文学史著作主要以推广普及为目的，担当思想启蒙的工具，还远不能达到学术研究的高度，代表的文学史著作有周作人的《欧洲文学史》和郑振铎的《文学大纲》。

1917年，周作人在北大讲授欧洲文学史课程，将自己的课堂讲义编撰成书，遂成了一部《欧洲文学史》，次年出版。这部文学史以文言文写成，共分三卷，希腊和罗马各占一卷，第三卷分两篇：中古与文艺复兴、17和18世纪。斯威夫特的内容位于第三卷的18世纪英国之文学，仅占一页的篇幅。由于作者对希腊罗马文化的钟爱，在斯威夫特身上也寻找到了罗马时代的希腊语讽刺作家（卢奇安）Lukianos 的影响①，"大意仿希腊 Lukianos 之信史（Alethes Historia），而设想奇肆，寄意深刻尽

---

① 卢奇安《真实的故事》(*A True Story*) 一书被追溯为西方科幻小说的最早萌芽，以航海游记的形式记录了一系列神秘怪异离奇之事。这种海外奇谈的题材在罗马时代风行一时，《格列佛游记》的创作深受此书影响，两书中的很多细节都如出一辙，如卢奇安笔下的太阳国以遮蔽阳光降服月亮国，让月亮国终日生活在黑暗中；斯威夫特笔下的飞岛国经常飞到某个地方的上空遮蔽阳光和降雨，来惩罚这些刁民。

过之。"① 周作人以比较的视角将笛福和斯威夫特的小说作比，认为它们"多言涉险，故事迹虽非神怪，亦殊异于寻常"②。尽管这部文学史已经被大多数人所遗忘，但它的影响和意义不可小觑。它第一次系统地介绍了西方的文学体系，提供了全局视角，开后世文学史写作风气之先。

从1924年开始，郑振铎在《小说月报》上连载《文学大纲》，一直至1927年连载完毕，后收录成书由商务印书馆1927年出版。全书四卷本共80万言，跨度上从公元前4000年的石刻古籍一直到1926年的林译小说，由于涵盖范围较大，斯威夫特一节失之过简，仅占三页的篇幅，并没有深入分析，仅仅是作家作品的初级介绍，作家和作品的译名还保持旧译：史惠夫特、高里弗等。该书大量参考了国外学者编纂的文学史资料，尤其是特林瓦特（John Drinkwater）的《文学艺术大纲》(The Outline of Literature and Art, 1923) 和梅西（John Macy）的《世界文学史话》(The Story of World's Literature, 1925)，因此只能算编译。这部文学史图文并茂，该节还配有斯威夫特肖像图、《格列佛游记》大人国一幕的插图等。

20世纪50年代至70年代，苏联的外国文学史著作在很大程度上影响了我国批评界对斯威夫特的解读，社会主义现实主义的标签与这个18世纪的英国作家绑定在一起。在我国文学史写作的现代生成中，"苏联模式"曾经作为重要的理论影响源在20世纪50年代至70年代发挥作用。甚至可以说，我国50年代至70年代的文学史写作是在这种模式的影响下完成的。

1959年，人民文学出版社出版了苏联阿尼克斯特的《英国文学史纲》(1959) 汉译本，这部由俄文版翻译而来的近50万字的文学史在国内产生较大影响，成为国内众多院校英美文学专业的指导用书。在书的

---

① 周作人：《欧洲文学史》，上海：商务印书馆1918年版，第62页。
② 周作人：《欧洲文学史》，上海：商务印书馆1918年版，第62页。

前言部分，作者指出"只有密切联系任何时期发生的阶级斗争和这个国家的社会政治历史，才可能了解英国文学的发展"，这个指导方针贯穿了整本书的写作。作者将斯威夫特置于启蒙主义时期英国现实主义小说的开端中，紧随笛福其后。作者在分析斯威夫特之时，往往从既定的政治概念出发，花大量篇幅评论斯威夫特的人民性和现实主义，并将其定义为"英国启蒙运动中激进民主主义流派的创始人"。一个在党争中失意的政治家黯然离开伦敦，却被作者塑造成为了民族解放慷慨赴任都柏林。作者在对《格列佛游记》进行分析时，还将格列佛看作是另一个鲁宾逊，并指出鲁宾逊的局限性在于他对英国资产阶级文明持肯定态度，而格列佛则对此进行了辛辣的讽刺。作者还将他的《木桶的故事》看作是反宗教偏见的启蒙主义作品，将《一个小小的建议》和《布商的信》看成是人民性极强的作品，甚至将其语言也看作是人民的语言，这就不免陷入庸俗社会学的圈套，将文学看作是政治的附庸。如果抛开政治性不谈，这本书中有些纯文学性的论点还是颇有见地的。尽管这部文学史充满了较强的意识形态色彩，但它代表了苏联四五十年代英国文学研究的最高水平，并对中国的英国文学研究产生了较大影响。

同时期另一部苏联的《十八世纪外国文学史（上下）》（1958—1959）汉译本在国内出版，这部由苏联专家阿尔泰莫诺夫等人编写的教材结合18世纪的时代背景，系统地介绍了斯威夫特的生平、作品、人物形象和艺术特征等，认为斯威夫特在艺术上"总是极力使虚构的状况接近真实，并达到近似真实"，"斯威夫特是为了他那个时代的读者而写作的"。

1964年，杨周翰等人主编的《欧洲文学史（上卷）》[①] 出版，这是一部在苏联模式影响下仍具有自身特色的文学史，作为中华人民共和国成立后首部正式的外国文学史教材，代表了当时外国文学史写作的最高

[①] 杨周翰、吴达元和赵萝蕤主编的《欧洲文学史》分上、下两卷，上卷于1964年首版，由于种种原因，下卷当时未能出版，直到1979年人民文学出版社才将上下两卷一起出版。

水平。本书对斯威夫特的评价仍然没有摆脱苏联模式的影响,强调斯威夫特对英国资产阶级政治的反抗,肯定他对爱尔兰民族解放所做的努力。杨周翰先生在谈及这本教材的缺点时说:"没有注意到文学本身的独立性。我们没有从文学传统的发展演变着眼。文学变成了阶级斗争的说明书,文学史成了历史的印证或材料汇编。"① 此外,本书在解读斯威夫特对待科学的态度时,认为斯威夫特是反科学的,他"不恰当地讽刺自然科学,并流露出一些阴暗情绪",与其说这种阴暗的情绪是反科学,不如说是对科学发展的一种人文反思。

新时期之后,重写文学史热潮中的斯威夫特充满了多元化的解读。"社会主义现实主义"在这一时期渐渐失去了光芒,各种话语论争交汇贯通,打破了我们对文学史中斯威夫特一元化的解读。1988年,陈思和等人在《上海文论》上提出"重写文学史"的口号,率先拉开了这场运动的序幕。这一时期有一系列突破政治写作标准的文学史著作相继问世。这些文学史将当下最新的斯威夫特研究成果写进其中,有的还加以专章介绍,不仅强调斯威夫特在英国文学史中的地位,更强调他在世界文学史中的地位。编撰者们的外语水平普遍较高,对国外斯威夫特的研究资料把握较为全面,对作品原文也加深了理解,同时借鉴国外文学史的写作,拓展和完善了斯威夫特在文学史中的撰写。

朱维之等人主编的《外国文学史(欧美卷)》(1985)称斯威夫特为激进民主派,为爱尔兰民族利益而战斗的作家,肯定他将现实讽刺与艺术虚构结合在一起,赞颂他使用反语、对比、夸张、影射等高度讽刺的艺术技巧;郑克鲁主编的《外国文学史(上下)》(1999)中,斯威夫特以现实主义的面目出现,作为思想激进的英国启蒙作家,往往将讽刺对象夸张变形甚至到荒诞的地步,因此这里将斯威夫特与现代的"黑色幽默"联系在了一起;李赋宁主编的三卷本《欧洲文学史》(1999—

---

① 杨周翰、钧杨:《杨周翰教授答本刊记者问》,载《外国文学研究》,1981年第1期。

2001）全面介绍了斯威夫特的政治生涯以及在诗歌、小说等方面的文学贡献，对《格列佛游记》进行了深入分析，认为该书的写作目的之一是反对当时的游记浪漫化倾向，更是对笛福《鲁宾逊漂流记》的讽刺模仿，甚至对现代小说的诞生都具有非凡的意义。在最具争议的慧骃国游记中，该书认为斯威夫特并没有全盘否定人类，仅仅是揭露文明社会下隐藏着的野蛮。从格列佛回英国后闹出一些神经错乱的笑话来看，他对慧骃国的纯理性也并非完全赞赏。王忠祥、聂珍钊主编的四卷本《外国文学史》（1999—2000）全面梳理了斯威夫特作为讽刺作家的创作生涯，分析了《书的战争》《木桶的故事》等讽刺性的小册子，《格列佛游记》作为幻想游记，既讽刺了社会现实，又表达了作者的理想，将文学与政治联系在一起；王佐良、周珏良等人主编的五卷本《英国文学史》从着手到全部出版历时20多年，其中的《英国18世纪文学史（增补版）》（2006）一卷由刘意青主编，该卷以"讽刺大师斯威夫特"为专章标题，对斯威夫特的讽刺技巧予以充分肯定，整章以十多页的篇幅高度评价了这位介于德莱顿和华兹华斯之间的伟大作家。

新时期之后的文学史种类呈现出更加多元化的趋势，从类别上看主要有文类文学史、国别文学史和翻译文学史三种类型，斯威夫特同样在这三种不同类型的文学史中被建构着。

在文类文学史中，无论是散文、诗歌还是小说，斯威夫特总能被写上一笔。在王佐良的《英国散文的流变》（1994）中，斯威夫特作为英国散文史上的关键人物而存在，他的散文成为一种奇异的结合：谁也不能写得比他更文雅，谁也不能比他更有义愤和道德感。陈新的《英国散文史》（2008）以斯威夫特的《一个小小的建议》为范例，着重分析了斯威夫特散文的讽刺性；王佐良在《英国诗史》（1993）中指出，斯威夫特的诗歌和他的散文一样地充满讽刺，发挥了社会功用，但他的诗歌伸缩自如，更加接近口语化；侯维瑞、李维屏的《英国小说史》（2005）肯定了斯威夫特小说的现实讽刺意义，强调他以政治讽刺寓言的形式丰富了小说的创作，对后世的萧伯纳（George Bernard Shaw）、奥威尔、叶芝都产生了不少影响；蒋承勇等著的《英国小说发展史》（2006）认为斯威夫特继承了流浪汉小说和航海小说的文学传统，创造了讽喻体小说的形式，是英国杰出的讽刺作家。

国别文学史中的斯威夫特成为爱尔兰民族主义文学的重要代表，在陈恕的《爱尔兰文学》（2000）中，斯威夫特被置于爱尔兰的英语文学传统中，在爱尔兰文坛上占据十分重要的地位，并对英爱文学产生了不可小觑的影响。作者一面肯定他为爱尔兰民族利益做出的文学贡献，一面也看到了他对爱尔兰的矛盾态度：他将自己看成是英国人，不愿和野蛮的爱尔兰人认同，但他又时刻在捍卫着爱尔兰人民的利益。

翻译文学史中的斯威夫特通常在林译小说的背景下而被提及，《海外轩渠录》既成为本土文学对英国文学进行翻译归化的案例，也成为中国文学的重要组成部分，而林译小说在文学史上的独特地位也让更多读者知道了斯威夫特这位"英国狂生"。新时期以来的翻译文学史主要有：马祖毅著的《中国翻译简史》（1984），陈玉刚主编的《中国翻译文学史稿》（1989），郭延礼著的《中国近代翻译文学概论》（1998），谢天振、查明建主编的《中国现代翻译文学史 1898—1949》（2004），孟昭毅、李载道主编的《中国翻译文学史》（2005），查明建、谢天振著的《中国20世纪外国文学翻译史》（2007），谢天振等人著的《中西翻译简史》（2009），杨义主编的六卷本《二十世纪中国翻译文学史》（2009）……这些翻译文学史都在林译小说的背景下提及斯威夫特作品的翻译，通过这样的外来作家译介来透视清末民初的翻译，以及与新文化运动的关系，中国文学史本身的发展线索成了翻译文学史的纵向坐标。翻译文学史的写作主要依据的是外国作家作品对中国文学的影响，而不是他们在原国家的地位。这也就可以解释，为何斯威夫特在英国本土文学中占据重要地位，但在中国的翻译文学史中却没有像易卜生、泰戈尔那样占据专章的分量，仅仅是依附林译小说而一笔带过。

另外值得一提的是，斯威夫特在以梁实秋为代表的台湾地区的外国文学史中得到了足够的重视。梁实秋编著的三卷本《英国文学史》于1985年在台北出版，梁实秋古稀之年编撰此书，前后耗时七载有余。斯威夫特位列该书第二卷，以专节的形式出现，占据了二十余页的篇幅，足见其分量。该书全面介绍了斯威夫特的生平以及散文、小说、诗歌的创作，构建了一个既是恨世者又是可爱者形象的斯威夫特。梁实秋对斯威夫特十分喜爱，早在20世纪20年代与鲁迅的论战中，他就在《文学批评辩》（1926）一文中引据"绥夫特谓批评家乃狗，乃鼠，乃蜂，充其量不过智识阶级中之蠢夫"，肯定他的讽刺文才，在1978年出版的《梁实秋札记》中专文谈到《绥夫特自挽诗》，赞赏其"讽刺罪恶而能保持温柔敦厚的气度"。

通过百年来的外国文学史的梳理，我们发现文学史中对于斯威夫特的接受更多地呈现出精英化的趋势，特别是关于《格列佛游记》的接受，很少有学者将其定义为儿童文学，更多的是将其视为政治讽刺小说。但大众接受则呈现出叛逆性的阅读，即作品的接受与作者创作本意的背离，由于受文学翻译等诸多因素的影响，普通读者很少关注其政治锋芒，更多地将其视为儿童文学。

此外，由于斯威夫特的文学成就主要在小说和散文领域，这也导致了他在各种文学史中的论述和地位不平衡的现象出现。例如在王佐良的《英国诗史》中，斯威夫特的篇幅就相对较小，毕竟诗歌在斯威夫特的整个文学创作生涯中所占的比例并不高，而且他的诗歌也没有值得称道的大部头作品出现，但他在小说史和散文史中就占据相当重要的地位。

关于斯威夫特作品文体的归类目前还存在含糊不清的现象，特别是《木桶的故事》的文体存在较大争议。梁实秋的《英国文学史》将《木桶的故事》称为"讽刺性文章"，侯维瑞、李维屏的《英国小说史》将《木桶的故事》称为"讽刺故事"，王忠祥、聂珍钊的《外国文学史》中将《木桶的故事》称为"讽刺散文"，刘意青的《英国18世纪文学史（增补版）》中将《木桶的故事》称为"讽刺寓言"，有的文学史著作为了避免文体争议的问题，干脆对文体避而不谈，直接以"作品"二字涵盖之。此外，将《格列佛游记》定义为讽刺小说本不该存在问题，但仍有批评家争议该作品能否归入小说的文体中。

总的来说，斯威夫特在百年来的文学史中逐渐变得更加多样和深入，特别是新时期以来的外国文学史中的斯威夫特章节吸收了不少文学研究领域的最新研究成果，越来越显示出自身的独特性。我们在为斯威夫特的多元化解读感到欣喜的同时，也发现大量的文学史著述相互因袭，缺乏真知灼见。对文学史中斯威夫特章节的撰写进行反思显得十分必要，这种反思对于其他外国作家的撰写也具有借鉴意义。如何从审美和历史的角度确立斯威夫特在文学史中的地位和评价是一项尚需完善的工作，我国的外国文学史编撰还有广阔的上升空间。

第四章　斯威夫特对中国文学的影响

在斯威夫特进入中国之前，中国文学中就已经存在和《格列佛游记》类似的文本，可见各民族在文学书写时有着某些类似的想象和构思。李汝珍的《镜花缘》①经常成为与《格列佛游记》进行平行研究的经典案例，美国的科利尔大百科全书称《镜花缘》是"中国的《格列佛游记》"，书中的落地秀才唐敖出海远游，先后经历了君子国、大人国、两面国、女儿国等二十余地，与《格列佛游记》中的小人国、大人国颇有异曲同工之妙，但两部作品毫无事实联系。李汝珍和斯威夫特在各自文化域内，都触及了海外贸易和旅行这样的题材，运用游记体裁和想象虚构的形式技巧，表达内心的社会理想诉求。西方有悠久的航海小说传统，海洋文明让西方作家擅长写海。中国是大河文明、农业文明，即使有郑和下西洋，也没有航海小说，《镜花缘》关于海外诸国的描写多能在《山海经》《十洲记》《博物志》等书中找到想象的依据。这些书写背后渗透了不同的历史、文化和文学传统，这也是荣格所说的集体无意识，这构成了斯威夫特在中国接受的文化基石。

---

① 《镜花缘》，李汝珍著，共100回，初稿大概成于1815年，1818年的苏州刻本为定稿本。小说在结构上分为三个部分：第1—6回讲述故事起因缘由，第7—53回讲述唐敖父女出游海外寻找女才子的经历，第53—100回讲述百名女才子参加女试，同登黄榜。其实这是一部尚未完成之作，书中第100回交代，"若要晓得这镜中全影，且待后缘"，但这"后缘"终未写成。

从学理层面上说，研究外国作家作品在本国的接受史，既应该涵盖其译介史、传播史和研究史，也应该包括其对中国作家的影响史。传统意义上的影响研究，偏重于材料的实证性考据，但具体到某个作家某部作品来说，这样的考据在实际操作层面困难重重，因为影响和接受是一个十分复杂的动态过程。对于斯威夫特这样的作家，他在中国文学的实际交流过程中，足迹有时明晰可循，有时又是无迹可求的。所以梳理斯威夫特在中国的影响史不仅限于历史线索和事实考据，同时还要结合平行研究的视角来探究斯威夫特与中国作家作品的内在关联，对作家的创作做出公正的价值评判，细致地展现中国作家作品与外来作家作品的内在精神关联。

尽管从1872年中国就开始译介斯威夫特的作品，但他的作品真正对中国文学发生影响却是在20世纪。本章中我们将探讨鲁迅、老舍、林语堂、钱钟书、张恨水、沈从文等作家对斯威夫特的接受。此外，在介绍斯威夫特对具体作家作品的影响之前，有必要对中西讽刺文学传统在晚清以来的相遇进行探究，在中西文化交流的大背景下，以斯威夫特为代表的西方18世纪讽刺文学传统如何与以《儒林外史》为代表的中国讽刺文学传统进行对话，中国讽刺文学又是如何在传统与现代之间进行转换，这些问题都将在本章中得到探讨。同时，本章还将斯威夫特与中国20世纪作家置于启蒙语境下作为一个整体进行研究，从中探讨他们如何在现代与传统之间进行文化选择，并找寻他们身上的复杂性和共性。

第一节　中西讽刺文学传统的对接

讽刺在西方呈现为文类和修辞两个层面的定义，作为文学类型的讽刺和作为修辞的讽刺在内涵上时常会彰显出对立和冲突，也就是"体裁和技巧的冲突"①。其实就讽刺的起源和表现来说，讽刺作为一种修辞的出现远远早于文类，在古希腊时期的作品中讽刺就已存在，但这时它还尚未成为一门独立的文类，所以巴赫金在评价赫西俄德的《工作与时日》时用了"讽刺因素"这一词汇。作为文类的讽刺主要分为"梅尼普讽刺"②和罗马讽刺体③，从古罗马到文艺复兴时期获得极大发展，甚至一度盖过讽刺修辞，但文艺复兴时期作为修辞的讽刺开始以一种机智的面貌出现④，到了18世纪开始逐渐得到世人的认同，并融合到创作中。当下讽刺文类更是经常被讽刺修辞所遮蔽，"类型的概念在'技巧'面前消失了"⑤，关于讽刺越来越以一种修辞的方式呈现。讽刺文类后来的没落与多种限制因素有关，如政治意识形态的干预、讽刺期刊的变异等，这些都导致讽刺文类逐渐被讽刺修辞解构，处于次要地位。讽刺在20世纪尝试过突围，在弗莱的原型批评理论下，讽刺叙事结构作为文类划分规范而存在，但此时重提讽刺文类为时已晚，讽刺文类已经无法再重回昔日与讽刺修辞相抗衡。

讽刺在中国究竟是作为一种修辞还是文类似乎没有定论，但到底该从文学意义上还是从诗学意义上讨论讽刺却成为一种争论的常态。从时间上看，讽刺文学的诞生先于讽刺理论，《诗经》中《硕鼠》《伐檀》

---

① 〔美〕乌尔里希·韦斯坦因：《比较文学与文学理论》，刘象愚等译，沈阳：辽宁人民出版社1987年版，第103页。

② "梅尼普讽刺"这一名词最早罗马学者瓦罗（Varro）正式提出，但它得名于希腊犬儒派门徒梅尼普（Menippus）之名，巴赫金认为这种讽刺形式可追溯到民间文学和犬儒哲学那里。梅尼普讽刺的特点是偏重以混合性纯对话的方式更多地展现人物滑稽可笑的思想和见解。

③ 罗马讽刺体偏重抒情的讽刺方式，它既继承了古希腊讽刺的某些传统，又开创了自己的形式。它主要分为贺拉斯式讽刺（Horatiansatire）和朱文那尔式讽刺（Juvenaliansatire），二者通常都是以第一人称表达讽刺话语，效果直接，区别在于前者以机智诙谐、轻松随便的话语对待人类的愚蠢、自负等缺陷，引起读者的哄堂大笑；后者则以严肃的道德家口吻押击人类的弱点，煽动读者的道德愤怒。

④ 〔瑞士〕雅各布·布克哈特：《意大利文艺复兴时期的文化》，何新译，北京：商务印书馆1981年版，第150—165页。

⑤ 〔法〕马·法·基亚：《比较文学》，颜保译，北京：北京大学出版社1983年版，第10页。

等讽刺诗的出现早于《论语》的"怨"说,"怨"并不能完全等同于讽刺,但含有讽刺的成分。真正的讽刺说要追溯到《诗大序》中的"上以风化下,下以风刺上","下以风刺上"是指下层人民可以通过诗来讽刺时政,让统治者体察民情。《诗大序》还提及讽刺方式应该"主文而谲谏",后世朱熹的解释是"主于文辞而托之以谏",意思是言辞要文雅得体,隐约含蓄,不能直白露骨,要维护君王的尊严。汉儒对比兴的推崇也源于比兴符合"主文而谲谏"的宗旨,这种委婉曲折、含蓄蕴藉的讽刺方式影响深远,后世的讽刺创作将这种传统继承下来,汉赋、唐宋诗词、元曲、清代讽刺小说、现代杂文、当代讽刺诗等都深受其影响,而《儒林外史》则代表了中国讽刺传统的高峰。在现代真正提出"讽刺小说"这一文学名称的是鲁迅,"迨吴敬梓《儒林外史》出,乃秉持公心,指摘时弊,机锋所向,尤在士林;其文又戚而能谐,婉而多讽;于是说部中乃有足称讽刺之书。"①

随着中西文学交流的增进,"讽刺"还参与了西方"Satire"和"Irony"东渐过程中的翻译建构。"Satire""Irony"和讽刺三者的语义关系在相当长的时期内含混不清,袁可嘉、朱光潜、陈慧等人曾先后将"Irony"译为反讽、滑稽和嘲弄,何新、刘象愚、李伯杰等人先后将"Satire"译为讽刺诗、讽刺诗文和讽刺。有时候这两个西洋词汇都被译为"讽刺",实际上这两个不同词根词汇之间的差异性要远远多于相似性。"Irony"的词根源自希腊文"eironia",原意为"反语",后来衍生出讽刺之意。"Satire"的词根源自希腊文"Satyros/Satyr",1509年进入英语中,而后演变成文学术语"讽刺体裁"。弗莱(Northrop Frye)认为"Irony"的意义有悲剧式和喜剧式之分,在喜剧式的层面上,"Irony"和"Satire"是互通的,而悲剧式的层面则不尽相同。这也造成了二者在意义上的纠缠与混乱。随着时间的推移,"Satire"被译为讽刺,

---

① 鲁迅:《中国小说史略》,南京:译林出版社2014年版,第186页。

"Irony"被译为反讽,这种语义翻译被逐渐固定下来,尽管个别翻译案例中还存在三者混淆的情况。

中西讽刺文学本来自不同的美学传统和写作范式,随着19世纪之后异域性因素的增强,西方文学的讽刺经验进入了中国讽刺文学传统之中,影响了中国讽刺文学创作的转向。在讽刺被普世化的今天,我们应该注重中西讽刺传统的差异性比较,并寻求对话的可能,在比较和对话中探求中国讽刺传统的现状和特点。斯威夫特作为英国讽刺文学史上的关键人物,其笔下呈现出了夸张、滑稽、粗鄙和戏拟模仿等讽刺的一般性特征,而这些也多少在一定程度上代表了西方的讽刺文学传统。以斯威夫特为代表的西方讽刺文学传统进入中国之后,是如何与中国的讽刺文学传统发生对接与碰撞的呢?

《儒林外史》承接了"主文而谲谏"的讽刺方式,代表着含蓄蕴藉、客观冷静的中国讽刺传统,这与西方讽刺传统是完全不同的,鲁迅在《中国小说史略》中"清之讽刺小说"一篇中专门分析了这部小说,并对其进行了准确的评价:"婉而多讽","旨微而语婉","无一贬词,而情伪毕露","烛幽索隐,物无遁形"。

谴责小说在叙事技巧、文学资源与想象上都可以看出域外因素的影响,甚至还有对西方讽刺创作经验的直接移植。谴责小说中的域外讽刺精神得益于晚清大量的文学翻译,这些作品的译介滋养了一大批作家,使得讽刺文学的创作呈现出空前繁荣的局面。甲午海战之后,从1894年到1906年,翻译小说多达500余种,而从1907年到1919年的十多年间更是多达2000余种,西方讽刺文学也在这一时期大量涌入进来。域外小说的各种题材和主题意识启发了讽刺文学的创作,揭露现实黑幕的谴责小说成为晚清讽刺文学的创作主流,其中饱含着较多的域外讽刺精神,《官场现形记》《二十年目睹之怪现状》等小说中出现的"谴责"内容往往"笔无藏锋","过甚其辞",充满滑稽和夸张的闹剧色彩,这恰恰是与西方讽刺的相通之处。谴责小说中许多精彩描写至今都饱含着重要的文学价值,《官场现形记》中的制台对中国人蛮横,对洋人卑躬屈膝,前后迥异的言行极为夸张讽刺。同样是《官场现形记》里的人物申守尧,家里穷得没米下锅,他却喜欢在外人面前摆阔,趾高气扬,这么滑稽可笑的人物让小说极具闹剧色彩。《负曝闲谈》里的黄子文在外花天酒地,却不给母亲一分孝敬钱,还逼母亲自立不要依靠别人,黄子文的荒谬言行让人看到了他丑恶的假维新面目。这些戏谑化的片段常常将滑稽和夸张融汇到一起,以插科打诨来求得闹剧效果。虽然受外来文学的影响较大,但谴责小说仍保持着中国讽刺文学的某些传统。谴责小说家们多半看不懂外文原著,只能借助译介小说了解域外。他们也会借鉴《儒林外史》,效仿其"虽云长篇,颇同短制"的创作结构,甚至还保留一些古代说书的痕迹,重叙述轻描写,早期的《官场现形记》和《二十年目睹之怪现状》就保留了不少此特点,而后期的《梼杌萃编》则加强了心理描写的成分。

  鲁迅的讽刺技法既来自西方,又能在传统中找到根源,然而鲁迅对中西文学讽刺传统的态度却是值得玩味的。他高度评价代表中国讽刺传统的《儒林外史》,而贬评带有西方讽刺成分的《官场现形记》和《二十年目睹之怪现状》等谴责小说,认为谴责小说虽"与讽刺小说同伦",但"辞气浮露,笔无藏锋,甚且过甚其辞,以合时人嗜好,则其度量技术之相去亦远矣"。[①]且不论实际情形中谴责小说的真实文学价值,单就鲁迅的评价而言,可以看出他对中国讽刺传统是十分推崇的。但从鲁迅的讽刺性杂文创作来看,"锋利而切实",如"匕首和投枪",这似乎又与中国隐约含蓄的讽刺传统相悖,而更趋同于西方。鲁迅的讽刺创作确实受到了西方的影响,周作人在评价《阿Q正传》写作成功的原因时提到了果戈理对鲁迅讽刺创作的影响,在喜剧中表现惨烈的悲剧,"用幽默的笔法写阴惨的事迹"[②]。但鲁迅在对"讽刺"进行界定时,既流露

[①] 鲁迅:《中国小说史略》,南京:译林出版社2014年版,第245页。
[②] 周作人:《关于鲁迅之二》,见鲍风、林青选编:《周作人作品精选》,武汉:长江文艺出版社2003年版,第232页。

出对西方讽刺传统的叛逆和变异，同时还有对中国讽刺传统的继承和借鉴。"一个作者，用了精练的，或者简直有些夸张的笔墨——但自然也必须是艺术的地——写出或一群人的或一面的真实来，这被写的一群人，就称这作品为'讽刺'。"①

西方的讽刺经常和戏仿②联系在一起（戏仿在后现代领域中也较为常用）。戏仿是讽刺文学的重要创作技巧，将严肃崇高的事物滑稽化，而在中国讽刺文学中戏仿运用得较少。戏仿既可以单独运用，又可以与对话、书信、寓言、幻想等其他表现手法联合运用，还可以戏仿史诗、散文、小说等多种文类。③ 斯威夫特《书的战争》戏仿英雄体史诗；《扫帚把上的思考》（*Mediation upon A Broomstick*，1710）戏仿波义耳《沉思录》的笔调而作，将低俗的内容和崇高的形式混合在一起，以此嘲讽波义耳平庸的说教口吻。在中国，讽刺文学创作领域戏仿的情况不多，鲁迅的讽刺诗《我的失恋》可以称得上是戏仿，张天翼的讽刺小说《洋泾浜奇侠》在风格和结构上是对《堂吉诃德》某种程度的戏仿，但还不能算是严格意义上的戏仿。

讽刺文学的粗鄙特征在中西民间文学资源中都能找到各自的根基。从词源学上来说，讽刺原指希腊神话中的神祇时常在酒醉的状态游荡和欢舞，流露出粗鄙和下流。巴赫金从民间节庆仪式的视角追溯讽刺，认为节庆中粗鄙的嘲笑和秽语是讽刺语言的最初来源。周作人在《欧洲文学史》（1918）中提及讽刺诗的创作"即经转变，旧质仍有，故不避嘈杂粗鄙之辞"。因此，在斯威夫特的笔下我们还时常看到一些粗鄙性的讽刺语言，例如在《格列佛游记》中斯威夫特用大段篇幅描述了格列佛在大人国遭遇侍从女官色情调戏的片段，她们将他"当做一个微不足道

---

① 鲁迅：《鲁迅全集》第 6 卷，北京：人民文学出版社 2005 年版，第 340 页。
② （戏仿）Parody 一词源于古希腊语，原意为"副歌或并置的歌"，后衍生出滑稽模仿之意。
③ A. M. Clark. *Studies in Literary Mode.* Edinburgh: Oliver and Boyd, 1946, p. 32.

的生物",毫无忌惮地在他面前剥得精光,并且小便。① 中国的讽刺传统中有文人讽刺创作与民间讽刺娱乐之别,"雅"的一面发源于《诗经》的讽刺诗,而"粗鄙性"的一面主要来自民间的诙谐文化。中国作家也常常向民间文化寻求资源,将民间叙述与知识者的话语结合起来,造成戏谑的效果。《儒林外史》中的"公子妓院说科场""呆名士妓馆献诗"等章节都有反高雅的倾向,莫言在小说《欢乐》(1987)里说杨麻子的脸是"鸡啄萝卜皮",女老师的雀斑脸是"今夜星光灿烂",这些都裹挟着民间俗语和粗话,这些插科打诨和粗鄙滑稽的话语也暗合了巴赫金所说的狂欢化倾向。

中西讽刺文学传统的对接实际上是中国讽刺文学不断现代化的历程,也是中国文学走向世界的过程,彰显了传统与现代的融合和对立,不再拘泥于过去的民族文学之中。自1902年梁启超提倡"小说界革命"起,小说的地位就得到了提高,成为改良运动的先驱。师法西方讽刺精神的谴责小说多半属于过渡性质的讽刺小说,处于现代讽刺文学的初级阶段,在描摹种种怪现状之时,却不能深究社会根源。五四时期的讽刺文学承担着民族化和现代化的重任,以鲁迅为代表的一批作家开启了现代讽刺文学的真正发展,叶绍钧、许钦文、王鲁彦等人的乡土讽刺创作对旧传统进行了彻底的批判。鲁迅吸收了中外讽刺文学的创作经验和技巧,完成了讽刺文学现代化和民族化的双重任务,将讽刺文学推向了新高度。正如他所说,要么"采取外国的良规,加以发挥",让"作品更加丰满",要么"择取中国的遗产,融合新机",让"将来的作品别开生面"。② 30年代是现代讽刺文学的兴盛期,以老舍、张天翼为代表的一批作家创作了大量优秀的讽刺作品。老舍的道德讽刺和风俗讽刺,以及张

---

① 〔英〕斯威夫特:《木桶的故事 格列佛游记》,主万、张健译,北京:人民文学出版社2000年版,第275页。
② 鲁迅:《〈木刻纪程〉小引》,《鲁迅全集》第6卷,北京:人民文学出版社2005年版,第50页。

天翼、沙汀等人的政治讽刺,在30年代的讽刺文坛上成为关注的焦点。抗战后以钱钟书为代表的一批作家又带来了新的讽刺热,钱钟书的讽刺小说更多地受西方讽刺传统的影响,将机智、哲理和心理等层面融入讽刺中,《围城》靡声海内外,彰显出中国讽刺创作以现代化的面貌努力与世界讽刺文学呼应。1949年之后的社会主义现实主义的文学趣味带来了讽刺对象的转变,这一时期讽刺文学的空间是有限的,只有在译介文学中还保存着一些域外讽刺精神,一些擅长讽刺的作家在1949年后转变了创作倾向,这也导致当代的讽刺文学创作很难与现代比肩。

第二节 启蒙语境下的斯威夫特与 20世纪中国作家

"启蒙"在东西方语境中有不同的价值内涵,西方的"启蒙"通常是指兴起于17世纪的欧洲思想文化潮流,追求科学理性和人道主义。中国语境下的"启蒙"更多地导向开悟,带有教化色彩。在现代性话语规制下,"文明与愚昧""现代与传统"的二元结构背后凸显的是"文明"对"愚昧","现代"对"传统"的启蒙。

文学与启蒙的关系十分值得强调,启蒙文学是启蒙运动的重要组成部分,启蒙思想浸透着文学的审美,作家创作也通常由启蒙思潮而激起,文学开启了启蒙的新维度。哈贝马斯在论文学公共领域时认为,对哲学、文学和艺术的领悟可以让公众达到自我启蒙,而且领悟本身就是启蒙的过程。[①]

中国20世纪经历的两次启蒙和西方走出中世纪的思想文化启蒙都是在传统与现代的文化激荡中进行的,其中饱含着对传统文化的态度,

---

① 〔德〕哈贝马斯:《公共领域的结构转型》,曹卫东等译,上海:学林出版社1999年版,第46页。

以及对现代文化的回应。文化思想的生发通常在一些历史的变革期产生，时代赋予了这些知识分子们不可推卸的责任。欧洲的启蒙运动是要走出中世纪的蒙昧，反对对宗教权威的盲目信仰，让理性和自由的观念深入人心，这是大工业发展和资产阶级兴起的必然要求，具有现实的政治意义。中国现代意义上的"启蒙"一词来自西方的 Enlightenment，经由日本转译输入中国，连同西方的现代文化和价值意识一起涌入。中国现代文学的启蒙新声最早要追溯到严复的"开民智，新民德"以及梁启超"新民说"，而五四新文化运动则成为中国真正迈入启蒙语境的推动者，严复、梁启超这些维新变法时代的启蒙者们开始被抛在了身后。五四新文化运动的发生与西方启蒙运动相隔数百年，在节奏上并非同步，而五四新文化运动的倡导者们将西方自启蒙以来的现代文化全盘输入，开启了民主与科学的思想启蒙。李泽厚在《启蒙与救亡的双重变奏》(1986)一文中认为五四运动包含了"政治救亡"和"思想启蒙"的双重主题，这二者在相互促进的同时，又呈现出"救亡"压倒"启蒙"的趋势，当思想启蒙转向救亡时，启蒙就呈现出未彻底完成的状态。在新启蒙主义的语境中，启蒙文学以五四新文化运动为起点一直延续至今，从延安时期到"文化大革命"这段时间在某种程度上可以看作是五四启蒙精神的中断，70年代末关于真理标准问题的大讨论为启蒙的复兴带来了曙光，新时期之后的作家开始了启蒙现代性的重建。

在大多数的文学史定位中，斯威夫特是个启蒙主义作家，但他作为启蒙主义作家身上表现出的矛盾性又让他与其他的启蒙思想家区别开来。西方启蒙文学继承并发展了文艺复兴以来的人文主义传统，带有政治性、民主性和理性。斯威夫特既信仰理性又批判理性；他既拥护现代，同时又持古典立场。这个特点贯穿了他的一生，并在他的创作中得到了强化。在18世纪的古今之争中，斯威夫特站在了古代立场上，这当然和他追随自己的恩主坦普尔的文学趣味相关，在他早年的一系列创作中，从抒情诗到《书的战争》，无一不是在为古代学问的优越性辩驳。

在《雅典颂》中他对品达和贺拉斯的效仿,都在彰显着他对古典主义的执着。而作为一个作为启蒙时代的先锋作家,斯威夫特信仰理性,在慧骃国里他对人类的野蛮进行了嘲笑,对人类社会进行了抨击,将具备人形的"耶胡"描绘得充满淫欲、堕落和凶残。但他一面又表现出对理性的嘲弄,斯威夫特早在卢梭之前就已经开启了对启蒙理性的怀疑。① 启蒙运动高涨的18世纪是理性的世纪,在推翻上帝之后,启蒙理性试图以理性之光照亮世界,但事与愿违,它的自负让它逐渐蜕变成工具理性,给人类造就了一个迷失的环境,人的主体性也逐渐丧失。斯威夫特在《格列佛游记》中关于理性的表述实际上是对启蒙时代人类自我膨胀的理性的一次反攻。西方传统中关于"人是理性动物"的表述,斯威夫特却对此不以为然。他在给蒲伯的一封信中说,人类并非生而理性,而仅仅是具备理性的能力。② 格列佛在慧骃国的经历撼动了他作为人类的自信,他觉得这些慧骃和哲学家没什么大的差别,"它们的伟大格言是要发扬理性,一切都受理性支配",但"它们的理性不像我们的理性那样容易引起争论",在我们那"可以就一个问题的两面进行辩论",但在慧骃国"它们能立马让你信服",因为它们的理性"不受感情、利益的蒙蔽和歪曲"。③ 慧骃的理性让人"立马信服",这种"立马信服"的背后掩藏的是知识和道德的高贵。慧骃用高贵的德性来疏远格列佛和他的同

---

① 启蒙运动在造就人的理性和解放的同时,也促成了对启蒙的批判和怀疑。启蒙理性本身的局限性让启蒙精神发生了逆转,造成了人的本性的迷失。启蒙曾使人从不成熟的状态走出来,逐渐征服自然,实现现代化。启蒙理性使人走向新的自由和解放,但过分的理性强调又使人陷入另一种野蛮的状态。这让人类在现代化过程中第一次遭遇了窘境。卢梭对启蒙的反思和反叛最具代表性,狄德罗认为卢梭与启蒙时代之间的距离就像天堂和地狱的距离一样。卢梭用他那激进的哲学对抗启蒙理性的同时,也在高举浪漫主义的旗帜。他对自然人十分推崇,对文明人贬斥,试图回归原始社会,远离现代文明,去寻觅人性之光。他试图将一切都从理性的桎梏中解放出来,对启蒙运动进行怀疑和批判可谓是新的启蒙。

② "I have got materials towards a treatis proving the falsity of that definition animal rationale, and to show it should be only rationis capax." See *To Alexander Pope*, September 29, 1725.

③ 〔英〕斯威夫特:《木桶的故事 格列佛游记》,主万、张健译,北京:人民文学出版社2000年版,第421页。

类以及家人，因为当他回到英国时，格列佛脑子里还时时刻刻惦记着慧骃们的美德和思想。斯威夫特在无知与智性、人与神、耶胡与慧骃之间塑造了一种张力场，他将纯粹理性实化为慧骃，在慧骃的身上找寻完美的理性。慧骃的理性虽然完满，却又是有瑕疵的，因为它们的理性"只教导我们去肯定或否定我们认为是确实的事情"，对于一无所知的事情"既不能肯定也不能否定"。① 经历过慧骃国洗礼的格列佛开始用另一种眼光审视人类的情感和行为，认为对待同类的尊严不必谨小慎微。在慧骃的面前，人类也谈不上尊严。② 斯威夫特力图在理性与感性、理智与情感之间寻找平衡点，对理性的批判多少填补了特定时代人类心灵的空虚。

斯威夫特的科学立场也一度成为关注的热点，其实关于斯威夫特科学与反科学的争论很大程度上源于他对待科学的矛盾态度。飞岛国中他塑造出了一个对现代科学表示厌恶的格列佛，《书的战争》中他为古代学问的辩护也流露出对现代学问的鄙夷。然而莱尔（Gregory Lynall）在《斯威夫特与科学》（*Swift and Science*: *The Satire*, *Politics and Theology of Natural Knowledge* 1690—1730, 2012）一书中却质疑了斯威夫特的反科学观点。如果细读斯威夫特的诗歌和散文，我们会发现其中大多篇章是对包括波义耳和牛顿在内的一些启蒙思想家和科学家的回应，而且由神学、政治和社会文化共同作用的科学知识对斯威夫特的思想有很大的影响。从这个角度讲，他一面反科学，一面却又积极参与科学。此外，斯威夫特对宗教的暧昧态度让我们看到了他在启蒙与宗教之间的游移和变换，当代斯威夫特研究甚至开启了他的反基督教阅读。

在中国现代作家的身上似乎也能看到斯威夫特所具有的这种矛盾

---

① 〔英〕斯威夫特：《木桶的故事 格列佛游记》，主万、张健译，北京：人民文学出版社2000年版，第421页。

② 〔英〕斯威夫特：《木桶的故事 格列佛游记》，主万、张健译，北京：人民文学出版社2000年版，第412页。

性，在继承西方现代性的同时又对现代性进行批判，在反传统的同时又对传统有所眷恋。怀疑和批判精神在启蒙时代的知识分子这里表现得很明显，对于一个尚未完全经过现代文明洗礼的国家来说，启蒙是弥足珍贵的思想武器，五四时期的作家处于西方强大的系统话语中，当时的中国知识分子既想启蒙，同时又对启蒙持有一定的批判和怀疑。鲁迅的身上就深刻地体现出这种矛盾性，他的弃医从文在一定程度上代表着从科学救国转向文学救国，《摩罗诗力说》和《文化偏至论》奏响了20世纪中国文学的启蒙号角。然而他从身体疗救转向精神疗救就意味着是把文艺置于科学之上，沿袭了传统知识分子轻科学的心理。但是鲁迅在《人之历史》《科学史教篇》等文章中又是认同现代科学的，并称之为"神圣之光，照世界者也"，同时又对科学和物质文明容易造成文化偏执和人性遮蔽持保留态度。小说《伤逝》饱含了他对启蒙的反思，当启蒙主义者的理想与困顿的日常发生冲突时，启蒙的局限性便显现出来了。主人公涓生从最初的启蒙觉醒者，到后来变得冷漠，最后成了一个悔恨的叙述者，这种转变本身也体现出鲁迅对启蒙者自身局限性和矛盾性的思考。此外，五四时期的启蒙知识分子激烈地反传统，但中国传统的文化心理始终潜伏在他们的心灵深处，对国民劣根性的批判是五四启蒙的重要内容，然而国民性又和中国传统文化紧密相连，从这个意义上说，主张全盘西化其实仅仅是在借西方文化对传统文化进行改造。

斯威夫特身上的矛盾性不仅在现代作家那里，还在新时期以来的作家身上表现出来。新时期的文学启蒙运动可以和五四时期比肩，一定程度上是对五四启蒙的精神复归。作家们开始了启蒙现代性的重建，"诗人何为"成为这一时期最紧要的追问，启蒙理念所包含的正是一个真正的知识分子本身应该所具备的批判精神，文学知识分子在启蒙中扮演着先锋角色。新时期之后的一系列文学现象和思潮实际上是在文化传统和现代话语中寻觅方向，在那些闪耀着启蒙之光的新时期作家身上，我们看到了他们身处传统和现代两难的价值选择中。高晓声笔下的农民们认为"中国还是会出皇帝的";方之笔下的正面人物人性丧失;张贤亮《灵与肉》《男人的一半是女人》暗含着封建男权色彩;改革文学散发出寻找铁腕改革家和救世主的价值理念,没有跳出封建皇权意识的统摄,让人陷入一种惶惑之中;路遥的《人生》通过高加林回到黄土地表现出对现代文明的拒绝,同时又将刘巧珍塑造成传统道德的化身,这些价值判断都与启蒙的现代性观念相抵触。而先锋文学家们开始躲进了工具和技术层面探索文学的形式,尽管文学史上对先锋文学的评价正面较多,但它们规避了人文价值判断而专注于形式技巧,形式化的表演压倒了内容,很难说这不是对启蒙理念的又一次背离。新写实小说的兴起实际上是借自然主义之名走近了日常和平民,实现了文体自由,同时也在消费时代获得了认可,但它对日常琐碎的过分执着难免让它远离了现代启蒙,而最终陷入消费文化的泥淖。

斯威夫特和20世纪中国作家身上散发出的这些共性源于启蒙知识分子相似的内在心理气质和文化风格,这是他们对启蒙理性进行批判和怀疑的内在主体因素。这种启蒙批判思想的生成与他们那深刻的忧患意识、奔放的性格和浪漫的气质密切相关。在他们那里,政治、文学和人生都是融化在一起的,启蒙者既是文学家也是思想家,文学家的浪漫气质和思想家的深邃洞察密切联系在一起。他们对现实的抨击正是忧患意识的体现,在这种忧患意识下,他们实际上又是以现代性思维为导向,思考并批判着传统。在他们批判和怀疑的气度中,浸透着自己对现代的思考。

第三节　斯威夫特与周氏兄弟

鲁迅在给江绍原的信中曾写道:"英美的作品我很少看,也不大喜欢。"但他很推崇斯威夫特,在《什么是讽刺》一文中,鲁迅对斯威夫特充满了赞赏，认为他可以与果戈理相提并论。鲁迅于1902—1909年赴日留学，林译《海外轩渠录》于1906年出版，而鲁迅对斯威夫特作品的最早了解却是在日本通过林译小说而接触到的。

包括《海外轩渠录》在内的百十来篇外国小说是鲁迅做小说的最初阅读启蒙，他在谈及自己如何做起小说来，说是仗着阅读那百十来篇的外国小说，而这百十来篇外国小说中就有林译小说。林译小说共有170多种，其中100种是英国小说，《海外轩渠录》便位居这一百种之内。鲁迅说从林译小说中"我们又看见了伦敦小姐之缠绵和非洲野蛮之古怪"。周作人在《鲁迅与清末文坛》中提到对鲁迅有很大影响的人"不得不举出林琴南"，"我们对于林译小说那么的热心，只要他印出一部，来到东京，便一定跑到神田的中国书林，去把它买来"，而且鲁迅对书籍极其珍视，"看过之后鲁迅还拿到订书店去，改装硬纸板书面，背脊用的是清灰洋布"。① 周作人和鲁迅对林译《海外轩渠录》的评价却并不高，"斯威夫特的《格列佛游记》……本是好书，却被译得不成样子。"②

除了林译的《海外轩渠录》，韦丛芜翻译的《格列佛游记》鲁迅也曾阅读和收藏。1925年，鲁迅为北新书局主编《未名丛刊》，该丛刊以翻译介绍外国作品为主，共收录翻译作品23种，韦丛芜翻译的《格里佛游记》卷一（1928）和卷二（1929）也被列入其内。韦丛芜曾于1927年2月25日致信鲁迅商讨出版译著一事，鲁迅于3月15日回复如下："《格利佛游记》可以照来信办，无须看一遍了，我也没有话要说，否则邮寄往返，怕我没有工夫，压起来。"③ 可见鲁迅对韦丛芜的翻译比较认可，所以无须再看。韦丛芜版的《格里佛游记》在封面和卷中都配了插图，在引言里还介绍了斯威夫特的生平与创作，并对小说的主题和

---

① 周启明：《鲁迅的青年时代》，北京：中国青年出版社1957年版，第79页。
② 周启明：《鲁迅的青年时代》，北京：中国青年出版社1957年版，第79页。
③ 《鲁迅全集》第12卷，北京：人民文学出版社2005年版，第23页。

内容进行了简要的分析。在卷首中韦丛芜写道："对于给我译此书以鼓励的鲁迅先生和岂明先生……谨表十分感谢。"

鲁迅不仅仅是因为林译小说而对斯威夫特的《格列佛游记》感兴趣，他本身也极喜欢科学幻想小说，这种文学趣味对其早年的文学翻译和创作产生了不少影响。在留日时期，鲁迅就根据日文译本翻译了凡尔纳的小说《月界旅行》（*De la Terre à la Lune*）和《地底旅行》（*Voyage au centre de la Terre*）。在《科学小说〈月界旅行〉辨言》（1903）中，鲁迅肯定了科学幻想小说的"析理谭玄""浸淫脑筋，不生厌倦"的特点，对其中的波诡云谲的奇异幻想表示称赞。

斯威夫特让鲁迅更为推崇的其实是他的讽刺才能。鲁迅曾说同样的材料"假如到了斯惠夫德（J. Swift）或果戈里（N. Gogol）的手里，我看是准可以成为出色的讽刺作品的。在或一时代的社会里，事情越平常，就越普通，也就越合于作讽刺"①。1934 年，鲁迅在《花边文学·奇怪》一文中提到眼下中国的种种现象，希望"现在有一个英国的斯惠夫德似的人，做一部《格利佛游记》那样的讽刺的小说"② 来惊醒这些人。鲁迅讽刺笔调的形成有多种来源，其中外来讽刺传统中斯威夫特的影响是绝对不能忽略的，接受外来影响的同时他又以自身独特的话语构建了中国现代讽刺文学，因此有学者将中国现代讽刺文学的传统归纳为三个主要来源：一是以《儒林外史》为代表的古典传统；二是外国传统，即斯威夫特、果戈理等；三是现代传统，即鲁迅。③ 鲁迅既在讽刺文学的传统中，又缔造了现代讽刺文学的传统。

鲁迅在《华盖集》里的论辩文章几乎篇篇都是匕首和投枪，能抓住对方的矛盾点，直击痛处，毫不留情。与此类似的是，斯威夫特在作品

---

① 鲁迅：《什么是讽刺》，《鲁迅全集》第 6 卷，北京：人民文学出版社 2005 年版，第 113 页。
② 鲁迅：《奇怪》，《鲁迅全集》第 5 卷，北京：人民文学出版社 2005 年版，第 572 页。
③ 参见王卫平：《现代讽刺文学与鲁迅传统》，载《鲁迅研究月刊》，1997 年第 2 期。

中也擅于抓住时机对讽刺对象毫不留情地进行抨击。在20世纪20年代鲁迅与梁实秋的论战中，梁实秋在《文学批评辩》（1926）一文中提到"绥夫特谓批评家乃狗，乃鼠，乃蜂，充其量不过智识阶级中之蠢夫"。而后鲁迅以多篇文章回击，并给其加了"丧家的资本家的乏走狗"的名号，鲁迅的这种回击也是颇得斯威夫特的讽刺文才。《肥皂》里的讽刺更是被运用到了极致，处于新旧文化转型中的伪道学家四铭一面叫嚣着新文化，一面又抱残守缺。他故作姿态地骂那些光棍和流里流气的人，却又怀揣光棍的淫念，这些滑稽的细节与斯威夫特的讽刺多有几分相像。周作人曾指出《狂人日记》的冷嘲笔调："多理性而少热情，多憎而少爱，这个结果便造成了Satyric Satire'山灵的讽刺'，在这一点上却与'英国狂生'斯威夫德有点相近了。"①

中外知识分子在面对本国的传统与现代、古与今的问题时，国民性成为他们的话语模式和思考方式之一，从中我们似乎找到了沟通中西价值二元对立的桥梁。五四时期的鲁迅率先举起批判国民性的大旗。自鲁迅始的一个多世纪以来，关于国民性的批判已经成为文化的建构方式之一。斯威夫特也对爱尔兰的国民性进行了激烈的批判，这对于我们反观国民性话语的真正内涵具有重要的学术价值。在国民性的清算中，普世的思想话语和人性的共通弱点得以显现，特别是一些负面的人格特征在中国人和西方人的身上兼具，比如自私狭隘、麻木不仁。《一个小小的建议》用戏谑讽刺的笔调分析怎样才能从婴孩身上赚取高额的利润，行文有如鲁迅描写无知的国民，将人血馒头当作药般地震慑人心，同时还能读出《狂人日记》中"救救孩子"的呐喊声。这些或许属于知识判断的范畴，但在这些国民性分析的背后渗透着中西两位知识分子的价值理想和价值追求，一种"哀其不幸，怒其不争"的情怀让他们以这样的方式去唤醒国人。此外，格列佛历经的种种海外遭遇折射出近代个人的独

---

① 仲密（周作人）：《自己的园地（八）：阿Q正传》，载《晨报副刊》，1922年3月19日。

立冒险精神,与中国传统的"父母在不远游"的文化精神截然不同,鲁迅在《北京通信》《家庭为中国之基本》等文中批判中国人安于家庭,缺乏向外冒险和求索精神,只能苟活求安稳。

有学者争辩鲁迅与斯威夫特都是恨世者①的形象。斯威夫特在 1725 年给蒲伯(Alexander Pope)的信中吐露了自己的爱与恨:"我恨一切国家、工作和社会,我所有的爱只给个人……我尤其憎恨人类这种动物,但我对约翰、托马斯他们都是真诚的……"② 周作人在《欧洲文学史》的著作中也谈到斯威夫特在游记中"意在诅祝其所'深恶痛绝之禽兽',即人类是也"③。斯威夫特在这里憎恨的并不是具体的个人,鲁迅同样也如此,他对正人君子之流多有攻击,他在《写在〈坟〉后面》一文中说自己的目的就是要让"憎恶我的文字的东西得到一点呕吐,——我自己知道,我并不大度,那些东西因我的文字而呕吐,我也很高兴的"④,而这和斯威夫特给蒲伯信中的表达几乎如出一辙:"我的时间一直花

---

① 斯威夫特对常人的期待并不高。他认为人不是一个理性的动物,相反,动物倒有几分理性。斯威夫特的这些观点并不能得到别人的认同。18 世纪中叶,关于人性本善的言论较为通行,这也就是斯威夫特被人诟病为恨世者的原因。1751 年,英国学者奥雷里(Lord Orrery)出版了研究斯威夫特的第一本书——《斯威夫特生平与写作评论》(*Remarks on the life and Writings of Jonathan Swift*, 1751),这本书在当时一版再版,并且被译为法语,成为畅销书。在书中,奥雷里开创了研究斯威夫特的新路径。他发现斯威夫特用讽刺的手法来抨击人类的骄傲,而这种讽刺在《格列佛游记》中甚为明显。《名利场》的作者萨克雷(William Thackeray)和一些维多利亚时期的文学评论家们也认为斯威夫特是一个无聊的恨世者。奥威尔在《政治与文学:关于〈格列佛游记〉的探讨》(*Politics vs. Literature*: *An Examination of Gulliver's Travels*, 1946)一文中认为斯威夫特的《格列佛游记》是对人类的一次重创,它不时地提醒人类,你们很荒谬很孱弱,并以此羞辱人类;斯威夫特总是爱谈论疾病、污秽和畸形这些东西,这极有可能源于他童年时期的心理阴影。总之,奥威尔认为斯威夫特是一个病态的作家,被憎恶、积怨和悲观撕裂。还有一些 20 世纪初的评论家试图颠覆对斯威夫特的刻板印象,认为他骨子里其实是一个理性的、道德感极强的改革派,从深层次上来说,他憎恶的是具有悠久信仰传统的原罪。
② 原文如下:"I have ever hated all nations, professions, and communities, and all my love is toward individuals……I hate and detest that animal called man, although I heartily love John, Peter, Thomas, and so forth." See *To Alexander Pope*, September 29, 1725.
③ 周作人:《欧洲文学史》,上海:商务印书馆 1918 年版,第 62 页。
④ 《鲁迅全集》第 1 卷,北京:人民文学出版社 2005 年版,第 299 页。

在……修改《游记》上……费这么大工夫就是要惹得世人鸡飞狗跳,而不是供他们消遣。"① 致力于将鲁迅介绍到西方的翻译家王际真评价其《狂人日记》是继"斯威夫特将人说成是最卑劣的动物之后,对人类社会最猛烈的攻击"②。在他1939年用英文编写的《鲁迅年谱》③ 导论中,将鲁迅称为"中国的斯威夫特","他和斯威夫特一样对人类的堕落和愚昧痛心疾首,并加以猛烈攻击"。

相比鲁迅,周作人对斯威夫特的了解似乎更全面一些。据他在《知堂回想录》里的回忆,周作人在1906年刚到日本时,就接触到了英文版的泰纳《英国文学史》,该书对斯威夫特的讽刺效果有详细的介绍。

除了阅读林译《海外轩渠录》之外,周作人还积极尝试翻译斯威夫特的作品,说大家"几乎都因了林译才知道外国有小说,引起一点对于外国文学的兴味。我个人还曾模仿过他的译文"④。周作人于1923年和1925年分别翻译发表了《育婴刍议》和《〈婢仆须知〉抄》(*Directions to Servants*)⑤,收录在1927年出版的《冥土旅行》中,鲁迅也曾收藏和阅读这本书。在1924年为《〈婢仆须知〉抄》写的译记中,周作人称斯威夫特是"英国文学界的奇人",并为林纾腰斩《格列佛游记》而感到遗憾。周作人称《育婴刍议》是他最喜欢的一篇文章,而且他认为自己节译的《婢仆须知》是全书中"最粗暴刻毒的讽刺之一"。

---

① 原文如下:"I have employed my time…correcting…my *Travels*…the chief end I propose to myself in all my labours is to vex the world rather than divert it." See *To Alexander Pope*, September 29, 1725.

② Chi-Chen Wang, "Lusin: A Chronological Record", *China Institute Bulletin*, Vol. 3, No. 4, 1939, p. 112.

③ 王际真撰写的《鲁迅年谱》(*Lusin: A Chronological Record*)是英语世界第一份鲁迅年谱,于1939年发表在纽约的《中国学社通讯》(*China Institute Bulletin*)上,编撰的材料主要来源于鲁迅本人作品,以及周作人于1936年先后发表在《宇宙风》上的两篇文章:《关于鲁迅》和《关于鲁迅之二》。

④ 周作人:《林琴南与罗振玉》,载《语丝》第3期,1924年12月1日。

⑤ *Directions to Servants* 于1745年出版,是斯威夫特生前未完成的遗稿,全书共分16章,都是对男女仆人的各种指示。斯威夫特从1731年开始写作,到去世时一共完成8章内容。

周作人喜欢《格列佛游记》还与他一直喜欢新奇怪诞的文学趣味有关。在《小说的回忆》中，周作人提及自己在小时候就看了不少神奇玄怪小说，《山海经》《镜花缘》《西游记》《封神榜》《聊斋志异》……所以他说："对于神异故事之原始的要求，长在我们的血脉里。"① 对异域怪诞之事的猎奇契合了他早年的文学追求，他曾翻译过《天方夜谭》里的《侠女奴》（今译《阿里巴巴与四十大盗》），还曾编译出版爱伦·坡（Edgar Allan Poe）的《山羊图》（The Gold-bug, 1843），后更名为《玉虫缘》。

周作人对讽刺技法十分推崇，在这一点上他和斯威夫特保持同调。周作人很早对散文体式有所考量，早年他对"美文"极度提倡，1921年在《晨报》上发表《美文》一文，号召参与新文学运动的人尝试这样的创作，认为美文是外国文学里的一种"记述的，是艺术性的"论文，这论文"又可以分出叙事与抒情，但也很多两者夹杂的"。同年，他发表了《碰伤》② 一文，其冷嘲的笔法模仿斯威夫特，晚年在《知堂回想录》中说这样的笔法"是我喜欢的，后来还时使用着"。他在1925年给青年人开的必读书单中，《格列佛游记》就位列其内。周作人在《小说的回忆》（1945）一文中将《镜花缘》《天方夜谭》和《格列佛游记》特地加以比较，最后认为还是斯威夫特的讽刺手法技高一筹。③

斯威夫特对周作人的影响更多地体现在他的杂文创作上。周作人的散文大致可分为三类：杂文、小品文和书话。他的杂文充满了讽刺和戏

---

① 钟叔河编：《周作人文选1898—1929》，广州：广州出版社1995年版，第230页。
② 《碰伤》一文最早发表于1921年6月10日《晨报》，该文写作起因为1921年6月3日北京八所国立院校教员针对北洋政府而发起的索薪运动，教员在新华门被军警殴打，北洋政府竟宣布是教员们自己"碰伤"。周作人听闻此事，愤而作《碰伤》一文，以示讽刺。
③ "《镜花缘》的海外冒险部分，利用《山海经》《神异》《十洲》等的材料，在中国小说家可以说是唯一的尝试，虽然奇怪比不上水手辛八的《航海述奇》（《天方夜谭》中的一篇有名故事，民国前有单行译本，即用这个名字），但也是在无鸟树林里的蝙蝠，值得称赏，君子国白民国女人国的记事，富于诙谐与讽刺，即使比较英国的《格里佛游记》，不免如见大巫，却也总是个小巫，可以说是具体而微的一种杰作了。这三部书我觉它都好，虽则已有多年不看，不过我至今还是如此想……" 见钟叔河编：《小说的回忆》，《周作人文选1945—1966》，广州：广州出版社1995年版，第47—48页。

谑，表现出他浮躁凌厉的一面。1922 年，胡适在《五十年来中国之文学》一文中认为："这几年来，散文方面最可注意的发展乃是周作人等提倡的'小品散文'。"周作人的小品"用平淡的谈话，包藏着深刻的意味；有时很像笨拙，其实却是滑稽"，这一点上也很像斯威夫特的笔法。他的《前门遇马队记》《吃烈士》和《碰伤》等文都是在斯威夫特影响下创作出来的，充满反讽的机智。《真的疯人日记》以疯人的疯言疯语讽刺当下的情形，但在文末的编者跋中，作者说疯人也许并不疯，在这篇游戏之作中寻找出几分可靠也未尝不可。周作人自己认为："我写这种文章，大概系受一时的刺激，像写诗一样，一口气做成的，至于思想有些特别是受英国斯威夫德（Swift）散文的启示，他的一篇《育婴刍议》那时还没有经我译出，实在是我的一个好范本，就只可惜我未能学得他的十分之一耳。"①周作人《修禊》一诗中描述了百姓吃人腊投奔临安宋主之事，诗中有云"犹幸制熏腊，咀嚼化正气"，义民的忠义正气和吃人形成了绝妙的讽刺。周作人说这两句古体诗是"非意识的由其《育婴刍议》中出来亦未可知"②。他说自己"平常喜欢和淡的文字思想，有时亦嗜极辛辣的，有掐臂见血的痛感，此即为我喜欢那'英国狂生'斯威夫德之一理由"③。1926 年，段祺瑞执政府杀害游行请愿的学生，酿成了"三一八"惨案。周作人先后发表多篇文章控诉段祺瑞执政府的罪行，《死法》发表于 1926 年 5 月《语丝》81 期上，全文以极其冷静的语调一本正经地叙述古今中外各种各样的死法：钉十字架、吞金喝卤、怀沙自沉、吊死……最后认为枪毙是现代文明社会里最理想的死法。文章通篇反语，在压抑中透露着悲愤，深得《育婴刍议》写作风格的精髓。

学术界是知识分子们历来关注的领域，针对当时社会反知识的论调

---

① 周作人：《知堂回想录》（下），石家庄：河北教育出版社 2002 年版，第 514 页。
② 钟叔河编：《周作人文选》，广州：广州出版社 1995 年版，第 515 页。
③ 钟叔河编：《周作人文选》，广州：广州出版社 1995 年版，第 514 页。

以及知识阶层的社会状况，鲁迅和周作人都对此进行了无情的揭露和嘲讽，而针对脱离实际的学术研究，斯威夫特也曾予以尖锐的批评。鲁迅在 1921 年的杂文《智识即罪恶》中以梦幻的形式描写"我"因为有智识而在阴间备受惩罚，"我"试图和同伴商量放弃知识摆脱处罚的计策，但为时已晚，最后"我"在地狱中跌落发昏，同时又从梦中惊醒。写于 1935 年的历史小说《理水》描写了文化山学者的荒诞不经，他们搬弄着"遗传学"理论，胡乱叫嚣着"阔人的子孙都是阔人，坏人的子孙都是坏人"，甚至还荒谬地花七七四十九天时间以很小的蝌蚪文写出抹杀大禹的考据，这都让人想到《格列佛游记》中那些从黄瓜中提取阳光，从粪便中还原食物的无聊学者们。周作人在 1922 年《真的疯人日记》中揭露了"民君之邦"知识分子的状态，讽刺了学术界的荒诞离奇：学校的聘用规则是谁越穷谁就越能当上正教授，学校对教授的优待是安排其喝西北风维系生活。这不得不让人联想到 1921 年的"六三惨案"，北京国立八校教员集体索薪，与警察发生冲突被打伤，北洋政府的"失道"被社会普遍指责。斯威夫特在《致格拉布街①的诗人们》（Advice to the Grub Street Verse Writers，1735）一诗中描摹了格拉布街诗人们的潦倒，并用讽刺的语调劝他们靠出租诗作度日。斯威夫特在 1708 年给亨特（Robert Hunter）的信中，也自比格拉布街的潦倒穷酸文人，一文不名。周作人在《真的疯人日记》中对荒唐可笑的考试制度和创新发明也进行了嘲弄，与《格列佛游记》中的飞岛国有几分相似：科学家们用猪耕地，繁殖无毛的羊，自上而下造房子……学术界的弊病是通行的，对学术和知识的批判似乎成了知识分子们的天性。针对 17 世纪后叶学术研究中出现的不切实际和考证弊病，斯威夫特在《书的战争》中运用蜜蜂和蜘蛛的讽喻批评了学者们的贫乏浅陋。

---

① 格拉布街（Grub Street），又名寒士街，位于伦敦的穆尔菲尔德（Moorfield）附近，大量穷困文人聚集于此，1830 年更名为弥尔顿街（Milton Street），从 17 世纪起这条街成为"潦倒穷酸文人"的代名词。

在《狂人日记》《真的疯人日记》和《格列佛游记》中，"二度叙事"① 的叙述策略既面向故事内的人物，也面向读者，让故事在可靠性与不可靠性之间形成了一种张力。这三篇小说的开篇如出一辙，与一般的叙事不同，它们的叙事层次非常清晰，通常是作者的自我辩解，介绍作品来源以及人物情况，从而引出故事主体。《狂人日记》的开篇点明"某君昆仲，今隐其名，皆余昔日在中学时良友"，以假乱真，让读者信以为真有其事。周作人在谈及《狂人日记》时说："篇首有一节文言的附记，说明写日记的本人是什么人，这当然是一种烟幕……"②《真的疯人日记》开篇小序介绍该日记是"我在新世界什么地方拾得的"，其中有一本是疯人所记的，"我费了两天工夫，居然能够把他翻译出来了"，著者不知姓名，只考证出他是民君之邦的人。同样，斯威夫特在1726年版的《格列佛游记》卷首语中化身为格列佛船长的亲戚辛浦生，谎称全书系真实的游记，并帮格列佛将该书交给出版商修改出版。由于斯威夫特对书商的篡改十分不满，他在修订后的1735年版卷首煞有介事地附上"格列佛船长给他的亲戚辛浦生的一封信"以及"出版社致读者"，第一封信是作者假借格列佛船长的名义表达对出版商随意删改其作品的不满，在"出版社致读者"中借辛浦生之口表达"全书叙事忠实可靠，本来作者一向以忠实出名"。尽管没有第一叙事，这三篇小说的第二叙事（元叙事）依然连贯和完整，但如果盲目强调两者之间的对立和疏离，实际上是忽略了故事外叙述主体对元叙事的渗透。

从讽刺技法上来说，鲁迅与斯威夫特更为接近，但鲁迅的讽刺是要唤醒"铁屋子"里的人，用冷峻的笔勾画国民的灵魂，在阴冷中笑得深

---

① "二度叙事"是热奈特（Gérard Genette）提出的叙事学概念，他将整个故事情境成为"第一叙事"，第一叙事的叙述主体是故事外主体，叙事中的叙事称为"第二叙事"或"元叙事"，第二叙事（元叙事）则是故事主体。参见〔法〕热拉尔·热奈特：《叙事话语 新叙事话语》，王文融译，北京：中国社会科学出版社1990年版，第158—159页。

② 周遐寿（周作人）：《鲁迅小说里的人物》，上海：上海出版公司1954年版，第10—11页。

沉，这也是与斯威夫特的不同之处。从接受程度来看，周作人对斯威夫特的接受和了解更为全面，这也许和他本身的英文基础较好有关。

第四节　老舍的《猫城记》与《格列佛游记》

老舍自己曾说过："到了英国，我就拼命的念小说，拿它作学习英文的课本。"① 他曾提到影响自己的英国作家，斯威夫特便是其中之一。他认为"英文《圣经》，与狄福、司威夫特等名家的作品都是用了最简劲自然的，也是最好的文字"②。老舍的幽默和讽刺追求多来自斯威夫特，他在《言语与风格》《我的"话"》和《谈幽默》中多次提及斯威夫特。老舍的《猫城记》以其独特的讽刺艺术在中国现代讽刺文学上占有重要地位，在所有和《猫城记》有关联的外国文学作品中，斯威夫特的《格列佛游记》是影响最全面和深刻的。

《猫城记》最早于1932年8月至1933年4月在《现代》杂志上连载，1933年8月由现代书局出版单行本，后还被翻译为日、德、法等国语言在世界范围内传播。小说以一位前往火星探险而飞机不幸坠毁猫国的"我"为观察视角，展现这个具有"两万多年文明"的猫国在政治、文化、教育等方面的恶劣状况，目睹这个"一切国中最古的国"最终难逃亡国灭种的命运。作为一部长篇讽刺小说，老舍一改以往的幽默平和，展现自己忧国忧民、愤慨激烈的一面，书中的诸多讽刺即使在几十年后的今天读来仍然具有现实意义。

在讽刺方面，老舍首推斯威夫特。斯威夫特26岁时，"他希望他的

---

① 《老舍全集》第17卷，北京：人民文学出版社2013年版，第68页。
② 《老舍全集》第17卷，北京：人民文学出版社2013年版，第306页。

诗能够：'每一行会刺，会炸，像短刃与火。'"① 老舍认为自己"没有这样厉害的手与脑"，所以在《猫城记》自序里他对自己的这部作品"还有一点点不满意"。② 在《读与写——卅二年三月四日在文化会堂讲演》中老舍说，"大概天下最难写的便是讽刺"，"写讽刺小说除非你是当代第一流作家才能下笔。因为这是需要最高的智慧和最敏锐的思想"，也许斯威夫特所说的"会刺，会炸，像短刃与火"就是老舍对讽刺写作的要求。《猫城记》的英译本译者莱尔（William A. Lyell）在译本前言中评论道，"作者当然是太过自谦了"，"小说比老舍自认为的要好"，"除了文学价值，小说还具有记录30年代早期中国境况的社会文献价值"。③ 夏志清曾评价此书是"中国作家对本国最无情的批评"。

老舍和斯威夫特都不是一个靠编织怪诞故事来博人一笑的三流小说家。作为软科幻④小说的《猫城记》以科幻的物质外壳包裹了现代中国的悲观寓言，影射中国当时的种种社会现状，将寓言性和现实性融合在一起。作者用讽刺而激愤的笔法写出了猫国的状况：肮脏、破败、毫无生气，钱是国魂，迷叶是国食，学校有人，而无人格，入学不为读书，只为得到资格，有学校而没教育，有政客而没政治，有人而没人格，有脸而没羞耻……老舍自己说："我为什么要写这样一本不高明的东西也有些外来的原因。头一个就是对国事的失望，军事与外交种种的失败，

---

① 《老舍全集》第16卷，北京：人民文学出版社2013年版，第203—204页。
② 关于老舍本人对《猫城记》的评价要全面看待，在小说最初出版的自序中，作者尽管"还有一点点不满意"，但还是认为"写得很不错"。由于小说对左翼有着较为激烈的讽刺，老舍在向左转之后，为了弥补自己的过失与放肆，对这部作品进行了反思，自认为"糟糕得很"，"这是最失败的一篇东西"。
③ 李越：《老舍作品英译研究》，北京：知识产权出版社2013年版，第186页。
④ 科幻小说有硬科幻小说和软科幻小说之分，这个概念最早由叶永烈在《太平洋彼岸的科学幻想热潮——史密斯副教授谈美国科学幻想小说创作》一文中提及："在美国，人们把科学幻想分为'硬幻想'和'软幻想'，'硬幻想'是指幻想以物理、化学、生物学、天文学这些自然科学为基础的，是'坚硬'的科学；'软幻想'则是指幻想以社会学、历史学、哲学以及心理学等'柔软'的科学为基础的。这与中国关于以'文'为主、以'科'为主的科学幻想小说的提法，是不同的概念。"参见黄伊主编：《论科学幻想小说》，北京：科学普及出版社1981年版，第235页。

使一个有些感情而没有多大见解的人，像我，容易由愤恨而失望。"① 从写作动机这一点上来说，《猫城记》与《格列佛游记》是相似的。两者的讽刺都是基于高度的真实。在国难当头的 1932 年，我们很难把《猫城记》纯粹当作一个科幻游记来处理，其背后隐藏着亡国寓言，以及对文明危机的反思。

　　"慧骃国"的反乌托邦因素极有可能对猫城的诞生产生潜在影响。慧骃国是理性和道德的乌托邦，但它恰恰又充满着反乌托邦色彩，因为它并不完满，当斯威夫特把格列佛真的变成一个像慧骃那样充满理性的人时，他却在人类社会碰壁了，甚至不能跟自己的亲人共处。老舍在英国时，正值"反乌托邦"文学风靡之际，俄国作家扎米亚京（Zamyatin Evgeny Ivanovich）的《我们》影响了整个欧洲，老舍也在这一时期开始浸染了"反乌托邦"的思考。尽管老舍对猫城有着自己的说辞，"梦中倘有所见，也许还能写本'狗城记'"②，但猫城无论如何都带有对乌托邦那种盲目乐观主义的反叛色彩。

　　干预现实政治绝非文学家之所长，但文艺之于社会的功用在老舍和斯威夫特这里都得到了发挥。不少作家都自觉地与政治保持距离，早期的老舍认为"搞政治，就都不清高"，但在他向左转之后，特别是担任了文协的负责人之后，老舍变得比以往任何时期都要关心民族国家的命运。《赵子曰》《二马》《猫城记》《四世同堂》等作品中对国民性的猛烈批判和对国民意识的召唤，都是关心民族国家的自发表现。老舍曾经自谦地说："在思想上，我没有积极的主张与建议。这大概是多数讽刺文字的弱点，不过好的讽刺文字是能一刀见血，指出人间的毛病的"，"我呢，既不能有积极的领导，又不能精到的搜出病根，所以只有讽刺

---

　　① 老舍：《我怎样写〈猫城记〉》，《老舍全集》第 16 卷，北京：人民文学出版社 2013 年版，第 185 页。
　　② 老舍：《〈猫城记〉自序》，《老舍全集》第 2 卷，北京：人民文学出版社 2013 年版，第 141 页。

的弱点。"① 虽然老舍自谦自己的文字无用，但实际上他在《猫城记》中已经给30年代的中国时局开出了改造国民性的药方。同样，在两党党争中沦为牺牲品的斯威夫特作为一个政治家是失败的，1714年他追随的托利党垮台之后，毫无政治前途的他只好回到爱尔兰，远离了政坛。作为一个爱尔兰人，斯威夫特目睹了英国殖民者对爱尔兰进行的贸易限制，将爱尔兰推到困境之中。作为一个都柏林人，他在那里度过了人生的大部分时间，最后他以文学的方式影响着都柏林的政治命运。他对这片饱受英国殖民压迫的土地毫不保留自己的爱国热情，用投枪匕首般的笔干预现实。在《布商的信》中，他假借布商之名公开发函反对利欲熏心的英国奸商伍德在爱尔兰铸造半便士铜币，从中牟取暴利，陷爱尔兰经济于困境。英国当局曾重金悬赏缉拿斯威夫特，但无人告密，最终英国在爱尔兰的铸币计划流产。在《一个小小的建议》中，他用讽刺的语调建议爱尔兰的贫民将婴孩送到富人的餐桌上以此减轻负担，全文用反语来抗议英国对爱尔兰的经济压迫。也许斯威夫特的墓志铭更能说明一切。他在78岁时用拉丁文给自己的一生做了总结，爱尔兰诗人叶芝将其译为英文，最为有力的一句是"他为人的自由使出了力量"。

对猫国的国民性批判与《格列佛游记》中的泛人性批判有一定的相通之处，展现的是一个不断感到幻灭的过程。在国民性问题上，老舍用戏谑的笔法写出了自己的忧心忡忡和愤懑。猫国的人冷漠、自私、愚昧，好围观，麻木不仁，还极其不讲卫生，居住环境被一团污秽和恶臭包围着，烹饪的食材也肮脏不堪。猫国里只有两个明白人大鹰和小蝎子，他们是猫国的希望，为了国民而牺牲自己的大鹰最后只落了个被人围观的下场，围观的群众在空虚无聊中感叹大鹰"脸上的毛很长"，"只有头，没身子，可惜！"鲁迅《复仇》中的看客们同样因为无聊而将一切举动戏剧化，而被看者却以毫无动作的方式向看客们复仇，"以死人

---

① 老舍：《我怎样写〈猫城记〉》，《老舍全集》第16卷，北京：人民文学出版社2013年版，第185页。

似的眼光,赏鉴这路人们的干枯","沉浸于生命的飞扬的极致的大欢喜中"。夏志清在《现代中国文学感时忧国的精神》一文中称赞《猫城记》等作品"在其感时忧国的题材中,表现出特殊的现代气息。他们痛骂国人,不留情面,较诸鲁迅,有过之而无不及"①。作为恨世者的斯威夫特对人性充满了失望,在自挽诗《咏斯威夫特教长之死》中借他人之口谈及自己对人类猛烈的抨击:"他鞭笞罪恶,从不题名道姓。/任何个人不会对他怨恨,/因为他讽刺的对象是千万个人……那些愚蠢的家伙他最讨厌,/老把讽刺挖苦当作趣事一件。"②

　　《猫城记》和《格列佛游记》都经历了在本国被排斥却在别处大受欢迎的命运。《猫城记》的问世招来了左翼人士的愤慨,在30年代左翼的政治氛围中,老舍被当时的进步青年视为落伍者。在1951年开明书店出版的《老舍选集》自序中,老舍说《猫城记》"不仅讽刺了当时的军阀、政客与统治者,也讽刺了前进的人物","他们只讲空话而不办实事","因为我未能参加革命,所以只觉得某些革命者偏激空洞,而不明白他们的热诚与理想",这"偏激空洞"和"热诚理想"在《猫城记》中就化成了"哄""大家夫斯基"和"马祖大仙"等词汇,这些词汇被指责影射共产党以及共产主义,上升到反苏反共的高度,以至于《猫城记》在"文化大革命"初期就被视为反动作品,遭到批斗。③ 这部写于1932年的小说存在着许多大胆的甚至是情绪化的描写和言论,诸如"革命在弊国成了一种职业","政哄越多,青年们越肤浅",还有打老师、烧书之类的闹剧片段。就在老舍的这部作品被批斗最凶的时候,苏联翻

---

① 夏志清:《中国现代小说史》,刘绍铭等译,香港:中文大学出版社2001年版,第467页。
② 《咏斯威夫特教长之死》,吕千飞译,见王佐良主编:《英国诗选》,上海:上海译文出版社1988年版,第160页。
③ 参见〔法〕保尔·巴迪(Paul Bady):《小说家老舍》,吴永平编译,武汉:长江文艺出版社2005年版,第212页。此外,日本学者宫森恒子(Miyamori Tsuneko)在《驳北京教育界对老舍〈猫城记〉的批评》(1970)一文中也剖析了《猫城记》在"文化大革命"时期遭批斗的情形。

译出版了《猫城记》，发行七十万册，而后该作品还被翻译成多国文字，就翻译数量而言，《猫城记》在老舍作品中高居第二，仅次于《骆驼祥子》。与此情形类似的是，《格列佛游记》因讽刺露骨，出版商担心因文致祸，在1726年初版之时便做了删改，即使是删改本，英国政坛也为之惶恐，这本不受英国政坛欢迎的小说在问世之后竟然被翻译成多国文字传播，成了一件全欧性事件。

在两部小说中能找到诸多基于现实讽刺的细节模仿，这些细节真实并充满了现实的隐喻，就像老舍在《谈幽默》一文中所说："讽刺家的心态好似是看透了这个世界，而极巧妙的攻击人类的短处，如《海外轩渠录》，如《镜花缘》中的一部分，都是这种心态的表现。"①《猫城记》中猫人的国食迷叶之于《格列佛游记》中耶胡为之疯狂的金色石头都是奇妙的比喻，迷叶讽喻的是旧中国民众迷恋的鸦片，而金色石头正是让海外冒险者变得贪婪的金银财宝。猫国人利用"我"保护迷叶林正如小人国利用格列佛去攻打敌国；同样，猫人围观"我"洗澡也正如大人国围观格列佛的技艺表演，这和旧中国麻木不仁的民众围观革命党被杀头毫无二致。猫国的政党"参政哄"和"大家夫斯基哄"之于小人国的高跟党和低跟党也同样是绝妙的讽喻，暗指了党派争斗，饱含着作者对现实政治和秩序的怀疑与否定。猫国和飞岛国在对学术界的讽刺上也高度相似，猫国的老派学者们爱好学术名头，从来不研究切乎实际的学问，青年学者们只会卖弄新名词，历史学家们叫嚣着要恢复古代酷刑。斯威夫特笔下拉格多学院的科学家们一样地荒诞滑稽，专注于从粪便中还原食物，从黄瓜中提取阳光，从上而下建房子……作者由此影射了当时的英国皇家科学院致力于不切实际的学问。在老舍的另一部小说中同样有关于学术界的绝妙讽刺，《民主世界》连载于1945年的重庆《民心半月刊》，该小说并未完稿，只写了前三节，仅仅一万多字的内容就把国统区金光镇的黑暗腐败暴露出

---

① 《老舍全集》第16卷，北京：人民文学出版社2013年版，第203页。

来。金光镇上的水仙馆"是个学术研究，而又兼有实验实用的机关"，研究科的科员都是学者，专研究水仙花。他们认为研究水仙花和研究苹果、小麦与彗星一样有价值，并试图改良水仙花种，以便富国裕民，甚至还要在水仙包里发现维他命，像洋芋与百合一样增多农产。讽刺的是，"水仙馆自成立到现在，还没有找到一颗水仙"。因为水仙馆馆长是蒙古人，没见过水仙，每当学者们找到标本签呈上去，馆长就批驳："其形如蒜，定非水仙，应再加意搜集鉴别。"① 老舍在这里强烈讽刺了学术界的假学究和伪科学，其辛辣程度不亚于斯威夫特，但与斯威夫特不同的是，老舍的讽刺总是发出温和俏皮的笑，用漫画式的笔嘲弄他们。

这种寓言式的游记体裁其实并不令人陌生，老舍在《我怎样写〈猫城记〉》一文中说，"我早就知道这个体裁"，这是"讽刺文章最容易用而曾经被文人们用熟了的"体裁，"用个猫或人去冒险或游历，看见什么写什么就好了。冒险者到月球上去，或到地狱里去，都没什么关系"。② 正是因为这种体裁很常见，所以关于《格列佛游记》究竟在多大程度上影响了《猫城记》是个值得继续探讨的问题。

第五节　斯威夫特与林语堂

林语堂在文章中不止一次赞扬过斯威夫特，认为他的文体朴素简洁，不用"矫揉造作的语言"，英国的散文家谁也不能与之匹敌。林语堂的幽默小品是东西方文化共同融合的结果，但他在个人书写的笔调中流露出英式的睿智、畅快与自由，无疑是受到斯威夫特这些散文家的影响，包括他的幽默文学观的形成，在很大程度上是受英国作家的感染。他极度赞赏他们作品的背后"含有幽默意味"，"引文皆翩翩栩栩，左之

---

① 《老舍全集》第8卷，北京：人民文学出版社2013年版，第432页。
② 《老舍全集》第16卷，北京：人民文学出版社2013年版，第187页。

右之,乍真乍假,欲死欲仙,或含讽劝于嬉谑,或寄孤情于幽间,一捧其书,不容您不读下去"。①

林语堂曾将斯威夫特与司马迁等观并论,在汉英两种语言的互观中体悟文学书写。在《英文学习法》(1931)一文中,他进行跨语际的实践和思考,探讨何谓好的文章:

> 真正的好英文还是多少带点街谈巷议或是文士雅谈的气味,英文谓之有 Smell of the Soil,正与司马迁之文相近。譬如 Swift 称为"英文散文巨擘"(Master of English Prose),我们看他的小人国,文是如何的浅显流利,味同嚼菜根,并不吃燕窝鱼翅,然而真懂饮食的人才知道"尝尽天下美味不如菜根甜"。②

斯威夫特对待文体书写也有自己的态度,在《致一位新任神职的青年先生的信》(A Letter to a Young Gentleman Designing for Holy Orders, 1721)中他将好的书写定义为"将适当的文字置于适当的位置"(Proper Words in Proper Places)。在《格列佛游记》第二卷中,作者对大人国的文风也颇为欣赏:"他们的文章风格清丽、雄健、流畅,但是并不华丽,因为他们最忌堆砌不必要的辞藻,最忌使用各种不同的说法。"③ 这几句描述常常被人看作是斯威夫特自己对待文体风格的态度。书写和言说向来难分难解,斯威夫特在重视书写的同时,也很重视言说。在《谈话的技巧》(Hints towards An Essay on Conversation, 1713)、《风雅的谈话》(The Polite Conversation, 1738)等文中都涉及了如何进行好的言说。

在一些评论家那里,林语堂和斯威夫特笔下的幽默和讽刺有时很难

---

① 林语堂:《小品文之遗绪》,载《人间世》,1935年2月20日,第22期。
② 《林语堂文集》第9卷,北京:作家出版社1996年版,第388—389页。
③ 〔英〕斯威夫特:《木桶的故事 格列佛游记》,主万、张健译,北京:人民文学出版社2000年版,第292页。

分辨。作为"幽默"一词的首译者①，林语堂似乎有意在抬高幽默而贬低讽刺，他的笔下甚至有一种将幽默和讽刺对立的倾向。但悖论的是，贬低讽刺提倡幽默的林语堂在杂文创作中常常是讽刺多于幽默，他的一些杂文标题诸如《论政治病》《脸与法治》《奉旨不哭不笑》等看上去就是滑稽中夹杂着犀利的讽刺，就像鲁迅在上海时期对他的玩笑评论："语堂总是尖头把戏的！"② 在《小品文之遗绪》（1935）中林语堂谈及英国散文也有流派之分，"若入木三分之 Swift……此即吾所谓现代散文大家"，这里的"入木三分"恐怕更多的是指讽刺上的入木三分吧。但在对斯威夫特文学风格的归类上也出现了颠覆以往认知的观点，法国作家莫洛亚（André Maurois）在《论幽默》的对话中谈到了两种幽默形式：黑色幽默和玫瑰幽默③，而讽刺大师斯威夫特却被归入了黑色幽默。实际上《法兰西学院词典》（Dictionnaire de l'Académie française）对讽刺和幽默的关系就已经含混不清，认为幽默是"既轻松又严肃，既具感情又带嘲讽的一种英国式的讽刺形式"。

斯威夫特和林语堂二人的文学创作和从事报章杂志的编辑撰稿工作是分不开的，这也是知识分子参与社会的一种重要方式，但在对待政治和审美的态度上，二人之间存在着根本的差异。早年的林语堂曾加入语丝社，在政治上是活跃的，将不满诉诸笔端，甚至亲身参与"首都革命"的斗争。后来，林语堂开始提倡"以自我为中心，以闲适为格调"

---

① Humour 一词最初由林语堂翻译为"幽默"，1924 年 5 月，他在《晨报副刊》上发表《征译散文并提倡"幽默"》一文首倡幽默，其后又相继发表《幽默杂话》《答青崖论幽默译名》《论笑之可恶》等文探讨幽默的美学内涵，为此赢得了"幽默大师"的称号。经过林语堂的不断推广和实践，幽默一词逐渐被文坛所接受。

② 唐弢先生回忆："我在上海的时候，常听鲁迅先生开玩笑说：'语堂总是尖头把戏的！''尖头把戏'原系贬词，但挺鲁迅口气，却不像是坏话。"见《唐弢文论选》，北京：人民文学出版社 2009 年版，第 409 页。

③ "玫瑰幽默"是轻微地曲解现实，不含恶意，把其中荒谬滑稽的成分向世人显现。"黑色幽默"是假装将荒谬而且令人恐怖的事情看作是自然而然甚至使人欢愉的东西。见〔法〕莫洛亚：《艺术与生活 莫洛亚箴言和对话集》，郑冰梅译，上海：上海三联书店 1989 年版，第 208—209 页。

的文学趣味，并先后参与《论语》（1932）、《人间世》（1934）、《宇宙风》（1935）等多本杂志的创办和编辑工作，也正因为如此，林语堂与左翼文人之间产生了疏离和矛盾，郁达夫曾评价他"消极的反抗，有意的孤行"。面对各种左翼作家的批评，林语堂依然强调文章笔调"无关社会学意识形态鸟事，亦不关兴国亡国鸟事"，认为自己提倡的小品"不能兴国，亦不能亡国"。从这个角度说，林语堂与政治的关系是疏远的，政治是政治，审美是审美，他"只想办一好好的杂志而已"，"提倡一种散文笔调而已"。① 而斯威夫特的一生却充斥着政治和审美，曾参与《考察报》的撰稿和编辑工作，1710—1711年期间在该报撰写大量的文章抨击辉格党。他比同时代的大部分作家都要接近政治，在1711—1713年间他频繁地参与托利党的政治，他的大多数创作是因时事而作的，他将自己作品的发表视为一场历史事件的发生，而不是一件艺术品的问世。《同盟者的行径》（*The Conduct of the Allies*，1711）和《辉格党人的公众精神》（*The Public Spirit of the Whig*，1714）这种小册子在伦敦街头的传阅为托利党发挥了极大的政治效用，他的文章成为政治的一部分。当然，我们要把他的政治、宗教小册子和文学作品区分开，前者是历史事件的组成部分，后者是文学文本。作为一个野心勃勃的托利党政治家，在1714年英国政局发生动荡之后，斯威夫特的政治前途也变得穷途末路，因此有人怀疑文学是他的副业，他在别无选择的时候才想起来进入文学领域。这种理解极为片面，也曾有不少历史学家为他的这种失落做辩护，反驳这种狭隘的理解。② 即便文学是他的副业，他也将这个副业做得有声有色，在《布商的信》中他将一个奸商铸币的行为当成一

---

① 林语堂：《小品文的遗绪》，载《人间世》，1935年2月20日第22期。
② 为斯威夫特辩护的历史著作主要有：普拉姆（John Harold Plumb）的《政治稳定的根源：1675—1725年的英格兰》（*The Origins of Political Stability*：*England 1675—1725*，1967），迪克逊（Peter Dickson）的《英国的财政革命：1688—1756年的政府公信力研究》（*The Financial Revolution In England*：*A Study in the Development of Public Credit 1688—1756*，1993），卡拉姆尼克（Isaac Kramnick）的《博林布鲁克及其同党：沃波尔时期的还乡政治》（*Bolingbroke and His Circle*：*The Politics of Nostalgia in the Age of Walpole*，1992）。

桩政治阴谋来抨击，引起爱尔兰人民对英国政府的抵制，导致铸币计划破产。因为这场文学上的胜利带来了政治的胜利，他被誉为爱尔兰的民族英雄。

在对乌托邦的建构上，林语堂的长篇小说《奇岛》① 与《格列佛游记》之间存在着密切的精神联系。《奇岛》最初于1955年以英文发表，1989年由译者张振玉翻译成中文出版。小说描写服务于"民主世界联邦"的美国姑娘梅瑞克与未婚夫保罗一起驾驶飞机进行科学考察时迷航，迫降在南太平洋一个神秘的泰诺斯小岛上，当梅瑞克从昏迷中醒来，却发现时间已经是公元2004年，她所看到的一切都仿佛是她重生后的世界。2004年的美国芝加哥与曼哈顿都毁于战火，而这个卓然超群古朴自然的泰诺斯小岛（快乐共和国），就是林语堂创造的一个乌托邦，东西方文化在他笔下汇聚成了美好和谐的世外仙境。格列佛的家乡被耶胡一样的人统治着，充满友爱、平等和仁慈的慧骃国成了他的乌托邦，格列佛把理性的慧骃作为人类的楷模，可是他回到英国后又无法找到这样理想化的人，于是恨世的情怀就表现出来了。

在对现代性的反思上，我们似乎能从《奇岛》和《格列佛游记》那里读出以古典反思现代的精神：批判现代文明，回归宗法社会。这在林语堂本人身上表现得也很明显，返归到老庄道家那里足以说明这一点。在《奇岛》中，对现代文明的不满让劳思决心建立"快乐共和国"，他这种对西方文明的逃离正说明了现代文明给人带来了异化。他说："现代文明的整个问题就是使人健全，寻回自我。……现代社会太复杂了，使他无法做到这一点……在巨大的社会和政治组织中迷失了。"② 梅瑞克和保罗起初十分渴望离开这个远离尘嚣的小岛，保罗甚至为了保护能让他们离开的飞机而身亡，但她后来融入了岛上的生活，不愿意再"为一

---

① *Looking Beyond*（《远景》），又名 *The Unexpected Island*（《奇岛》），1955年 Prentice-Hall 出版，1989年上海书店出版台湾版的中译本（影印本）。
② 林语堂：《奇岛》，张振玉译，北京：现代教育出版社2007年版，第133页。

个浩大而无思想的机器工作",决定留在岛上。同样,在格勒大锥岛格列佛宣称现代历史令其作呕,羡慕古罗马的政治,他这时的赞美完全出于对宗法社会的向往,接下来格列佛对慧骃国的描述同样如此,他抨击英国文明对人的腐蚀和戕害,认为只有在自然状态下的人才是高尚纯洁的。

尽管对科学价值的反思到后来的浪漫主义那里才变得集中,但斯威夫特对勒皮他岛(飞岛国)的科学主义早有讽刺,而在《奇岛》中林语堂对现代科技文明也持一种令人玩味的态度。《奇岛》中以阿山诺波利斯为代表的西方人起先要用现代武器对泰诺斯岛进行征服统治,后来在梅瑞克和劳思的劝阻下放弃了武力征服,但他们还是选择用探照灯、火箭和烟火等现代文明的器物把岛上的土著人弄得神魂颠倒,使他们对其臣服,不再干涉这些西方人在岛上的生活。斯威夫特的古典主义立场让他对现代性的东西持一种排斥态度,勒皮他岛的人总是乐此不疲地忙于各种异想天开的科学研究,而他们的科学研究又是那么荒唐可笑。这个代表着科学理性的勒皮他岛同样对人充满了理性的规制,岛国首相的妻子和无趣的丈夫在一起并不幸福,她宁愿和一个酗酒的老男仆厮混在一起,也要逃离这种规制。斯威夫特笔下的讽刺偏激和域外情调,都让他的身上闪烁着对现代文明的反思。斯威夫特在1712年给斯黛拉的信中描绘了在草地上的一次野餐,并说这是一次自然而美好的经历,也许这点粗浅的表达大致能代表他想远离现代的心境。

尽管林语堂对斯威夫特的接受主要体现在语言风格和散文文体的创作上,但我们却在对待政治和审美的态度上找到了二者的可比之处,甚至还通过互文性理论在《奇岛》和《格列佛游记》里找到了某种精神联系。影响研究的深化和平行研究的拓展让林语堂与斯威夫特的比较研究逐渐走向多元化,两位作家所代表的中西传统在跨文化比较中更加凸显各自的意义与价值,比较研究也成为我们全面深刻认识中外作家的有效途径。

第六节　斯威夫特与钱钟书

钱钟书对林译小说情有独钟，斯威夫特更是其最喜爱的英国作家之一。他在《林纾的翻译》中提到："接触了林纾，我才知道西洋小说会那么迷人。我把林译里哈葛德、迭更司、欧文、司各德、斯威佛特的作品反复不厌地阅览。"①

钱钟书并不以翻译名世，但他看到了林纾在他与外国文学之间所起的"媒"的作用，并说自己有时宁愿读林纾的译文，也不愿读原文，因为林纾的中文文笔有时候比原作者还要高明，从这就可以看出钱钟书对林译小说的肯定。对林译小说的迷恋让他对翻译理论也有所体悟，他在《林纾的翻译》一文中提出了"化境论"，认为"文学翻译的最高标准是'化'"，那什么样的翻译可以称之为"化境"？在一国文字转化为另一国文字的过程中既"不因语文习惯的差异而露出生硬牵强的痕迹"，同时又能"完全保存原有的风味"，这样的翻译才能算得上是"化境"。②

在对包括《海外轩渠录》在内的林译小说与英文原作的对比中，钱钟书触及了译作与原作的关系问题，以及翻译中可译与不可译的问题。在钱钟书看来，好的翻译是"躯体换了一个，而精魂依然故我"，但"一国文字和另一国文字之间必然有距离，译者的体会和自己的表达能力之间还时常有距离"，所以翻译时还会"不免有所遗失或受些损伤"。钱钟书精通多国语言文字，进行过不少翻译实践工作，他还曾是《毛泽东选集》英文版翻译组成员。他的"化境论"是我国翻译研究领域的重要成果，对80年代后翻译理论的形成产生重大影响。

在钱钟书的笔下，斯威夫特是他经常引用的作家之一，他在斯威夫

---

① 钱钟书：《林纾的翻译》，载《中国翻译》，1985年第11期。
② 钱钟书：《林纾的翻译》，载《中国翻译》，1985年第11期。

特身上看到了幽默讽刺和思辨的英式传统。斯威夫特善于辞令,想象力丰富,他的讽刺近乎诙谐幽默,甚至有些玩笑还很粗俗。戏仿之作是讽刺创作的重要一支,在17、18世纪的欧洲风行一时,斯威夫特的《书的战争》就是戏仿英雄史诗之作,身处古典主义立场的斯威夫特在书中以一种诙谐、讽刺的笔法攻击现代名人,并对古代贤人顶礼膜拜。20世纪40年代中国的大多数讽刺作品呆板沉重,与之相比,钱钟书的作品像讽刺类的短篇《猫》《纪念》等都是在现实的观照之下对人性的瑕疵进行犀利的讽刺,充满滑稽的戏仿。《灵感》讽刺的是精神异化,而《上帝的梦》则充满《格列佛游记》式的想象力,并对圣经里的"上帝创世纪"进行戏仿和解构,将上帝和人类塑造成充满虚妄的角色。他的《围城》① 更是中国现代讽刺文学史上的杰作,与斯威夫特之间也有着密切的精神渊源。

  与斯威夫特不同的是,钱钟书的讽喻包含更多的机智喜趣,他的讽喻不同于国统区的作家,也不同于30年代的讽刺作家,他将议论和哲理引入其中,机智且耐人寻味,但太多的枝蔓不免有卖弄学识之嫌。《围城》里的鲍小姐在着装上常常"将颜色暖热的肉公开陈列",因此被人调侃为"熟食铺子"和"局部的真理",因为真理是赤裸裸的,而鲍小姐并未完全赤身裸体。在对李梅亭眼睛的描摹上,钱钟书称其"两只大白眼睛像剥掉壳的煮熟鸡蛋"②。斯威夫特当然也有喜趣的一面,大人国一个老眼昏花的人在仔细盯着格列佛看,斯威夫特形容这个人的眼睛就像"两个从窗口照进了房子的满月"③。斯威夫特的机智喜趣并不常见,他惯用最平常的比喻来表达令人深思的哲理。在《扫帚把上的沉

---

  ① 《围城》最初于1946年在《文艺复兴》刊物上连载,后由上海晨光出版公司于1947年出版单行本。
  ② 钱钟书:《围城 人·兽·鬼》,北京:生活·读书·新知三联书店2009年版,第165页。
  ③ 〔英〕斯威夫特:《木桶的故事 格列佛游记》,主万、张健译,北京:人民文学出版社2000年版,第253页。

思》中，他用一根"灰溜溜地躺在无人注意的角落"的扫帚把来比喻失势的人，曾经"风华正茂"，"如今变了样"，"最后只剩下一根株了"。在小人国游记里，因为讨论鸡蛋该从大头还是小头破壳食用引起了教派之争，又因为鞋跟的高低而引发政党之争，正是从这么一些生活里稀松平常的讽喻入手，才更凸显了这里面的荒谬来。当然，斯威夫特最为擅长的是温和辛辣的讽刺。在《一个小小的建议》里，他提出了一个可行的建议，将婴儿养肥，卖给富人当佳肴享用，皮可以做手套、皮鞋，其他器官也可以找到销路，以此解决爱尔兰人民的贫困。这个温和不动声色的建议背后是作者对英国当局辛辣的讽刺和深深的愤怒。

钱钟书的讽刺大多基于人性的弱点，他和斯威夫特在对人性的看法上都持有一种悲观的看法，钱钟书以西方存在主义的偶然和荒诞来诠释人生和人性，流露出现代主义的光芒，但斯威夫特笔下慧骃的理性和"耶胡"的野蛮却染上了一层启蒙时代的激进色彩。钱钟书笔下的人物大多数滑稽，丑恶，充满瑕疵，就像他在《围城》序中所说，他要描写的角色是"无毛两足动物"，"围城"的书名以及书中的诸多意象，譬如"结婚仿佛金漆的鸟笼"，结婚如同"被围困的城堡"，就已经展示出现代人对生命困境的思考，即使这些讽刺充满机趣，也被蒙上一层悲凉。钱钟书这种存在主义哲思增加了小说的现代性质，不自觉地融入了40年代现代主义的世界潮流中。慧骃国的理性与"耶胡"的原始野蛮形成了对比，耶胡身上那种自私、淫欲、罪恶正是人性中的劣根，斯威夫特借着"耶胡"来抨击人类。当格列佛从慧骃国回家之后，发现自己像患了厌世症一般，很难与家人、社会相处，他开始恨人类，与人类疏离了，向往回到充满理性的慧骃国。启蒙时代是理性时代，也是激进的时代，格列佛对慧骃国的向往在许多批评家那里成了对启蒙时代的精神追寻，而斯威夫特也成了激进的启蒙派的代表。

斯威夫特对科学的讽刺保守态度与《围城》中钱钟书对"老"科学家的讽刺调侃似乎形成了一种呼应，他们基于各自的生活根基，在荒唐与真实之间寻找某种关联。斯威夫特的宗教立场使其对现代科学的态度十分保守，对过分强调的理性也表示反感。早年在《书的战争》中他就极力捍卫古典立场，对现代科学和文化思潮持反对态度。在钱钟书的笔下，科学家的角色似乎也不那么高尚，《围城》中的三闾大学校长高松年，作者将其形容为"一位老科学家"，这个"老"字的位置非常尴尬，"老"可以用来形容科学，也可以形容科学家。但不幸的是，科学家跟科学却不大相同：科学家像酒，愈老愈可贵；而科学像女人，老了便不值钱。① 这位研究生物学的"老"科学家还将自己的科学知识推而广之，将学校也看成有机体，认为教员之于学校就像"细胞之于有机体"，并为自己发现这个科学定律而沾沾自喜，钱钟书用机智的讽刺笔调三言两语将这位灰色知识分子的形象跃然纸上。在飞岛国游记中，拉格多科学院的科学家们同样荒诞滑稽，诸如尝试用触觉和嗅觉辨别颜色，将冰烧成火药，而语言学家们为了改进本国语言甚至要计划取消语言中的所有词汇。在二人对科学家的讽刺中，我们似乎能感觉荒唐和真实之间存在的某种联系。《围城》中一系列灰色知识分子形象至今在生活中都能找到原型，钱钟书窥探到了他熟识的知识阶层丑陋的一隅，就像他在《围城》序言中所说："我想写现代中国某一部分社会、某一类人物。写这类人，我没忘记他们是人类，只是人类，具有无毛两足动物的基本根性。"② 而在斯威夫特生活的17、18世纪，人们对现代科学充满盲目的乐观和追求，斯威夫特却及时洞察到了这种科学乌托邦背后的虚无，对一切不切实际的科学研究进行嘲讽，有人认为斯威夫特嘲讽的对象是有所指的，就是当时以牛顿为代表的英国皇家科学院。

钱钟书在作品中对人类文明和历史充满反思，在这一点上和斯威夫特有相通之处，也许这也正印证了"东海西海，心里攸同；南学北学，

---

① 参见钱钟书：《围城 人·兽·鬼》，北京：生活·读书·新知三联书店2009年版，第215页。
② 钱钟书：《围城 人·兽·鬼》，北京：生活·读书·新知三联书店2009年版，第9页。

道术未裂"① 的说法，二人对历史文化的尖刻讽刺类似，多处有异曲同工之妙，比如钱钟书在《灵感》中借地府阎王之口说："人类几千年来虽然各方面大有进步，但是对于同类的残酷，并未变得精致文雅……就把中国为例，在非刑拷打里，你就看得到古为今用的国粹，鼻孔里灌水呀，火烙夹肢窝呀，拶指头呀，以及其他'本为文化'的遗产。"② 同样在《格列佛游记》中，大人国国王对近百年来英国的大事记感到十分惊讶："这些大事只不过是一大堆阴谋、叛乱、暗杀、屠戮、革命或流放。这都是贪婪、党争、伪善、无信、残暴、愤怒、疯狂、怨恨、嫉妒、淫欲、阴险和野心所能产生的最大恶果。"③ 批判是知识分子的天性，他们对社会文化的反思和批判饱含着强烈的历史责任感。

《围城》在小说结构上和《格列佛游记》颇有类似之处，都采用流浪汉式的旅行体，《围城》以主人公方鸿渐回国寄居上海，内地谋职，重回上海为小说主线，展现了他在"围城"中的挣扎。《格列佛游记》以"远游—回家"的模式先后反复了四次，构成了小说的四个部分，格列佛每次远游都借助出海的方式，且每次都因海难风暴而到达新岛屿，西方人对海洋的敬畏由此可见一斑。

钱钟书拓展了讽刺艺术的疆土，在接受斯威夫特外来影响的同时，又根据个人审美情趣和民族文化传统，对外来的讽刺进行二次创造，加之以机智俏皮、玩世不恭和辛辣犀利，将斯威夫特的讽刺精髓不着一字地消融在自己的创作中。但透过一些细节，我们又可以清晰地看到这两位作家背后不同的文化传统和理念，譬如格列佛不知厌倦地先后四次出海远游，让人不得不和浮士德式的探索精神相联系，这一点又和《围城》表现出的存在主义困境迥异。

---

① 钱钟书:《谈艺录》，北京：中华书局1982年版，第1页。
② 钱钟书:《围城 人·兽·鬼》，北京：生活·读书·新知三联书店2009年版，第502—503页。
③ 〔英〕斯威夫特:《木桶的故事 格列佛游记》，主万、张健译，北京：人民文学出版社2000年版，第287页。

总之，钱钟书和斯威夫特的比较研究进一步补充和丰富了比较文学的研究个案，让我们在跨文化视野下重新认识了不同文学间的相互影响以及各自所代表的文化传统，这对于深化比较文学的发展具有重要意义。

第七节　斯威夫特与沈从文、张天翼等其他现代作家

沈从文总是自谦自己"没有读过什么书"①，但实际上他读过的外国作家作品超越了大多数同时代的人。刚到北京时，沈从文为了弥补学历的缺憾，"每天到宣武门内京师图书馆分馆去看书，不问新旧，凡看得懂的都翻翻。"② 五四时期翻译过来的西洋小说颇为流行，这也必定在沈从文的阅读范围之内。因为阅读的广泛，沈从文成为现代文学史上受外国文学影响最广泛的作家之一。结合后文《阿丽思中国游记》中的一些文本内证，我们发现斯威夫特也是他曾经阅读过的作家。

沈从文在20年代后期的写作脱离了传统的拘束，信马由缰，带有反叛精神，在这一点上和斯威夫特有点相似。1928年出版的《阿丽思中国游记》③ 就是沈从文这一时期的作品，也是他第一部长篇小说。该小说受卡罗尔《爱丽丝漫游奇境记》④ 的启发，"书名算是借重"，实则带有点续写和戏拟的味道，故事始自阿丽思漫游奇境回家之后，想念兔子

---

① 沈从文：《阿丽思中国游记·后序》，北京：人民文学出版社2009年版，第4页。
② 《沈从文文集》第11卷，长沙：湖南人民出版社2013年版，第67页。
③ 《阿丽思中国游记》分第一卷和第二卷。第一卷最初发表于1928年的《新月》第1卷1—4号上，同年7月由上海新月书店出版。第二卷发表于1928年的《新月》第1卷5—8号上，同年12月由上海新月书店出版，编入"二百零四号丛书"之四。
④ 《爱丽丝漫游奇境记》于1865年在英国出版，是卡罗尔的经典之作，讲述了小女孩爱丽丝的奇幻经历，情节曲折离奇，扣人心弦。该书自问世之后大获成功，被翻译成多国文字在世界各地传播，拥有广泛的读者。最早的汉译本由赵元任翻译，于1922年上海商务印书馆出版。

伙伴的阿丽思写信邀请他一起前往中国旅行。沈从文在序言中对这篇小说的评价并不高，将其标榜为"不成体裁的文章"，就像近来"不拘什么文章"成为"一种时行的口号"。在沈从文笔下阿丽思的兔子伙伴变成了一位"有中国绅士倾向"的傩喜先生，傩喜先生"并不能逗小孩子发笑"，阿丽思的天真也失去了不少。小说以傩喜先生与阿丽思在中国的漫游为主线，讽刺种种荒诞不经的事件。

与斯威夫特一样，沈从文将"社会沉痛情形融化到一种纯天真滑稽里"，"成为全无渣滓的东西"，二人都以一种不纯粹的奇幻游记来影射本国。通过傩喜先生所得的手抄本《中国旅行指南》① 可以对老中国面貌进行一瞥，这是一本西洋人来中国的旅行攻略，记载着来中国旅行时应该如何打点小费、拜会官员以及溜须拍马，完全以西方传教士、汉学家殖民经验的叙述来构建中国面貌，通篇以讽刺的笔墨来刻画国民性和社会众生相。而当大人国国王向格列佛询问英国的情况，格列佛的一番叙述也算得上是"英国旅行指南"。格列佛不无讽刺地向国王描述了英国的"丰功伟绩，国泰民安"，涉及了政治、财政、绅士们的娱乐等各方面内容，最后在大人国国王的种种质问中，英国的真实情形变成了一堆"阴谋、叛乱、暗杀、屠戮、革命或流放"。

如果将《阿丽思中国游记》和《格列佛游记》当成童话而忽视其现实的指涉那将是严重的误读，尽管两部小说都是游记性质的童话体，但小说中的人物和事件都充满对现实的直接讽刺和影射，并且有证可考。傩喜先生影射的是民国政府第一任总理熊希龄，灰鹳鸟带有沈从文自我形象的投射，八哥博士影射的是五四时期的白话新诗人，阿丽思则代表

---

① 1912年商务印书馆曾编译出版过一本实用类图书《中国旅行指南》(*Guide for Travellers in China*)，这本书在当时的发行量很大，风行海内，一版再版。该书以中国各省为单位，记载各地的路程、车站、轮船、码头、客寓、街市、商店、戏院、妓院、电报电话、教育、官署、军队、警察、名胜古迹、教堂、医院等，还冠以各省的风景画。而作为文本之中的文本，《阿丽思中国游记》中的《中国旅行指南》极有可能是以商务印书馆的版本为原型，但不同的是，它被作者加以景观化了，以西方传教士、汉学家的叙述视角来构建中国的旅行注意事项，指南中的一些荒诞之事竟被欧洲人奉为至宝。

的是西方人对中国的天真视角。《格列佛游记》中的影射也是十分明显的。小人国高跟党与低跟党的党争影射了英国的辉格党与托利党之间的党争，小人国与不来夫斯古国的战争影射当时英法两国之间的征战，小人国的财务大臣影射了当时的英国首相。

阿丽思和格列佛都各自怀揣着乌托邦情结，阿丽思的宗主国英国和格列佛的慧骃国是他们各自的理想乐园。阿丽思看到了苗人不人道地卖儿鬻女，心生感慨，并不留恋中国这地，于是想回英国了，英国在其内心是一个比中国充满文明教化的地方，在中国目睹的种种怪现状和感想"真不是三言两语可以说尽"，得要和自己的姑妈"谈三天三夜，才会谈得完"。而格列佛对自己的国家却心生不满，尽管慧骃国不是一个百分百的理想乐园，但它比欧洲更文明更理性，欧洲人应该接受慧骃的教化。慧骃认为格列佛并不具备纯粹的理性，所以劝他这个英国人离开。

沈从文20年代的创作不乏对外国文学的借鉴和模仿，写作于这一时期的《阿丽思中国游记》是沈从文走进新文学场域的一次探索，其中不仅有对原作的模仿，还有不少细节来自斯威夫特《一个小小的建议》。阿丽思小姐和傩喜先生去乡下路上路遇一位穷得活不下去的汉子急切要寻死，从穷汉子那儿傩喜先生得到了一张报纸，上面有一篇随感录样的文字，题目浪漫得不切实际：《给中国一切穷朋友一个方便的解决办法之商榷》，署名是一个挨饿的正直平民。文章的内容竟然是为了不给上流人增加负担，穷人们想方设法地处置掉自己，其中最荒诞的处置方法是：

> 把我们中国所有的挨饿父母养的孩子……在生下以后两周年杀死，按着腌火腿法子，揉上一点椒盐之类，过一月两月，时间已够了，就拿出来用很公道的价钱卖给中国上流人以及对于中国感到友谊感到趣味的外国人，何尝不是一个办法呢。如此的处置中国穷孩子，我敢断定凡是目下口口声声说要同中国"共存共荣"的黄色

人,以及其他白人,只要这小孩子腌盐时留心一点,莫肮脏,莫损失固有美观颜色,则当无不愿意花一点钱买中国小孩子肉吃的。我们若果实行这个办法,因穷小子太多,恐怕在未曾为他们吃出味道以前销路上不行,则选出一部分留下做童工;这样,在中国上流人方面既有了姨太太、丫头、娼妓,在外国人方面又有童工……唉,真可以说是个顶经济的办法!①

斯威夫特在《一小小的建议》中同样提出了一个"顶经济的办法",他为爱尔兰民族的贫困着想,呈献了一个忠实稳妥的建议:

上面所统计的十二万名儿童,两万名可留下传种,其中四分之一可为男性,此数已比牛羊猪豕之类留种为多,理由是上述儿童大多非正式婚姻产物,粗鄙之流亦不重视此点,因此一男可配四女。其余十万名可在一岁时卖给全国有地位、有钱的人,事前切嘱母亲们在最后一月喂足儿童奶水,让他们长得胖嫩,以便用于宴席。如是友朋小集,一儿可作两菜;家庭自用,则其上下半身都可各作两道好菜,若能调以少量胡椒和盐,则存放四天后煮吃仍佳,冬季尤然。②

这两段所谓"顶经济的办法"都以一种表面温和实则刻薄的口吻抨击了社会现实,充满了愤怒和讽刺。连题目本身都是讥讽的反语,"商榷"和"建议"表面是以谦和的姿态给穷人提供摆脱贫穷的办法,实则通过荒诞的内容道出了穷人的苦不堪言。

萧乾于1930年初识沈从文时对他做了一个题为《当今中国一个杰出的人道主义讽刺作家》的专访发表在《中国简报》(*China in Brief*)

---

① 沈从文:《阿丽思中国游记》,北京:人民文学出版社2009年版,第79页。
② 《王佐良文集》,北京:外语教学与研究出版社1997年版,第564—565页。

上，文中将沈从文称为"中国最伟大的讽刺幽默作家"，这个评价恐怕多半是基于《阿丽思中国游记》这一类对现实的批判揶揄小说。作为沈从文首部尝试的长篇小说，其中看到《阿丽思中国游记》对外国文学的模仿痕迹。作为现代文学史上奇幻讽刺小说的组成部分，它为我们提供了独特的景观，为我们在沈从文与世界文学之间架起了一座桥梁，也为我们研究沈从文开辟出更多的可能性。

张天翼一生创作的长、中、短篇讽刺小说近70篇，从1927年的第一篇讽刺小说《走向新的路》到1938年的最后一篇《新生》，创作时间前后近十年。[①] 张天翼的创作丰富了中国现代讽刺小说的流派。张天翼的创作并非完全是讽刺小说，还有童话、寓言等体裁。

张天翼在少年时期便迷上了林译小说。当时的商务印书馆为了吸引读者来稿，经常举办各种征文比赛，而征文比赛的奖品常常是整套林译小说[②]，张天翼就曾参加过征文比赛而获林译小说一套。受林译小说的影响，张天翼从那时起就开始练习写作。作为外国童话故事出版的《小人国》《大人国》，张天翼在幼年就曾阅读过，童话增加了他对幻象世界的想象力，也影响了他以后走上儿童文学创作的道路。1907年商务印书馆开始辑印"学生丛书"（后改名为《童话》），分两集出版，每集里面包含若干编（册），其中大多数的外国童话故事取材于英国的儿童杂志，《小人国》《大人国》也被作为童话故事编入第二集里。张天翼曾回忆自己的幼年时代时说，"商务中华那时所出的童话都看全了"[③]，对儿童文学最初的兴趣让张天翼一直保持一颗未泯的童心，加上他本身的幽默和讽刺才能，他拿起童话和寓言的武器，于20世纪30年代开始登上儿童

---

① 参见胡星亮：《论张天翼的讽刺小说创作》，《文学视阈与戏剧电影》，北京：人民文学出版社2014年版，第23—64页。

② 林译小说的单行本大多收入商务印书馆的"说部丛书"，由于销量极佳，商务印书馆于1914年重编"林译小说丛书"，共收录林译小说100种。

③ 《张天翼论创作》，上海：上海文艺出版社1982年版，第7页。

文学创作的文坛。在《大林和小林》(1932)、《秃秃大王》(1933)和《金鸭帝国》(1942—1943，未完成)等童话中，作者完全是以另一种方式来延续他的讽刺创作。此外，还有诸多以儿童生活为题材的长中短篇小说，如《搬家后》(1930)、《蜜蜂》(1932)、《奇遇》(1934)、《大来喜全传》(1936)、《奇怪的地方》(1936)、《把爸爸组织起来》(1939)……即使在儿童文学天真的想象中，张天翼也不忘对黑暗现实进行鞭挞。他的儿童创作与他的讽刺小说一样，充满幽默、讽刺和机趣。

张天翼作为鲁迅的学生，受鲁迅影响很大，鲁迅对斯威夫特的讽刺十分推崇。而同为鲁迅学生的韦丛芜翻译了《格里佛游记》(卷一、卷二)，该译本被编入鲁迅主编的《未名丛刊》中，并于1929年出版。从这个角度看，张天翼应该是阅读过的。

张天翼的《鬼土日记》于1931年在上海正午书局出版，"早于老舍《猫城记》两年，不是在左翼文坛之外，而在左翼文坛之内，显示一种怪诞的嘲讽色彩"①。清代的鬼怪寓言小说风靡一时，往往以阴间光怪陆离的事情影射现实，张天翼受此传统的影响，将主人公韩士谦的游历地定在鬼域，并将其在鬼域经历的种种呈现出来。在《鬼土日记》开头的献辞中，作者表明要将这些杂感献给"我们聪明、机警装满着权威与金银的如今的社会主人，我们勤谨、热心红着眼睛的社会主人的忠臣，我们和平、同情又生活得怪安静的太太、先生，以及一群住在高层闲情逸致的爷们"②，这已经昭示小说的嘲讽和怪诞色彩。

在嘲讽和怪诞这一点上，《鬼土日记》与《格列佛游记》之间似乎能找到某种精神联系，二者都给小说穿上了一层奇幻色彩的外衣，在游记寓言体的外衣下面是对现实的种种讽刺。《鬼土日记》中的人物无一是鬼，都具有人的相貌、礼仪、思想和行为等，除了将他们身处之地假

---

① 杨义：《中国现代小说史》第2卷，北京：人民文学出版社2001年版，第347页。
② 《张天翼论创作》，上海：上海文艺出版社1982年版，第13页。

以"鬼土"的名号之外,读者并不能看出这与阳世社会有什么区别。作品问世之后,瞿秋白、冯乃超等人纷纷在《北斗》上撰文批评此书。瞿秋白的《画狗罢》(1931)一文认为画鬼不如画狗,冯乃超在《新人张天翼的作品》(1931)一文中指责此书完全成了资本主义的缩略图,没有将矛头对准当下。实际上,张天翼的写作完全基于当下的真实,他一再强调"文艺作品是非深探进复杂的现实社会不可的"①。从基于现实世界这一点来看,张天翼的讽刺几乎都是着眼于现实生活中那些形形色色的畸形病态人物,他们大多数是一些虚伪灰色的知识分子和猥琐鄙陋的小市民如《呈报》中一个"凭颗良心做事"的勘灾委员彭鹤年、《善举》中向他人吹嘘自己"人道"的柴先生、《春风》中宣称使儿童不论贵贱都要受到"春风"般教育的老师们……苏联汉学家 H. 费德林在《张天翼中短篇小说选》俄文版前言(1972)中写道,张天翼"写的是鬼魂的阴间世界,而讽刺的却是现实世界、国民党社会的反人民思想体系、腐朽的儒家伦理道德观和自私自利的自满心理"②,在《格列佛游记》中"离奇幻想的东西不比张天翼的《鬼土日记》中少",这不影响这些"讥讽寓言的现实性"。最后费德林用一句成语来形容这种技法"指桑骂槐,借题发挥"。《格列佛游记》用睿智的文字叙述了一个以当时英国社会真实生活为基础的神奇世界,趣味性与现实性的融合让它成为一部促人深思、发人深省的作品。如果说莎士比亚是人性的一面镜子,那么斯威夫特便是一面哈哈镜。在《格列佛游记》中,慧骃国中对人性的映照虽扭曲却显微,斯威夫特声明自己的写作宗旨是直击现实的痛处而非取悦世人。

和具有使命感的斯威夫特一样,张天翼将讽刺的笔触深入到政治领域,抨击时政,直指当时尖锐的现实问题。《鬼土日记》直接因其强烈

---

① 《张天翼论创作》,上海:上海文艺出版社1982年版,第113页。
② 〔俄〕费德林:《费德林集》,赵永穆等译,天津:天津人民出版社1995年版,第311页。

的现实讽刺性而被国民党当局1935年以"普罗文艺"的罪名查禁。他的其他小说也充斥着对现实政治的讽刺:《保镖》以"四一二"事件为背景,嘲讽那些假革命的反动派,《旅途中》揭露了官场腐败和官僚阶层对人民的欺压,《华威先生》讽刺了抗战背景下一个空谈误国的国民党官僚形象。而斯威夫特的创作与政治的关系也一向密切,许多小册子直接是因政治而作。奥威尔在《政治与文学:关于〈格列佛游记〉的探讨》(*Politics vs. Literature*: *An Examination of Gulliver's Travels*, 1946)一文中直接将政治与斯威夫特的文学创作衔接起来。奥威尔注意到斯威夫特的政治立场十分保守,甚至有时候还丢掉了他所擅长的讽刺,在作品中发表政治见解,特别是对极权主义的否定,与当时的英国政治状况密切相关,1714年辉格党上台之后,说服乔治一世将托利党人全部驱逐,辉格党逐渐形成了寡头政治,垄断公共生活。尽管奥威尔在政治和道德上对斯威夫特并无好感,但这并不影响他对《格列佛游记》的高度评价,认为一本观念不当的书不代表它就不是一本好书。

《鬼土日记》在很多情节和隐喻上都带有《格列佛游记》明显的痕迹,甚至还有不少直接搬照之处。在《鬼土日记》中描述了"阳世拉国"吃人肉的现状:"初生之婴儿,为菜中之上品,即亲生之子女,亦必烹而食之,否则以犯法论。"① 这段吃人肉的表述总让人想起斯威夫特《一个小小的建议》中吃婴儿的情形。二者在叙述策略上也有相类之处,在小说的献辞之后,是关于《鬼土日记》的一封信,信的内容是韩士谦在鬼土那里住了几日,"将所见的记了些下来","这所记没有一点夸张,过火"和"不忠实的地方"。这些肯定的措辞就如同《格列佛游记》中致读者的信,"全书叙事忠实可靠","作者一向以忠实出名"。两部小说都在努力拉近作者与读者之间的关系,但正是这样的信又让读者开始斟酌叙述的可靠性。两部小说在一些细节隐喻和讽刺上也很相似,《格列

---

① 张天翼:《鬼土日记 包氏父子》,北京:中国华侨出版社2000年版,第42页。

佛游记》中的争乱源于一些日常的无聊，根据鞋跟的高低分为"高跟党"和"低跟党"，因为鸡蛋从哪端吃而引起两国的战争，而在《鬼土日记》中因为出恭的姿势而分为"蹲社"和"坐社"。《格列佛游记》中有毫无作为的科学家，专注于从黄瓜中提取阳光，将粪便还原为食物……《鬼土日记》中有颓废文人司马吸毒，以神经衰弱为毕生追求，还有奇特诗人黑灵灵，张口就是让人不知所云的象征……重返祖国的格列佛对慧骃国有着美好向往，对人性的丑恶甚至人的形体厌恶许久，重返人间的韩士谦也同样因为带惯了鼻套而对人们裸露着的鼻子感到滑稽。

斯威夫特式的讽刺手法已经深入张天翼的文学个性，成为他文学格调的一部分，但他的讽刺中又有不属于斯威夫特的成分。张天翼的讽刺瞄准的是 30 年代中国最黑暗的时期，对各种丑恶的愤恨都藏在他的笔端。《鬼土日记》中的韩士谦始终以局外人的身份，以冷峻的眼光观察一切，这种毫不介入的态度让作者在讽刺者与讽刺对象之间保持一定的距离，比斯威夫特更加冷峻与客观，也许这也是张天翼与斯威夫特之间的区别。

此外，受斯威夫特影响的作家还有徐訏和张恨水等。徐訏的《荒谬的英法海峡》和张恨水的《八十一梦》均以梦境的形式和讽刺的笔法记述见闻，表达对现实的不满，这些都可以与《格列佛游记》进行探讨。

林语堂和徐訏是一生挚友，徐訏曾在林语堂创办的杂志中担任编辑，林语堂对其有较高评价。徐訏少时博览群书，多涉猎林译小说，对林译小说情有独钟，想必应该也是读过《海外轩渠录》的。徐訏发表于 1939 年的小说《荒谬的英法海峡》与《格列佛游记》有诸多的相似性，甚至可以找到某种精神关联。全篇以梦境展开，写"我"来到一个如同理想国的孤岛，在这个乌托邦世界里充满平等和自由，充满人性美和爱情美。在现实和梦境的对照中，表达了对现代文明的批判和不满。

张恨水是现代著名的鸳鸯蝴蝶派作家，他的《啼笑因缘》创造了现代出版史上的奇迹，连左翼作家都在研究他的小说如此吸引人的动因。抗战之后，张恨水创作了许多非鸳鸯蝴蝶派的中长篇小说，如《热血之花》《八十一梦》《虎贲万岁》《纸醉金迷》《五子登科》等，其中《八十一梦》就受到《格列佛游记》的影响。张恨水在《我的创作和生活》中提及自己非常喜欢林译小说，曾阅读过大量的林译小说。《海外轩渠录》是林译小说的经典篇目之一，张恨水应该是阅读过的。他在1921年2月12日的《申报》上撰文品评林译小说的语言和风格："林琴南一代词宗，语有来历，似杜少陵，因其心怀故主，寄托遥深，则似吴梅村。"在《写作生涯回忆》中，他说通过林译小说"知道了许多的描写手法"，而像《海外轩渠录》之类的作品无疑拓展了他的想象力。《八十一梦》最早刊于1939—1941年的重庆《新民报》副刊，小说采用"寓言十九托之于梦"的手法，进行梦境叙事。小说梦境中的时空、人物和神魔是非常自由的，既可以回到20年之前，又可以到天堂神游，到打鬼的钟馗帐下，还可以变成神通广大的孙悟空，而那些吃尽老百姓血汗的妖怪则象征着发国难财的贪官污吏。小说的第十梦《狗头国一瞥》等都令人想到《格列佛游记》，而且在表现技巧上，《八十一梦》再也不是《春明外史》《金粉世家》《啼笑因缘》式旧小说格调的言情，而是大量使用了讽刺与夸张手法。在幻境游历的梦中，以《天堂之游》和《忠实分子》最为讽刺，恶人在天堂里作威作福，善良之辈却遭冷落，忠实村里全是坑蒙拐骗之徒。作者以寓言的形式对抗战时期重庆陪都乌烟瘴气的政治环境进行了抨击，并对那些不积极抗战的人进行了无情的讽刺，以此警醒国民。

第八节　斯威夫特与中国当代讽刺诗

斯威夫特与中国现代文学之间的关系多数在影响研究的视域下进行

的，着眼于有事实联系的作家作品之间的比较。在当代文学领域，斯威夫特与当代作家作品之间的影响经过了创造性转化已经变得无迹可寻，更多地是呈现出无任何"影响"与"被影响"的关系。平行研究是在没有任何事实联系的前提下着眼于"相似""相类"和"相异"等文学现象，对具有内在精神关联的作家作品之间进行比较，这无疑拓宽了比较文学的疆界。学界在这一方面已有不少的相关研究案例，像《镜花缘》与《格列佛游记》、《列子》与《格列佛游记》、《西游记》与《格列佛游记》、《山海经》与《格列佛游记》等，但在当代文学领域尚未发现平行研究的成果。这里将在斯威夫特与中国当代讽刺诗之间寻找内在精神关联，做真正审美意义上的研究和比较。

中国当代讽刺诗的时间界限是一个值得争议的话题。当代讽刺诗的生成伴随着当代文学史的写作过程，它与当代文学史的分期问题紧密关联，对其时间起源的重新界定无疑是对历史本质的重新确认。不同的文学史家有不同的文学和文化理想表达，而这些不同的叙述和表达自觉地参与了文学史分期的建构。当代文学史的真正写作来自中华人民共和国成立十周年的政治契机，邵荃麟的《文学十年历程》(1959)、华中师范大学中文系编著的《中国当代文学史稿》(1962)、中国社科院文学研究所编写的《十年来的新中国文学》(1963)都是这一时期的文学史论著。从传统的文学史分期来看，当代文学史的时间界限指的是 1949 年以来一直延续到当下的这段时期。随着 80 年代"重写文学史"大潮的到来，一批学者围绕中国当代文学史的分期问题展开了自己的看法。钱理群等人的"20 世纪中国文学"概念试图直接打通中国近、现、当代的文学史。陈思和的"中国新文学整体观"意在消解中国现当代文学的学科界限；高旭东在《近代、现代与当代文学的历史分期须重新划定》(2012)一文中将 1894 年至 1978 年统称为中国文学的现代阶段，"伤痕文学"出现的 1978 年中国文学才开始进入当代；洪子诚在《问题与方法——中国当代文学史研究讲稿》(2010)一书中将当代文学的生成延伸至四十年代后期,认为"至少应该从 1945 年,就是抗战结束开始"①;旷新年《写在当代文学边上》(2005)一书中表明毛泽东在延安文艺座谈会上的讲话是当代文学发生的标志。任何文学史的分期都是批评家们想象中的秩序重建。当代讽刺诗的生成也伴随着这些文学史的秩序建构过程。

20 世纪的中国讽刺诗出现过两次创作高峰,即 40 年代和 80 年代。无论按照哪种文学史的分期,80 年代的讽刺诗都是属于当代讽刺诗的范畴,但 80 年代讽刺诗的精神渊源恐怕要上溯到 40 年代。40 年代在茅盾等人的推动下,包括诗歌在内的讽刺文学在国统区遍地开花。臧克家形容这一时期的讽刺诗盛况是"讽刺诗成为新诗的主流","如果他真是一个诗人,就一定会写讽刺诗"。② 40 年代的讽刺诗容纳了更多的革命和政治诉求,火药味浓重,这一时期的讽刺诗多为"政治讽刺诗",如袁水拍的《马凡陀山歌》、臧克家的《宝贝儿》等,充满革命政治诉求的讽刺诗在一定程度上承担了社会批评效用。由于时代背景和政治制度发生变化,加之对《在延安文艺座谈会上的讲话》中讽刺观的粗略认识,中华人民共和国成立初期的讽刺诗延续了 40 年代的政治性特征,这一过渡时期的讽刺诗内容多为国际题材,讽刺对象指向帝国主义和资本主义,代表性的诗人有刘征、池北偶、易和元等,其他题材的讽刺诗多因不合时宜而遭到限制,因讽刺诗写作而招来横祸的诗人不在少数。诗人臧克家认为讽刺诗的写作目的是要揭露一些不平事件,以便改善,最终是为了更好地维护政治制度。③ 尽管臧克家为讽刺诗的创作极力辩护,但由于政治语境的原因,响应者较少,1949 年后讽刺诗无法舒展的局面一直到 80 年代才被打破。作为 80 年代启蒙作家的重要一支,讽刺诗人

---

① 洪子诚:《问题与方法——中国当代文学史研究讲稿》,北京:北京大学出版社 2010 年版,第 128 页。
② 臧克家:《学诗断想》,成都:四川人民出版社 1979 年版,第 94 页。
③ 参见臧克家:《学诗断想》,成都:四川人民出版社 1979 年版,第 93—94 页。

的出现就如同理性之光的照耀,讽刺诗在百余年来出现两次创作高峰无疑也说明了讽刺诗具有某种相对独立的品格,同时这也是中国文学自身在经历了高度一元化之后的必然变革。

斯威夫特与当代讽刺诗人的创作是世界讽刺诗的重要组成部分。他们的创作来自在现实中仍然存续的传统,他们用真实的诗意让世界对英国和中国有了更多的了解。从平行研究的角度来审视中国当代讽刺诗与斯威夫特的关系,我们会发现并不是所有的文学风格和现象都因为"影响"而发生,有些间接影响在经历了创造性转化之后根本无迹可寻,但在不同文化语境下依然有某些契合的世界性因素发生,而将两者联系起来进行平行对照的重要原因在于他们在讽刺上拥有诸多类似的美学风格。诗歌创作并不能完全展现斯威夫特的才华,但他那强有力的讽刺和机智却使他的诗成了战斗武器,维护着个体和民族的尊严。斯威夫特早年担任恩主坦普尔爵士的秘书,寄居在摩尔庄园,这一时期为应制而作的颂诗遮蔽了他日后作为讽刺诗人的光彩,但此时的他也清楚地意识到了人类的虚伪和罪恶,在《雅典颂》以及给康格里夫(William Congreve)的颂诗中都有所表现,这些可谓是他以后进行讽刺创作的铺垫,而他后期在讽刺上表现出的各种才能都让他足以摘得18世纪讽刺文学的桂冠。

讽刺诗在一定意义上彰显出启蒙精神,从这一点上来看,斯威夫特与中国当代的讽刺诗在精神使命上是相通的,讽刺诗几乎与社会史、风俗史紧密联系在一起。中国80年代讽刺诗创作最初是以讽刺"四人帮"拉开的序幕,诗人将讽刺以修辞的方式不断融入批判现实的诗歌创作中,随着政治环境的松动以及第四次文代会的召开,80年代迎来了讽刺诗创作的高峰,同时诗歌的文体意识得到了加强,讽刺对象多集中于"四化"建设中的"消极因素"。斯威夫特的大多数讽刺诗都因政治事件而起。斯威夫特作为英国启蒙文学的代表,在这一点上彰显出他的激进民主派特征。他的诗歌中充满了对时政的辛辣讽刺,也不乏对曾经怠慢过他的名人进行攻击。斯威夫特在《天机泄露》(The Discovery, 1699)一诗中嘲笑伯克利勋爵(Lord Berkeley)的愚蠢，不满他选择布希(Arthur Bushe)作为秘书，并憎恨布希阻碍自己成为伦敦德里郡教区教长。《范布勒的屋子》(Vanbrugh's House, 1708)一诗讽刺了范布勒作为设计师在建筑设计上的夸张，并对他妄想成为剧作家嗤之以鼻。《伍德，一只昆虫》(Wood, an Insect, 1735)一诗用一只寄生虫来比喻爱尔兰的钱币铸造奸商伍德，诗中的这只虫最后掉进了制作钱币的铜水里，一命呜呼。

在诗歌观念上，斯威夫特和中国80年代以来的讽刺诗都注重人类劣根性的发掘，将讽刺矛头指向世态和性灵。刘征后期的讽刺诗，特别是90年代以来的讽刺诗创作突破了以往寓言诗的写作，将矛头指向了人性的深处，展现人性的弱点，《最后的香肠》(1994)是这一时期代表性的探索成果。斯威夫特涉及人性和社会风俗的讽刺诗影响面通常更大一些。《世界末日》(On the Day of Judgement)对人类进行了最无情的讽刺："令人厌恶的人，/对人性、理智、学问一无所知。"脆弱、高傲的人类在斯威夫特的笔下成了"傻瓜"和"白痴"。斯威夫特诗中最有感染力的要数《咏斯威夫特教长之死》这首诗。他以讽刺性的幽默来想象身死之后人们的反应，其中饱含了对人性嫉妒和傲慢的拷问，他的好友像"可怜的蒲伯将会忧伤一个月，/盖伊一周，/阿巴斯特则是一天"，而有的人则早已"盼望他失去桂冠"，"下地狱"。

罗马讽刺体是偏重抒情的讽刺方式，在巴赫金看来，将讽刺归于抒情是司空见惯的。① 从这一点来看，诗歌与讽刺有着天然的联系。罗马讽刺体既继承了古希腊讽刺的某些传统，又开创了自己的风格，主要分为贺拉斯式讽刺(Horatiansatire)和朱文那尔式讽刺(Juvenaliansatire)，二者通常都是以第一人称表达讽刺话语，效果直接，区别在于前者以机

---

① 参见《巴赫金全集》第4卷，白春仁等译，石家庄：河北教育出版社1998年版，第22页。

智诙谐、轻松随便的话语对待人类的愚蠢、自负等缺陷,引起读者的哄堂大笑,后者则以严肃的道德家口吻抨击人类的弱点,煽动读者的道德愤怒。

斯威夫特的身上主要充斥着罗马讽刺体的印记,其实这并不难想到。罗马讽刺体曾在新古典主义时代受到青睐,被人不断地模仿创作,斯威夫特的古典主义趣味让他能够接近罗马讽刺体,所以在他的一些短诗里混合着贺拉斯式讽刺和朱文那尔式讽刺,《格列佛游记》主要以朱文那尔式讽刺笔调行文,充满理智和严肃的讽刺,同时又对这两种讽刺不乏思考。在《乞丐的歌剧》(The Beggar's Opera,1728)一文中,他认为幽默"是讽刺最关键的要素……它嘲笑人类的愚蠢和弱点,而不是鞭打它们;相比于朱文那尔式讽刺来说,贺拉斯式讽刺更具这种特点"①。斯威夫特对讽刺刊物的参与,在某种程度上也是在践行着贺拉斯式的讽刺理想。斯威夫特在经历了政治转向之后,参与了托利党刊物《考察报》,以《考察报》为首的一批18世纪讽刺刊物像《闲话报》(The Tattler)、《英国人》(The Englishman)都对英国现代讽刺创作史的建构和发展起了积极的推动作用。在巴赫金看来,这些刊物巩固了短小精悍的讽刺文章体裁,这种讽刺形式描绘和嘲笑了现实,滑稽地模仿,亦庄亦谐,甚至在某种程度上是对贺拉斯讽刺的复现,这种影响一直到今天还存在。②

罗马讽刺体在中国得到了更多的关注。当代的讽刺诗与罗马讽刺体有相似的美学品格,既有将轻松诙谐寓于怒骂之中,以喜剧形式表现悲剧内容的讽刺;又有态度严肃,对社会人生百态进行疗救的讽刺。

---

① "It is certainly the best Ingredient towards that Kind of Satyr, which is most useful, and gives the least Offence; which, instead of lashing, laughs Men out of their Follies, and Vices; and is the Character that gives *Horace* the Preference to *Juvenal*." Jonathan Swift, "The Intelligence: Number Ⅲ," in *The Prose Writings of Jonathan Swift*, ed. Herbert Davis, 16 vols. Oxford: Basil Blackwell, 1939—1974, 12: 33.

② 参见〔苏〕巴赫金:《文本、对话与人文》,《巴赫金全集》,白春仁等译,石家庄:河北教育出版社1998年版,第39页。

新时期"婉而托讽"的寓言式讽刺正符合了贺拉斯式讽刺美学风格,现实被揉碎在寓言中,让人慢慢去玩味。石河对罗马讽刺体的运用在当代讽刺诗中算是成功的范例,贺拉斯式的讽刺多在他国际题材的讽刺诗中出现,《竞选台上看拳击》《新福音书》《风流股票》等诗多以国际时事为依托,展现其闹剧的一面,以此讽刺人类的空虚和西方文化的堕落。石河最为人称道的是他对朱文那尔式讽刺的运用,这一类的讽刺诗多将笔触转向国内社会,讽刺对象集中于政界、商界和文化界等现象,《冷处理》《救命的毒药》等诗作的整体美学风格是温和从容,劝谏多于批判。梁谢成在讽刺诗的创作理念上也是多选择疗救的"手术刀",而非"刺刀",这与严肃道德家式的朱文那尔式讽刺是一致的。

戏仿是讽刺的重要形式之一,在斯威夫特与中国 80 年代讽刺诗中经常出现对戏仿的运用。戏仿不是简单的模仿,而是以扭曲变形的模仿方式嘲讽讽刺对象。80 年代讽刺诗中常见的戏仿对象是传统文学、民间歌谣、流行歌词等,既有形式上的戏仿,也有内容上的戏仿。在形式戏仿上,郭立河戏仿流行歌词《迟到》作同名诗歌来讽刺当代的陈世美:"你到我身边/带着微笑/乐得我不知说啥好/我的心中虽然有了她/哦,她,没你个高/她丑陋又土气/她温柔欠大方""总会有一天/我把她甩掉/与你恩爱白头偕老/弃'旧'图'新'人之常情/哦,我说声抱歉"。易和元的《才不在高——仿〈陋室铭〉》:"才不在高,有官则名;/学不在深,有权则灵。/这个衙门,唯我独尊……"该诗从形式上套用了刘禹锡的《陋室铭》,但在内容上进行了彻底的颠覆。"铭"作为一种高雅的文体,却用来展现污秽的官场内容,这种崇高和滑稽的杂糅本身已经充满了讽刺。在内容的戏仿上,余薇野的《阿 Q 献给吴妈的情诗》戏仿了《阿 Q 正传》中恋爱的悲剧,诗中阿 Q 花二十块钱请现代诗人代笔给吴妈写情诗,将原来的悲剧喜剧化,让人忍俊不禁。斯威夫特的《书的战争》戏仿英雄体史诗,叙事诗《卡德努斯和范妮萨》戏仿古希腊神话,《扫帚把上的思考》戏仿波义耳的《沉思录》,《风雅的谈话》也是一篇绝佳的戏仿文,将那些喜欢捏造虚无的批评家们荒诞化。

斯威夫特和当代讽刺诗都注重对民间狂欢化话语的吸收,这也让其用词不避粗鄙和通俗。陈显荣的诗集《辣椒歌》(1988)以新旧交替时期的农村生活为题材,抨击农村中的落后现象。《耕地谣》讽刺了拖拉机站"耕地好坏看酒菜",汲取鲜活的民间口语入诗,用词十分通俗,"没有酒,耕得丑。/没有肉,耕不透。/没香烟,沟是沟来山是山"。诗尾以"咱攒钱自己买铁牛,让他回家去耕炕头"结束,"耕炕头"一词就带有民间性和粗鄙性。斯威夫特的粗鄙性在其讽刺诗中也很常见,《军团俱乐部》(*A Character, Panegyric, and Description of the Legion Club*, 1736) 强烈讽刺了爱尔兰议会的愚蠢和虚伪,经常出现丑恶、粪便等词汇,充满粗鄙的言辞,但又裹挟着一种狂欢式的愤怒。《美女的养成》(*The Progress of Beauty*, 1719)、《女神要入眠》(*A Beautiful Young Nymph Going to Bed*, 1731) 等诗作也都与污秽联系在一起。

80年代的讽刺诗看似是讽刺在特定历史阶段中的选择和突围,但却在战斗性和审美性上表现不足。它的题材内容渐渐进入了生活日常,表现出与政治的相对远离,因而在战斗性上被削弱了。讽刺诗与政治的密切结合是中国"文以载道"传统的应有之义,含有讽刺诗的《诗经》本身就是礼乐文化的组成部分,而80年代以来思想解放和时代多元化赋予了讽刺诗新的内容,这一时期的讽刺诗渐渐进入了日常,容纳了更多的幽默和娱乐因素,涌现出不少"寓言讽刺诗"和"幽默讽刺诗",形成了与40年代在社会批判、美学理想等层面不同的讽刺面貌。当代的讽刺诗创作还远没有达到40年代国统区讽刺诗的写作高度,不能深刻有力地写出配合当下政治现实发展的优秀政治讽刺诗。政治讽刺诗是一种与政治现实同步的艺术创作,以文学介入政治是极为敏感的事件,作家和批评家们只好望而却步。这如同鲁迅在《漫谈

"漫画"》中借漫画来谈及"讽刺",漫画因为"真实""有力","暴露""讥刺",甚至是"攻击"的,所以"在中国难以生存"。① 在审美性上,当代讽刺诗时常被人诟病缺乏诗艺,艺术性和审美要素不足,讽刺诗常与打油诗、顺口溜等民间曲艺相邻,出现了直白化、口语化和通俗化的倾向。这也导致了当代讽刺诗在创作与理论上呈现出一种不平衡的状态,其理论研究远远少于创作。由于讽刺诗的常用表现方式是独白和戏拟,这带来了诗歌通俗性的加强和音乐性的降低,因此批评家们觉得讽刺诗"可评性"太少,就像尼采所说"敏锐而明快的作家不幸的是,人们以他们为肤浅,因此不在他们身上下苦功"②。

讽刺诗人大多是悲观的,因为讽刺创作主要源于作者理想和社会现实的冲突,作者常常从理想的高度俯瞰现实,这就不免要走向悲观主义。相比于诗人的悲观,中国当代讽刺诗面临的局面更让人悲观。虽然讽刺诗在 80 年代出现一次高峰,但基本上是昙花一现,90 年代之后的消费主义将讽刺精神解构殆尽,甚至连诗人是否具有批评和讽刺的权利也受到了质疑。这一时期的讽刺诗创作在数量和质量上日渐萧条,讽刺诗的批评更是处于边缘化状态,讽刺精神只能散见于一些短小的讽刺诗文,甚至只能在某些作品中寻找讽刺因素。即使当下讽刺诗的创作和研究面临窘状,但讽刺在任何社会和政治语境中都是需要的。席勒认为"不完满的现实和作为最高现实的理想总是对立的"③。因此,只要人们还心怀理想,讽刺就不应当凋零。

---

① 《鲁迅全集》第 6 卷,北京:人民文学出版社 2005 年版,第 242 页。
② 〔德〕尼采:《悲剧的诞生》,周国平译,北京:生活·读书·新知三联书店 1986 年版,第 192 页。
③ 〔德〕席勒:《论素朴的诗与感伤的诗》,见《秀美与尊严》,张玉能译,北京:文化艺术出版社 1996 年版,第 290 页。

结　语

随着全球多元文化时代的到来，不同民族的人们试图通过平等对话来寻求文化的共识。在民族性和世界性共促共建的大背景下，作家作品成为中外沟通的桥梁，这让斯威夫特的接受研究具有现实意义。

本书具有较强的和较新的文献学价值，梳理和概括斯威夫特在中国的传播、研究和影响的状况。按照解释学与接受美学的观点，文本的审美价值是在不断地阅读与接受中实现的，斯威夫特的作品特别是《格列佛游记》跨文化旅行来到中国后，由于民族文化心理的不同而在解释上产生了新的观点，而这背后承载的是读者期待视野和不同文化之间的碰撞融合。马克思在《〈政治经济学批判〉导言》中强调整体性研究，作家作品的存在史也就是与一般社会的相关史。本书运用整体性方法将百余年来的斯威夫特接受研究纳入史的体系之下，使我们在一个再现的社会结构中更好地认识作家作品，也让作家的传播路径和接受方式成为带有逻辑性的历史演进。

斯威夫特在中国的接受某种程度上可以看成是同类作家作品在中国接受命运的缩影。外国作家作品想要在他国成为经典，那就必须具有丰富的人文精神和艺术内涵，具备能超越时空的可读性，同时能够带来无限的阐释空间，并向未来无限延伸。在《影响的焦虑》（*The Anxiety of Influence: A Theory of Poetry*，1973）一书中，布鲁姆（Harold Bloom）提出了"影响即误读"的理论,认为英国浪漫主义诗歌史上的诗人们受到了前辈们的影响,严格意义上来说,这种影响并不是对传统的继承,而是误读、改造和修正。中国文学接受斯威夫特的影响与其说是中国作家学习、模仿和继承的历史,不如说是创造性的误读、改造和修正的历史。在中国独特的文化语境下,经历了种种形式的跨文化重构之后,斯威夫特最终获得了读者大众的历时性接受,无论是学者、批评家,还是普通读者都能从其中找到自己的阅读元素。对他作品的阐释是一个历史过程,优秀的作品你无论怎样探测它,都难以探测到底。因此,要整理出一部完整的斯威夫特研究史和接受史是一件有难度的事情,即使斯威夫特的研究和接受取得了丰硕的成果,我们也不可能对每个细枝末节都了如指掌。

在时代的变迁中,斯威夫特及其作品历经波折,经受了时间的考验,最终完成了经典化的过程。斯威夫特汉译作品对中国文学产生了重大影响,这也引发我们思考这些汉译作品能否进入中国文学史的范畴。譬如林纾与魏易在1906年合译的《海外轩渠录》能否进入中国文学史的书写呢?我们知道林译小说对现代作家认识外国文学产生了不可估量的影响,如果梁启超是从理论上对小说进行提倡的话,那么林纾在翻译实践领域成功地做到了。再如,王佐良对斯威夫特散文名篇的翻译,《一个小小的建议》和《扫帚把上的沉思》在措辞、节奏和风格方面都堪称经典,甚至可以与斯威夫特的原文相媲美,通过这些译文当下读者了解这位18世纪作家的讽刺文风。像这样的译本该不该写入中国文学史是值得我们思考的,但已经有一批学者将他们载入中国翻译文学史中了。

在作品被经典化的同时,我们还要看到关于经典的阐释空间和研究前景。如果将中国的斯威夫特研究置于世界文学研究的大背景下,放到中外文学关系史的进程中,我们会发现它的局限。译本多样化的不足、传记译本的缺失、事实考据材料的匮乏是造成这种研究困境的重要因素，也是在未来研究中要着手解决的问题。在全球化的视野下，中国的斯威夫特研究已经成为世界斯威夫特研究体系的重要组成部分，不断建构完善的研究体系将成为我们努力的方向。最后套用本·琼生（Ben Jonson）献给莎翁的一句话来评价斯威夫特，他"不是属于一个时代，而是属于所有的世纪"。在莎学已经成为一门显学的今天，"斯学"时代的来临也指日可待。

参考文献

研究专著类：

〔英〕约瑟夫·阿狄生等：《伦敦的叫卖声》，刘炳善译，北京：生活·读书·新知三联书店1997年版。

曹波：《人性的推求：18世纪英国小说研究》，北京：光明日报出版社2009年版。

丁芸：《英美文学研究新视野》，杭州：浙江大学出版社2005年版。

段汉武：《百年流变：中国视野下的英国文学史书写》，北京：海洋出版社2009年版。

方开瑞：《语境、规约、形式——晚清至20世纪30年代英语小说汉译研究》，北京：北京大学出版社2012年版。

高旭东：《鲁迅与英国文学》，西安：陕西人民教育出版社1996年版。

黄梅：《推敲"自我"：小说在18世纪的英国》，北京：生活·读书·新知三联书店2003年版。

〔美〕克劳德·罗森：《上帝、格列佛与种族灭绝——野蛮与欧洲想象1492—1945》，王松林等译，上海：上海外语教育出版社2013年版。

李赋宁：《蜜与蜡：西方文学阅读心得》，北京：北京大学出版社

1995年版。

茅盾：《汉译西洋文学名著》，上海：亚西亚书局1935年版。

彭镜禧主编：《解读西洋经典》，台北：联经出版公司2002年版。

〔美〕萨义德：《世界·文本·批评家》，李自修译，北京：生活·读书·新知三联书店2009年版。

谢天振：《海上译谭》，上海：复旦大学出版社2013年版。

谢天振：《译介学》，上海：上海外语教育出版社1999年版。

徐晓东：《伊卡洛斯之翼——英国十八世纪文学伪作研究》，北京：北京大学出版社2014年版。

杨晓丽：《从圣乔治到〈尤利西斯〉：从英国历史到英国文学》，北京：中国社会科学出版社2012年版。

周红民：《翻译的功能视角——从翻译功能到功能翻译》，北京：科学出版社2013年版。

外国文学史著作：

〔德〕F. 合尔麦：《英国文学史》，林惠元译，上海：北新书局1930年版。

〔美〕W. A. 尼尔逊、A. H. 桑大克：《英国文学史》，吴徇译，台北：中正书局印行1968年版。

〔美〕安妮特·T. 鲁宾斯坦：《英国文学的伟大传统：从莎士比亚到奥斯丁》，陈安全等译，上海：上海译文出版社1998年版。

〔美〕莫逖、勒樊脱：《英国文学史》，柳无忌、曹鸿昭译，上海：商务印书馆1947年版。

〔苏〕阿尔泰莫诺夫、格腊日丹斯卡雅等：《十八世纪外国文学史》（上、下），上海：上海文艺出版社1958—1959年版。

〔苏〕阿尼克斯特：《英国文学史纲》，戴镏龄等译，北京：人民文学出版社1959年版。

〔英〕安德鲁·桑德斯：《牛津简明英国文学史》，谷启楠等译，北京：人民文学出版社 2000 年版。

〔英〕约翰·里凯蒂主编：《哥伦比亚英国小说史》，北京：外语教学与研究出版社 2005 年版。

曾虚白：《英国文学 ABC》，上海：ABC 丛书社 1928 年版。

常耀信主编：《英国文学通史》，天津：南开大学出版社 2013 年版。

陈惇、何乃英主编：《外国文学史纲要》，北京：北京师范大学出版社 1995 年版。

陈惇主编：《西方文学史》，成都：四川人民出版社 2003 年版。

陈建华主编：《外国文学史新编》，北京：高等教育出版社 2013 年版。

陈恕：《爱尔兰文学》，北京：外语教学与研究出版社 2000 年版。

陈新：《英国散文史》，南京：南京师范大学出版社 2008 年版。

陈玉刚主编：《中国翻译文学史稿》，北京：中国对外翻译出版公司 1989 年版。

刁克利主编：《英国文学简明教程》，北京：中国人民大学出版社 2013 年版。

刁瑞珍主编：《外国文学史》，西安：西安出版社 2010 年版。

范传新、钱奇佳主编：《外国文学史》，合肥：安徽大学出版社 2004 年版。

范存忠：《英国文学史提纲》，成都：四川人民出版社 1983 年版。

方汉泉：《英诗论集》，广州：花城出版社 2002 年版。

方华文：《20 世纪中国翻译史》，西安：西北大学出版社 2005 年版。

傅德岷：《外国散文流变史》，重庆：重庆出版社 2008 年版。

高华丽编著：《中外翻译简史》，杭州：浙江大学出版社 2009 年版。

高继海编著：《简明英国文学史》，开封：河南大学出版社 2006 年版。

高继海编著：《英国小说史》，开封：河南大学出版社 2000 年版。

葛桂录：《中英文学关系编年史》，上海：上海三联书店 2004 年版。

耿波主编：《西方文学史简明教程》，北京：中国传媒大学出版社 2014 年版。

郭延礼：《中国近代翻译文学概论》，武汉：湖北教育出版社 1998 年版。

韩捷进主编：《外国文学史新编》，海口：海南出版社 1998 年版。

韩濑洁等主编：《外国文学史简明教程》，广州：广东高等教育出版社 1988 年版。

侯维瑞、李维屏：《英国小说史》，南京：译林出版社 2005 年版。

侯维瑞主编：《英国文学通史 插图本》，上海：上海外语教育出版社 1999 年版。

黄怀军、詹志和主编：《外国文学史》，长沙：湖南师范大学出版社 2015 年版。

黄源主编：《外国文学史教程》，杭州：浙江文艺出版社 1987 年版。

蒋承勇等著：《英国小说发展史》，杭州：浙江大学出版社 2006 年版。

金东雷：《英国文学史纲》，上海：商务印书馆 1937 年版。

匡兴等主编：《外国文学史（讲义）》，北京：北京师范大学出版社 1986 年版。

匡兴主编：《外国文学史 西方卷》，北京：北京师范大学出版社 2010 年版。

雷石榆、陶德臻主编：《外国文学史教程》，杭州：浙江大学出版社 1986 年版。

李赋宁总主编：《欧洲文学史》，北京：商务印书馆 1999—2001 年版。

李伟昉编著：《外国文学史》，北京：光明日报出版社 2001 年版。

李增主编：《简明英国文学史》，长春：东北师范大学出版社 2007

年版。

梁实秋编著：《英国文学史》，台北：协志工业丛书出版股份有限公司 1985 年版。

刘炳范等编著：《外国文学史》，济南：山东大学出版社 2000 年版。

刘炳善编著：《英国文学简史》，上海：上海外语教育出版社 1981 年版。

刘舸主编：《新编外国文学史》，北京：教育科学出版社 2009 年版。

刘建军主编：《外国文学史》，北京：中国文联出版社 2006 年版。

刘小波编著：《外国文学史 欧美部分》，长春：吉林大学出版社 2009 年版。

刘意青、刘炅：《简明英国文学史》，北京：外语教学与研究出版社 2008 年版。

刘意青、刘阳阳编著：《插图本英国文学史》，北京：北京大学出版社 2011 年版。

刘意青主编：《英国 18 世纪文学史（增补版）》，北京：外语教学与研究出版社 2006 年版。

吕健忠、李奭学编译：《西方文学史》，杭州：浙江大学出版社 2013 年版。

马祖毅：《中国翻译简史》，北京：中国对外翻译出版公司 1984 年版。

毛信德、吴笛、蒋承勇主编：《外国文学简明教程》，杭州：浙江工商大学出版社 2009 年版。

孟昭毅、李载道主编：《中国翻译文学史》，北京：北京大学出版社 2005 年版。

孟昭毅主编：《外国文学史》，北京：北京大学出版社 2009 年版。

穆睿清、姚汝勤主编：《外国文学史》，北京：北京广播学院出版社 1986 年版。

聂珍钊主编:《外国文学史》,北京:高等教育出版社2015年版。

聂珍钊主编:《外国文学史》,武汉:华中科技大学出版社2004年版。

欧阳兰编译:《英国文学史》,北京:京师大学文科出版部1927年版。

任子峰、王立新主编:《弹拨缪斯的竖琴:欧美文学史传》,太原:山西教育出版社2011年版。

谭燧主编:《外国文学史教程(修订本)》,长沙:湖南师范大学出版社2003年版。

谭载喜主编:《西方翻译简史(增订版)》,北京:商务印书馆2004年版。

王佳英编著:《英国文学概论》,哈尔滨:黑龙江教育出版社2006年版。

王靖:《英国文学史》,上海:泰东图书局1927年版。

王立新主编:《外国文学史 西方卷》,北京:高等教育出版社2013年版。

王松林、朱卫红主编:《英国文学史》,武汉:华中师范大学出版社2010年版。

王忠祥、聂珍钊主编:《外国文学史》,武汉:华中理工大学出版社1999—2000年版。

王佐良:《英国散文的流变》,北京:商务印书馆1993年版。

王佐良:《英国诗史》,南京:译林出版社1997年版。

王佐良:《英国文学史》,北京:商务印书馆1996年版。

韦苇:《外国童话史》,南京:江苏少年儿童出版社1991年版。

吴格非:《1848—1949中英文学关系史》,徐州:中国矿业大学出版社2010年版。

夏茵英编著:《外国文学史》,广州:中山大学出版社2002年版。

项晓敏主编:《外国文学史教程》,北京:北京大学出版社 2015 年版。

谢天振、查明建主编:《中国现代翻译文学史 1898—1949》,上海:上海外语教育出版社 2004 年版。

谢天振等著:《中西翻译简史》,北京:外语教学与研究出版社 2009 年版。

严静、郭祝崧主编:《外国文学史》,开封:河南大学出版社 1987 年版。

杨义主编:《二十世纪中国翻译文学史》,天津:百花文艺出版社 2009 年版。

杨正先等编著:《简明外国文学史》,北京:中国社会科学出版社 2003 年版。

杨周翰等主编:《欧洲文学史(上下卷)》,北京:人民文学出版社 1979 年版。

殷企平、高奋等著:《英国小说批评史》,上海:上海外语教育出版社 2001 年版。

犹家仲主编:《外国文学史》,桂林:广西师范大学出版社 2004 年版。

查明建、谢天振:《中国 20 世纪外国文学翻译史》,武汉:湖北教育出版社 2007 年版。

张毕来:《欧洲文学史简编》,桂林:文化供应社 1948 年版。

张定铨主编:《新编简明英国文学史》,上海:上海外语教育出版社 2002 年版。

张明、于井尧编著:《西方文学史》,长春:吉林文史出版社 2006 年版。

张铁夫、王田葵主编:《外国文学史(修订本)》,湘潭:湘潭大学出版社 2011 年版。

赵沛林：《外国文学史》，长春：东北师范大学出版社2005年版。

郑克鲁主编：《外国文学史》，北京：高等教育出版社1999年版。

郑振铎：《文学大纲》，上海：商务印书馆1927年版。

周作人：《欧洲文学史》，上海：商务印书馆1918年版。

朱维之、赵澧主编：《外国文学史 欧美部分》，天津：南开大学出版社1985年版。

中文期刊论文类：

黄乔生：《域外世外——鲁迅、周作人与斯威夫特比较研究之二》，《鲁迅研究动态》，1988年第1期。

蒋永影：《斯威夫特的中国趣味》，《读书》，2019年第8期。

历伟：《斯威夫特与中国：一种政治地理学视角考察》，《外国文学》，2021年第1期。

刘戈：《笛福和斯威夫特的"野蛮人"》，《外国文学评论》，2007年第3期。

刘禾：《燃烧镜底下的真实——笛福、"真瓷"与18世纪以来的跨文化书写》，《视界》，2003年第10辑。

刘小枫：《古今学问之战的历史僵局》，《贵州社会科学》，2015年第4期。

申富英：《论现代小说中历史虚构性的嬗变——从〈格列佛游记〉到〈尤利西斯〉再到〈洼地〉》，《当代外国文学》，2011年第1期。

苏维洲：《"我要烦扰世人"——谈谈斯威夫特的〈格列佛游记〉》，《外国文学研究》，1984年第1期。

王燕：《论早期〈申报〉刊载的文学作品》，《江海学刊》，2005年第6期。

谢红月：《血与火铸就的文学家——斯威夫特解读》，《福建论坛（人文社会科学版）》，2005年专辑。

徐德荣：《儿童文学翻译刍议》，《中国翻译》，2004年第6期。

庄焰：《文学与批评中的理性与情感——以〈文学评论〉中的斯威夫特论为中心》，《外国文学》，2019年第4期。

外文作品类：

Asimov, Isaac. ed. *The Annotated Gulliver's Travels.* , New York: Clarkson N. Potter, 1980.

Collins, JohnChurton. *Jonathan Swift.* London: Chatto & Windus, Piccadilly, 1893.

Davis, Herbert. ed. *The Collected Works of Jonathan Swift*, 16 Vols. Oxford: Basil. Blackwell, 1939 – 1974.

Dennis, Ravenscroft. G. ed. *Gulliver's Travels.* London: George Bell and Sons, 1909.

Dixon, Peter. Chaiker, John. ed. *Gulliver's Travels.* London and New York: Penguin, 1967.

Goldgar, Bertrand A. ed. *English Political Writings 1711 – 1714: 'The Conduct of the Allies' and Other Works.* Cambridge: Cambridge University Press, 2008.

Gough, A. B. ed. *Gulliver's Travels.* Oxford: Clarendon Press, 1915.

Guthkelch, A. C. , Smith, D. Nichol. ed. *A Tale of A Tub.* Oxford: Clarendon Press, 1958.

Hayward, John. ed. *Gulliver's Travels and Selected Writings in Prose and Verse.* New York: Random House, 1942.

Higgins, Ian. ed. *The Essential Writings of Jonathan Swift.* New York: W. W. Norton & Company, 2009.

Landa, Louis A. ed. *Gulliver's Travels and Other Writings.* Boston: Houghton Mifflin, 1960.

Rivero, Albert J. ed. *Gulliver's Travels*. New York and London: Norton, 2002.

Robert Demaria, Jr. ed. *Gulliver's Travels*. London and New York: Penguin, 2001.

Rogers, Pat. ed. *Jonathan Swift: The Complete Poems*. London and New York: Penguin, 1989.

Ross, Angus. ed. *Gulliver's Travels*. London: Longman, 1972.

Rumbold, Valerie. ed. *Parodies, Hoaxes, Mock Treatises: Polite Conversation, Directions to Servants and Other Works*, Cambridge: Cambridge University Press, 2013.

Swift, Jonathan. *The Prose Works of Jonathan Swift*. Michigan: University of Michigan Library, 1900.

Turner, Paul. ed. *Gulliver's Travels*. Oxford and New York: Oxford UP, 1998.

Williams, Abigail. ed. *Journal to Stella: Letters to Esther Johnson and Rebecca Dingley*, 1710-1713. Cambridge: Cambridge University Press, 2014.

Williams, Harold. ed. *Gulliver's Travels by Jonathan Swift*. London: First Edition Club, 1926.

Williams, Harold. ed. *The Correspondence of Jonathan Swift*, 5 Vols. Oxford: Clarendon Press, 1963-1965.

Williams, Harold. ed. *Jornal to Stella*, 2 Vols. Oxford: Basil Blackwell, 1948.

Williams, Harold. ed. *The Poems of Jonathan Swift*, 3 Vols. Oxford: Clarendon Press, 1958.

Womersley, David. ed. *Gulliver's Travels*. Cambridge: Cambridge University Press, 2012.

外文专著类：

Barnett, Louise. *Jonathan Swift in the Company of Women*. Oxford: Oxford University Press, 2007.

Damrosch, Leo. *Jonathan Swift: His Life and His World*. New Haven: Yale University Press, 2013.

Ehrenpreis, Irvin. *Swift: The Man, His Works, and the Age*. Cambridge: Harvard University Press, 1962.

Ehrenpreis, Irvin. *Swift's "Little Language" in the Journal to Stella*. Chapel Hill, N. C.: University of North Carolina, 1948.

Ehrenpreis, Irvin. *The Personality of Jonathan Swift*. New York: Barnes & Noble, 1969.

Forster, John. *The Life of Jonathan Swift. Vol.* 1, 1667–1711. New York: Harper and Brothers, 1876.

Fox, Christopher, and Brenda Tooley. *Walking Naboth's Vineyard: New Studies of Swift*. Notre Dame, Ind: University of Notre Dame Press, 1995.

Glendinning, Victoria. *Jonathan Swift*. London: Hutchinson, 1998.

Gordon, Ian. *The Movement of English Prose*. London: Longman group Limited, 1996.

Hermann, Real J. *The Reception of Jonathan Swift in Europe*. London: Thoemmes Press, 2005.

Higging, Ian. *Swift's Politics*. Cambridge: Cambridge University Press, 1994.

Knight, Charles A. *The Literature of Satire*. Cambridge: Cambridge University Press, 2004.

Lynall, Gregory. *Swift and Science: The Satire, Politics and Theology of Natural Knowledge*, 1690–1730. New York: Palgrave Macmillan, 2012.

Mcminn, Joseph. *Johanthan Swift and the Arts.* Newark: Delaware, 2010.

Nokes, David. *Jonathan Swift, A Hypocrite Reversed: A Critical Biography.* Oxford; New York: Oxford University Press, 1985.

Ormsby Lennon, Hugh. *Hey Presto! Swift and the Quacks.* Newark: Delaware, 2011.

Patridge, Eric. *Swift's Polite Conversation.* London: Tonbridge Printers Ltd., 1963.

Schakel, Peter J. *The Poetry of Jonathan Swift: Allusion and the Development of a Poetic Style.* Madison: University of Wisconsin Press, 1978.

Tuveson, Ernest L. *Swift: A Collection of Critical Essays.* Englewood Cliffs, N. J.: Prentice-Hall, 1964.

Williams, Kathleen. *Jonathan Swift: The Critical Heritage.* London: Routledge and Kegan Paul Ltd, 1970.

外文期刊论文类：

Williams, Abigail. "The Difficulties of Swift's Journal to Stella." *Review of English Studies* 62 (2011): 758 – 776.

Chudgar, Neil. "Swift's Gentleness." *ELH* 78 (2011): 137 – 161.

Oakleaf, David. "Decentering the Dean: Locating Jonathan Swift in Ireland and Grub Street." *Literature Compass* 8 (2011): 690 – 699.

Gadd, Ian. "Jonathan Swift and a Discourse on Hereditary Right." *Notes and Queries* 61 (2014): 401 – 402.

Traugott, John. "A Voyage to Nowhere with Thomas More and Jonathan Swift: 'Utopia' and 'The Voyage to the Houyhnhnms'." *The Sewanee Review* 69 (1961): 534 – 565.

Lanning, Katie. "'Fitted to the Humor of the Age': Alteration and Print in Swift's A Tale of a Tub." *Eighteenth-Century Fiction* 26（2014）：515 – 536.

Fain, Lukas. "An Ancient Greek Source for Swift's Floating Island." *SStud* 27（2012）：80 – 86.

Powers, Luke. "Tests for True Wit: Jonathan Swift's Pen and Ink Riddles." *South Central Review* 7（1990）：40 – 52.

Kallich, Martin. "Three Ways of Looking at a Horse: Jonathan Swift's 'Voyage to the Houyhnhnms' Again." *Criticism* 2（1960）：107 – 124.

Goring, Paul. "Borrowings from Jonathan Swift in Charles Macklin's The True-Born Irishman." *Notes and Queries* 61（2014）：429 – 432.

Mccarthy, Keely. "The Problem of Cultural Reproduction in *Gulliver's Travels*." 1650 – 1850: *Ideas, Aesthetics, and Inquiries in the Early Modern Era* 19（2012）：73 – 96.

StoverLeidig, Helgard. "Jonathan Swift and Thomas Tickell." *Swift Studies: The Annual of the Ehrenpreis* 27（2012）：69 – 79.

Thompson, Mary Shine. "Jonathan Swift's Childhoods." *Eire* 44（2009）：10 – 36.

Thorburg, Thomas. "Swift's Projector of Mathematics in Lagado: A Note." *Expl* 67（2009）：177 – 178.

Gurr, Jens Martin. "Worshipping Cloacina in the Eighteen Century: Functions of Scatology in Swift, Pope, Gay, and Sterne." *Taboo and Transgression in British Literature from the Renaissance to the Present*. ed. Stefan Horlacher, Stefan Glomb, and Lars Heiler. Basingstoke, UK: Palgrave Macmillan, 2010. 117 – 134.

附录　斯威夫特作品汉译目录
（1872—2021）

附录一：

Gulliver's Travels 中译名	译者	出版社	出版时间	备注
谈瀛小录	未署名，一说蒋其章	《申报》连载	1872	
僬侥国	未署名	《绣像小说》连载	1903—1906	《绣像小说》是商务印书馆在上海印行的半月刊杂志
海外轩渠录	林　纾　曾宗巩（一说魏易）	上海：商务印书馆	1906	
小人国	蔡启华	《台湾教育会杂志》	1909—1910	译名《小人国》从第二期起更为《小人岛志》
格列佛游记	严　枚（注释）	北京：中华书局	1916	1916年版书名后加题"附国文释义"，1935年版书名前加题"汉文注释"
海外轩渠录（原文注释版）	周越然（注释）	上海：商务印书馆	1916	

(续表)

Gulliver's Travels 中译名	译者	出版社	出版时间	备注
小人国游记	陈亮初	上海：群益书社	1923	丛书名：青年英文学丛书
大人国与小人国游记	韦丛芜	上海：开明书店	1928	
小人国记	未署名	《台湾日日新报》连载	1930	
海外轩渠录（附译文注释版）	李宗汉（译注）	上海：春江书局	1931	丛书名：华英对照标准英文文学读本
小人国游记	吴景新	上海：世界书局	1932	
大人国游记	吴景新	上海：世界书局	1932	
飞岛游记	吴景新	上海：世界书局	1932	
兽国游记	吴景新	上海：世界书局	1932	
小人国	唐锡光	上海：新中国书局	1933	
伽利华游记	伍光建（选译）	上海：商务印书馆	1934	1934年5月初版，6月再版
格列佛游记	庐 隐（节译）	上海：中华书局	1935	
格列佛游记	张 健	上海：正风出版社	1948	1962年、1979年人民文学出版社再版
格列佛游记	范 泉（缩写）	上海：永祥印书馆	1949	
格列佛游记	苏 桥	上海：上海书报杂志联合发行所	1949	
小人国和大人国	李 庶	上海：少年儿童出版社	1956	1996年再版
格列佛游记	周煦良（节译）	上海：上海译文出版社	1962	收入《外国文学作品选（第2卷）》

(续表)

Gulliver's Travels 中译名	译者	出版社	出版时间	备注
格利佛游记（英文简写本）	艾 新（注释）	北京：商务印书馆	1962	1979 年再版
格列佛游记	黄 南	台湾大众书局	1978	
格列佛游记（蒙古文）	内蒙古教育出版社（译）	呼和浩特：内蒙古教育出版社	1979	
大人国	马玲玲（改编）	上海：上海人民美术出版社	1979	
小人国和大人国	司延亭（注释）	北京：人民教育出版社	1980	
格利佛游记（英文节选本）	吴柱存（注释）	北京：商务印书馆	1980	
格列佛漫游小人国	李 庶（译）名 扬（改编）	北京：人民美术出版社	1981	
小人国与大人国	吴竞学，梁彩云	呼和浩特：内蒙古人民出版社	1981	
格利佛游记（缩写本）	张淮君（编译）	成都：四川少年儿童出版	1984	
格列佛游记	李 庶（改写）	北京：中国少年儿童出版社	1989	
小人国和大人国	张 健	北京：人民文学出版社	1990	2000 年、2001 年、2006 年、2013 年再版
格列佛游记	万木春，姚向颖（缩写）	福州：海峡文艺出版社	1993	
格列佛游记	杨昊成	南京：译林出版社	1995	2008 年、2010 年、2011 年、2016 年、2017 年再版
格列佛游记	唐 琮（改写）	北京：北京出版社	1996	2003 年再版

(续表)

Gulliver's Travels 中译名	译者	出版社	出版时间	备注
格列佛游记	(英) Clare West (改写) 杨寿勋（译）	北京：外语教学与研究出版社	1997	2001年再版
格列佛游记	丁淘	北京：中国和平出版社	1997	
格列佛游记（简写本）	D. K. 斯旺（改写）米歇尔·韦斯特（改写）庭慕（译）	上海：上海译文出版社	1997	
格列佛游记	徐韬	上海：少年儿童出版社	1998	
格列佛游记	纪秋山	北京：中国发展出版社	1998	
格利佛游记（英汉对照本）	程锡麟	成都：四川人民出版社	1999	
格列佛游记	徐爽，孔春燕（等译）	长春：长春出版社	1999	
格列佛游记	张彬（译）	台北：希代书版	2000	
格列佛游记（英汉对照本）	王鹏廷	北京：外文出版社	2000	
格列佛游记	张健	北京：人民文学出版社	2000	
格列佛游记	王爱国（改写）	合肥：安徽少年儿童出版社	2000	
格列佛游记	韩芳编译	呼和浩特：远方出版社	2000	
格列佛游记	王小丽	奎屯：伊犁人民出版社	2000	
格列佛游记	史晓丽，王林	北京：北京燕山出版社	2000	2002年、2011年再版

(续表)

Gulliver's Travels 中译名	译者	出版社	出版时间	备注
格列佛游记	王　林，史丽娜	北京：北京燕山出版社	2000	
小人国和大人国	卢洁峰（缩写）	石家庄：河北教育出版社	2000	
格列佛游记	李凤云	延吉：延边人民出版社	2000	
格列佛游记	孙　予	上海：上海译文出版社	2001	2003年、2006年、2011年、2013年、2021年再版
格列佛游记	张玉娟（编译）	杭州：浙江少年儿童出版社	2001	2009年再版
格列佛游记	刘　翔，郭　冰	杭州：浙江少年儿童出版社	2001	2006年再版
格列佛游记	金智学	长春：时代文艺出版社	2001	
小人国和大人国（插图本）	杜光庭（改写）	北京：北京少年儿童出版社	2001	2012年、2014年再版更名为《格列佛游记》
格列佛游记	孙宏伟（编译）	沈阳：辽宁大学出版社	2001	
格列佛游记	王跃峰（改写）	太原：山西人民出版社	2001	
格列佛游记	杨　柳（等改写）	上海：上海人民美术出版社	2001	2004年再版
格列佛游记	胡淑惠（改写）	福州：福建少年儿童出版社	2001	
格列佛游记	傅国光	长春：时代文艺出版社	2001	
格列佛游记	王德华	南宁：接力出版社	2001	

(续表)

Gulliver's Travels 中译名	译者	出版社	出版时间	备注
格列佛游记（缩写本）	晏红，雷绍熹（简写）	成都：四川文艺出版社	2001	
格列佛游记	李晓飞（译写）	长春：吉林文史出版社	2001	2003年再版
格列佛游记	黄强	通辽：内蒙古少年儿童出版社 海拉尔：内蒙古文化出版社	2001	
小人国和大人国	李庶	北京：大众文艺出版社	2002	
格列佛游记（插图本）	凯丽（编） 金燕（等译）	延吉：延边大学出版社	2002	
格列佛游记	徐崇亮，王姬萍	武汉：长江文艺出版社	2002	2011年再版
格列佛游记（插图本）	张企荣，意斌（编译）	北京：经济日报出版社	2002	
小人国和巨人国	谢卫	北京：中国文史出版社	2002	
格列佛游记	廖小微（编译）	长春：北方妇女儿童出版社	2003	
格列佛游记	董国超	海口：南方出版社	2003	
格列佛游记	王维东	北京：中国少年儿童出版社	2003	2006年、2007年、2011年再版
大小人国游记	杨进铭（改写）	广州：广州出版社	2003	
格列佛游记	雷拓	北京：中国戏剧出版社	2003	
格列佛游记	张涛（改译）	延吉：延边大学出版社	2003	

(续表)

Gulliver's Travels 中译名	译者	出版社	出版时间	备注
小人国大人国	徐朴	武汉：湖北少年儿童出版社	2003	
格列佛游记	Macintosh, J.（改写）张颖（注释）	上海：上海外语教育出版社	2003	
格理弗游记（学术译注版）	单德兴	台北：联经出版公司	2004	
格列佛游记	李渊	北京：北京大学出版社	2004	
小人国和大人国	马永波	沈阳：春风文艺出版社	2004	
格列佛游记	胡笑扬（改写）	天津：天津人民出版社	2004	
格列佛游记	马丽君	北京：人民日报出版社	2004	
格列佛游记	丁一（等编译）	哈尔滨：黑龙江少年儿童出版社	2004	
格列佛游记	韩宜恒（改编）	郑州：大象出版社	2004	
小人国和大人国	禾稼（改写）	长春：吉林美术出版社	2005	
格列佛游记	李晓玲（改写）	天津：天津人民美术出版社	2005	
格列佛游记	刘婷婷 侯璐	长春：时代文艺出版社	2005	
格列佛游记（彩色插图本）	白马	北京：中国书籍出版社	2005	再版：光明日报出版社（2007，2013），中国书店（2007），商务印书馆（2014），外文出版社（2014），上海文艺出版社（2016），商务印书馆（2017），长江文艺出版社（2018）

(续表)

Gulliver's Travels 中译名	译者	出版社	出版时间	备注
格列佛游记（彩色插画本）	赵虚年	北京：中国妇女出版社	2005	
格列佛游记	张文文	济南：明天出版社	2005	2009年再版
格列佛游记	刘荣跃	北京：北京十月文艺出版社	2005	再版：江苏凤凰文艺出版社（2017），北京理工大学出版社（2020）
格列佛游记	王小利（改写）	北京：中国广播电视出版社	2005	
格列佛游记	杨燕（改写）	北京：连环画出版社	2006	
格列佛游记	曾冲明	北京：长征出版社	2006	
格列佛游记（维吾尔文）	王世安（改编）卡德尔·阿尔斯兰（译）	乌鲁木齐：新疆美术摄影出版社	2006	
格列佛游记	徐娥（改编）	北京：世界知识出版社	2006	
格列佛游记	孟国兴（改编）	呼和浩特：内蒙古人民出版社	2006	
格列佛游记	王人敏	呼和浩特：内蒙古人民出版社	2006	
格列佛游记	李军	武汉：长江文艺出版社	2006	
格列佛游记	万亭，武文胜（编译）	北京：军事谊文出版社	2006	
格列佛游记	韩雪（译）李蕊（改编）	北京：中国画报出版社	2007	
格列佛游记	李秀侠	北京：世界知识出版社	2007	

（续表）

Gulliver's Travels 中译名	译者	出版社	出版时间	备注
格列佛游记（英汉对照本）	D. K. 斯旺，米歇尔·韦斯特（改写）夏祖煃（译）	北京：商务印书馆	2007	
格列佛游记	廖文豪	广州：广州出版社	2007	
格列佛游记	刘春霞，亚芸（改编）	石家庄：河北少年儿童出版社	2008	
格列佛游记	刘建华，商展（编著）	北京：北京理工大学出版社	2008	2009年再版
格利佛游记	Dunbar J.（改编）曙光，海英（译）	北京：中国电力出版社	2008	
格列佛游记（全译本）	王人敏	呼和浩特：内蒙古人民出版社	2008	2010年再版
格列佛游记	米果工作室（翻译改写绘图）	成都：天地出版社	2008	
格列弗游记	李惠镇（改编）刘玉晶（译）	北京：北京科学技术出版社	2008	
格列佛游记	窦孝鹏，窦红梅（缩写）	北京：金盾出版社	2009	
格列佛游记	杨玉萍（改写）	昆明：云南教育出版社	2009	
格列佛游记	张娜（改写）	合肥：黄山书社	2009	
格列佛游记	童轩	西安：陕西师范大学出版社	2009	再版：北京联合出版公司（2018）
格列佛游记	张丽佳（改写）	南京：译林出版社	2009	
格列佛游记	姚冬莲	南昌：二十一世纪出版社	2009	

(续表)

Gulliver's Travels 中译名	译者	出版社	出版时间	备注
格列佛游记	李英（改编）	天津：新蕾出版社	2009	
格列佛游记（全译本）	崔汪冬	北京：北京燕山出版社	2009	再版：花山文艺出版社（2013）
格列佛游记	王丽平，程庆华	长春：吉林出版集团	2009	再版：天津百花文艺出版社（2013），江苏文艺出版社（2017）
格列佛游记	闫晓娜	长春：吉林人民出版社	2010	
格列佛游记	高朝君（改写）	北京：海洋出版社	2010	
格列佛游记	刘伟伟，李明璟（改编）	长春：吉林出版集团	2010	
格列佛游记	胡涵（译）红鹦鹉（改编）	南京：江苏文艺出版社	2010	
格列佛游记	环宇宏基（改编）	延吉：延边人民出版社	2010	
格列佛游记	清欢（编写）	哈尔滨：黑龙江少年儿童出版社	2010	
格列佛游记	代继超（等译）	合肥：安徽人民出版社	2010	
格列佛游记	宋璐璐，杜刚（编译）	长春：吉林出版集团	2010	
格列佛游记	冷杉	南京：凤凰出版社	2011	
格列佛游记	段丽（改写）	南京：江苏文艺出版社	2011	
格列佛游记	曲鑫	长春：吉林出版集团	2011	

(续表)

Gulliver's Travels 中译名	译者	出版社	出版时间	备注
格列佛游记	石延博（译写）	青岛：青岛出版社	2011	
格列佛游记	刘　翔	南京：江苏教育出版社	2011	
格列佛游记	王琳琳	哈尔滨：哈尔滨出版社	2011	
格列佛游记	曾冲明	长沙：湖南文艺出版社	2011	
格列佛游记	李妮译	北京：中国三峡出版社	2011	
格列佛游记	幸福猫儿童文学工作室（改编）	哈尔滨：黑龙江少年儿童出版社	2011	
格列佛游记（彩图拼音版）	杨　旭（改编）	哈尔滨：北方文艺出版社	2011	
格列佛游记	陈　乐（编译）	上海：上海人民美术出版社	2012	
格列佛游记	科　尼	哈尔滨：黑龙江科学技术出版社	2012	
格列佛游记	吴倩卓	北京：旅游教育出版社	2012	
格理弗游记（普及版）	单德兴（译注）	台北：联经出版公司	2013	
格列佛游记	李美霞（改写）	武汉：长江文艺出版社	2013	
格列佛游记	初阳姐姐（编著）	北京：企业管理出版社	2014	
格列佛游记	门秋明（编译）	北京：北京时代华文书局	2014	

(续表)

Gulliver's Travels 中译名	译者	出版社	出版时间	备注
格列佛游记	恬 力（编绘）	北京：中国铁道出版社	2014	
格列佛游记	滕洪波（改编）	长春：吉林出版集团	2014	
格列佛游记	刘春芳	北京：人民文学出版社	2014	
格列佛游记	王岑卉	昆明：云南人民出版社	2016	再版：天津人民出版社（2017）
格列佛游记	曹凤鸣	成都：四川文艺出版社	2016	
格列佛游记	胡媛媛（编）	广州：广东旅游出版社	2016	
格列佛游记	陈蓼	合肥：安徽文艺出版社	2016	
格列佛游记	牛建梅（改写）	南京：译林出版社	2016	
格列佛游记	李 茜	南京：江苏凤凰文艺出版社	2018	
格列佛游记	张 静	南京：江苏人民出版社	2019	
格列佛游记	方华文	郑州：河南文艺出版社	2019	
格列佛游记	田晓明	北京：北京燕山出版社	2020	
格列佛游记	闻 钟	海口：南方出版社	2021	

附录二：

散文/书信/诗歌/其他 篇名	译名	译者	备注
A Modest Proposal	育婴刍议	周作人	收入《冥土旅行》（1927年）
	芹曝之献	高 健	
	一个小小的建议	王佐良	
	育婴刍议	刘炳善	
	一个温和的建议	辜正坤	
	一个小小的建议	索金兵	
	一个小小的建议	黄绍鑫	
	一个小小的建议	齐宗华	
	爱尔兰儿童问题刍议	林必果	
Mediation upon a Broomstick	扫帚说	高 健	
	扫帚把上的沉思	王佐良	
	扫帚把上的沉思	李昶君	
	关于一把扫帚的沉思	刘炳善	
	关于扫帚柄的沉思	方雪梅	
	关于一根扫帚把的沉思	索金兵	
Thoughts on Various Subjects	漫想	铭 竹	刊于1930年《文艺月刊》第1卷第4期
	零碎题目随想	王佐良	
Verse on the Death of Dr. Swift	咏斯威夫特教长之死	吕千飞	
	关于斯威夫特博士之死的诗	周耀光	
Directions to Servants	《婢仆须知》抄（节译）	周作人	收入《冥土旅行》（1927年）
	《婢仆须知》总则（节译）	刘炳善	
A Treatise on Good Manners and Good Breeding	论礼貌与教养	侯维瑞	
Journal to Stella	致斯苔拉小札	刘炳善	

(续表)

散文/书信/诗歌/其他 篇名	译名	译者	备注
A Letter to a Young Gentleman Designing for Holy Orders	致一位新任神职的青年先生的信	王佐良	
Resolutions When I Cometo Be Old	预拟老年决心	王佐良	
From the Bickerstaff Papers	比克斯塔夫文件选	林必果	
On the Day of Judgement	末日审判	余石屹	
	世界末日	周耀光	
The Drapier's Letters	布商的信	周耀光	
	布商的信	管 欣	收入《桶的故事·书的战争》，北京：商务印书馆，2016 年
Hints Toward an Essay on Conversation	谈话的技巧	程雨民	
The Principal Secretary of Private Affairs' Talk with Gulliver	私务大臣言战	高 健	节译《格列佛游记》第一部，内容为私务大臣对格列佛的谈话，是一段有名的政治讽刺
Horace, Epistle VII, Book I: Imitated and Addressed to the Earl of Oxford	与牛津伯爵论经书	高 健	
A Tale of a Tup	木桶的故事	主 万	北京：人民文学出版社，2000 年
	澡盆故事	黄宜思	北京：中国对外翻译出版有限公司，2014 年
	木桶的故事	李春长	收入《图书馆里的古今之战》，北京：华夏出版社，2015 年。（2020 年再版）
	桶的故事	管 欣	收入《桶的故事·书的战争》，北京：商务印书馆，2016 年

(续表)

散文/书信/诗歌/其他 篇名	译名	译者	备注
The Battle of the Books	书的战争	管　欣	收入《桶的故事·书的战争》，北京：商务印书馆，2016年
	书籍之战	李春长	收入《图书馆里的古今之战》，北京：华夏出版社，2015年。（2020年再版）
Mechanical Operation of the Spirit	论圣灵的机械运转	李春长	收入《图书馆里的古今之战》，北京：华夏出版社，2015年。（2020年再版）
A Discourse of the Contests and Dissensions between the Nobles and the Commons in Athens and Rome, with the Consequences They Had upon Both Those States	论雅典和罗马贵族与民众的竞争和争执及其对两国的影响	李春长	收入《图书馆里的古今之战》，北京：华夏出版社，2015年。（2020年再版）

后　记

　　这本书的写作思路始于我博士求学时期，我的博士导师高旭东教授对该书的写作曾给予诸多指导，他也是我走上学术道路的重要引路人。我与他已合作完成过两部书稿，但这本书是我作为独立作者的第一本著作。

　　博士毕业后，我来到外交学院汉语教研室工作。在工作期间，我以"乔纳森·斯威夫特在中国的传播与接受研究"为题申请到了2018年教育部人文社科基金青年项目（项目号18YJC751020），围绕该课题方向已发表多篇关于斯威夫特的文章，眼下这本书也是该课题的重要结项成果之一。

　　另外，此书的出版也受到了外交学院2021年中央高校基本科研业务费专项资金的资助。在出版过程中，中央编译出版社的苗永姝老师辛勤付出许多，在此表示感谢！

　　读了很多年的中文系，在学位上早已读到头，但在学术水平上却还差得远。书稿中还有诸多不足之处，恳请诸位师友指证！

蒋永影
癸卯年初于百万庄